KB060020

내 여자친구의 장례식

내 여자친구의 장례식

이 응 준 소 설

문학동네

하늘나라에 계신 어머니께

차례

Lemon Tree

나는 네게 주려고 했던 선물, 너의 카메라를 가방에서 꺼내 열어본다. 필름이
들어 있지 않은, 그래서 어떤 풍경도 담거나 인화할 수 없는 작은 어둠이 거기
에 머물고 있었다. 아직도 내 혈관엔, 지난여름의 순결한 소금 한 줌과 파도의
노래가 자라고 있을까.

1

다만 멀리 존재함으로 환상처럼 여겨지는 것들이 있다. 별들의 세계가 그러하다. 초저녁 서쪽 하늘의 고혹스런 비너스는, 너무 아름다운 사람들이 자주 그러하듯 쉽사리 사라지고 만다. 곧이어 화성의 붉은 사막이 남서쪽 처녀자리 일등성 스피카 곁을 산책하고, 목성은 길잡이별 거문고자리 직녀의 밝기를 무시하며 제 고뇌를 빛낸다. 목성의 자전주기는 대략 열 시간가량이어서, 꼬박 지새울 각오만 한다면야 모든 면모를 다 구경할 수 있다.

나는 그렇게 밤 깊도록 해변에 주저앉아, 수평선 어두운 사위로 떠오르는 낯익은 이름들을 하나하나 되새겨보았다. 내가 상처주었던 사람들과 때로는 되레 내 쪽에서 크게 앓고 말았던 여러 얼굴들, 우리 악수한 손에서 전해지던 운명선(運命線)의 차가운 느낌이라든가, 방금 한 결별 뒤 그 자리에 선 채로 곰곰이 지켜보아야 했던 어떤 이의 뒷모습 같은 것들을……

그러나 그 모두는, 서른번째 여름마저 무료하게 지나가버리고만 것에 불과했다. 만일 고통을 감당할 자격이 없다면, 불행조차도 함부로 찾아와주질 않는 것이다. 지금 어떤 사람이 아무렇지도 않다는 것은, 결국 그가 아무것도 아님을 뜻하기에.

어쨌거나 나는 바다로부터 다시 돌아왔다. 순결한 소금 한 줌과 파도의 끝없는 노래를 기억한다. 그리고 여기는 해묵은 관속처럼, 영혼이라곤 한 톨도 존재하지 않는 도시일 뿐이다.

2

"반대과정이론이라는 게 있어. 그게 뭐냐 하면, 사람들은 무의식중에 항상 자신의 감정이 중립에 위치하길 원하거든. 어떤 사람이 몹시 기쁜 일을 맞이했다고 치자, 그러면 그 감정보다는 조금 뒤늦게, 그 반대의 슬픈 감정이 형성되는 거야."

나는 메모지를 꺼내, 간단한 그래프까지 그리며 너에게 설명해주고 있었다. 건너편 테이블에서 소리내어 울고 있던 여자에 관해 너와 몇 마디 주고받다가, 나도 모르게 그렇게 된 거였다. 마주 앉아 있던 남자는 민망한지, 여자를 달래 밖으로 데리고 나갔다.

"당연히 그건 뒤늦게 출발한 만큼 나중에 종결되지. 그러면 어떻게 되겠어? 기쁜 감정 끝에 남게 되는 건 슬픔이라든가 씁쓸함, 혹은 서운함 비슷한 것들인 거야."

"그럼 슬픈 일을 당했을 적엔 그 반대겠네?"

"그렇지. 상주(喪主)들이 내심으로 느끼곤 하는, 묘한 이율배반적인 기쁨이 바로 그래. ……너 공수부대원들이 고공낙하 훈련을 받을 땐 어떤지 아니? 비행기에서 뛰어내리기 5분 전, 공포심은 극에 달하지. 몇몇은 오줌도 지리고. 그래서 하사관은 초짜들을 허공을 향해 발로 막 밀어버리거든. 그런데 그런 대원들이, 막상 땅에 무사히 착륙하고 나서 겪는 얼마간의 감정이 뭘 것 같아?"

"글쎄…… 허탈하다? 졸리다?"

"아니."

"그럼?"

"본래 그이가 아무리 무뚝뚝한 사람이었더라도, 순식간에, 굉장히 사교적인 성격으로 변하는 거야. 낙하산에서 빠져나오자마자, 주변에 있는 다른 사람들에게로 달려가 서로를 부둥켜안고, 인사하고 걱정해주고 난리가 나지. 물론 일시적인 현상이긴 하지만."

"그거, 되게 웃긴다, 야."

"이런 것도 있어. 최면치료사가 환자에게, 당신은 깨어난 뒤 창문을 엽니다, 했단 말이야. ……치료가 완료된 후 창문을 열고 온 사람들에게, 당신은 왜 방금 창문을 열었냐고 물으면 뭐라 그러는 줄 아니? 백이면 백 다 대답이 다르다더라."

"자기가 창문을 열게끔 최면당했다는 걸 모르나?"

"모르지. 대부분의 경우, 최면 상태에서 일어난 일을 기억할 수는 없대. 그러니 그런 명령을 지정해준 사실조차도 알지 못하지. 어떤 사람은 더워서 그랬다 그러고, 또 누구는 밖에서 무슨 소리가 났다고 그러질 않나, 정말 각자 이유가 다양하다더라구. ……인간은 제 감정을 제대로 파악하지 못한 경우에도, 이런저런 그럴싸한 핑계를 들어 합리화시킨단 말이야. 최면사로부터 받은 어떤 암시가, 피최면자에게는 인식되지 않은 채 행동을 지배하는 거지."

대화는 급기야 이런 엉뚱한 테마로까지 치닫고 있었다. 아마도 그건, 근 5년 만에 재회한 옛 연인 사이라면 누구라도 겪을 수밖에 없는 어색함 때문이었을 것이다. 그렇게 본다면 그 어색함의 난이도만큼이나, 우리 둘의 서툰 연극은 서로의 묵인하에 차근차근 진행되고 있는 셈이었다.

어느덧 가을바람이 차다. 긴 소매에 간혹 외투를 걸친 모습들이 한결 고상해 보인다.

"그런 얘길 듣고 있으면, 왠지 진실이라는 게 너무 허약해 보여."

너는 대뜸 소주잔을 비우며 그렇게 말했다. 회쳐진 광어는, 여태 살아 힘겹게 주둥이를 껌벅이고 있다. 나는 그걸 젓가락으로 무심코 들춰본다.

"안 돼!"

네가 내 손을 급히 끌어당기며 저지한다. 나는 유난히 동자가 커다란 너의 두 눈을 멍하니 바라볼 뿐이다. 착각일까? 금방이라도 울듯 물기가 흔들리고 있다. 나는 말없이 묻는다. 왜 찾아온 거니? 뭣 때문에 이제야, 응?

그러곤 이내, 목소리를 만들어 거짓으로 다시 묻는다.

"왜 그러는데?"

"매너가 아니야. 횟집에서 물고기를 뒤집는 건 금기사항이라구."

"무슨 소리지?"

"그러면 바다에서 이 고기를 잡은 배가 뒤집힌대요."

"재밌군."

"물론 미신이겠지. 하지만 난, 세상의 절반 이상이 미신에 의해 유지된다고 믿어. 게다가 어쩌면 본의 아니게 피해를 줄 수도 있잖아."

나는 무안한 웃음을 지으며 고개를 끄덕였지만, 내 관점에서 그건 절대 미신이 아니다. 궁극적으로 세상의 모든 금기는 일종의 암시니까. 우연히 던져진 불길한 암시 하나로 인해, 먼바다 한복판에서 배 한 척이 뒤집어질 수도 있는 것이다. 최면시술사인 나는, 누구보다 그것을 잘 안다. 최면은 암시의 원리와 작용에 의해서 이루어진다. '최면은 없다. 있는 것은 단지 암시뿐이다.' 최면술을 완성한 낭시파의 거두 베르네므가 했던 말이다. 극단적인 발언이긴 해도, 암시가 최면술에서 점유하고 있는 중요성을 대변하기엔 그다지 넘치지 않는다 할 수 있겠다.

너의 느낌은 많이 달라져 있었다. 시간의 간격에 물들지 않은 거라곤 이름 석 자밖에 없으리란 생각이 들 만큼. 길고 탐스러운 머리카락들은 기껏해야 한 뼘 정도의 길이로 잘려나가 있었고, 나이를 감추려는 탓인지 화장이 지나치게 짙었다. 게다가 남색 정장 원피스 차림은 야해진 이미지와 어우러져, 캐주얼 일색이던 네게선 찾아볼 수 없었던 어떤 집중을 강요하고 있었다. 어디선가 우연히 마주쳤더라면, 나는 결코 널 알아보지 못했을 것이었다.

그러나 정작 나를 당황하게 만들고 있었던 건, 그런 하찮은 외양의 낯섦 따위가 아니었다. 너의 전부를 훑고 지나간 생의 화학적 변화였다.

어느덧 네겐 두 돌을 넘긴 딸아이가 있다고 했다. 아빠의 짜부라든 코를 닮아 속이 상한다고. 그래서,

"이담에 성형수술을 해줄 테야. 아주 오똑하게."

너는 그런 얘길 너무도 담백하게 해대고 있었다.

"남편? 전도사야. 얼마 전 강릉에 있는 개척교회로 부임했어."

때론 전혀 예기치 않던 방향으로 흘러가기도 하는 것이 인생이라지만, 이 부분에 이르러 내가 받은 충격은 사뭇 대단했다. 에이, 서어얼마, ……조옹교오인의 아내? ……니가?

"어떡하다보니 그렇게 됐어. 너 놀랐니? 표정이 왜 그래? 어머, 진짜로 놀랐나보네. 호호호. ……그럼, 더 놀래켜줄까? 우리, 열두 살 차이야. 그인 자동차 회사 영업부장이었어. 나랑 결혼하기 직전까진 유부남이었구. ……어느 날 자고 깨더니, 신학을 공부해야겠다고 그러는 거야. 내 참, 기가 막혀서. 첨엔 잠깐 미쳤거니 했지 뭐. 엉뚱한 면이 아주 없는 사람도 아니었으니까. 근데, 그게 아니었어. 정말 목사가 되려나봐. ……실은, 지금도 거의 별거 상태나 다름없어. 곧 깨질 것 같아. 그러는 게 오히려 그 사람에게도 낫겠다 싶기도 하구. 알잖아, 내가 어떻게 목사 사모님이 될 수 있겠어."

나는 콧등을 매만지며 잠시 눈을 감았다. 너를 만나러 나오지 않았어야 했다는 후회로 난감했다. 네가 안쓰러워서가 아니다. 너의 느닷없고 우스꽝스러운 등장으로 인해, 그간 애써 얻어낸 내 평화와 안정이 손상받고 있다는 모종의 불쾌감 때문이었다. 어서 이 괴상한 자리를 접고 너와 헤어지고 싶은 마음만이 간절했다. 깊이 망가져 보이는, 그래서 어딘지 허망하고 정상이 아닌 것 같은 네가 부담스러웠던 것이다.

"그, 그랬구나."

너는 나를 똑바로 쳐다본다. 마치 그런 내 마음을 다 꿰뚫어보고 있다는 듯이.

"넌 아직 혼자겠지? 사귀는 여자도 없구 말이야."

"어째서 그렇게 단언하지? ……약혼자 있어."

나는 네게 오직 거짓말로 일관하고 있었다. 뭘 하고 사느냐는 질문에도, 사촌과 가전제품 대리점을 동업하고 있다고 대충 얼버무려버린 터였다. 또한 앞서 너에게 최면에 관해 약간 말하긴 했지만, 마치 어디서 들은 바를 전하는 양 각별히 말투에 유의하여, 내가 최면시술사라는 사실을 애써 감췄던 것이다. 정말이지, 더이상은 네가 나에 관해 알지 않았으면 했다. 5년 전 공유했던 그 과거에서 제발 한 발짝도 더이상은.

"너 정말 웃겨. 내가 무섭니? 너랑 다시 만나자고 할까봐? 가끔 자달라기라도 할 것 같애?"

"대, 대체 무슨 말을 하고 있는 거야? 너 취했구나!"

"아니면 됐어. 어쨌든, 약혼녀가 있다면 좋은 일이지. 하지만 어쩐지 여전히 외로워 보여서 그런다. ……이렇게 만나서 반갑긴 하지만, 오늘은 좀 늦었고, 아이를 맡겨뒀거든. ……우리 다음 주말쯤에 또 만나자. 꼭 할 얘기가 있어. 어때?"

"난 그땐,"

"아니. 무슨 일이 있더라도 꼭 만나야 해. 반드시."

"……"

3

그해의 마지막 태풍이 지나가고 며칠 뒤였을 것이다. 나는 인사동에 소재한 어느 문화센터에서 너를 처음 보았다.

오직 호신술 강좌에 딱 한 자리가 남아 있었다. 나는 수강신청서 빈 칸에 이름과 주민등록번호 따위를 기입하고,십오만원가량의 강습비를 주저없이 지불했다. 무엇을 배우게 되든 상관할 바 아니었던 것이다. 기실, 난 내가 어떤 심적 경로를 거쳐 거기까지 이르렀는가조차도 셈하지 못하는 딱한 형편이었다. 돌이켜 보건대, 그건 어딘가에 소속되고자 하는 맹목에서 기인한 애처로운 병리(病理)였다.

나는 대학을 졸업한 지 두 해가 넘도록 일자리를 잡지 못하고 있었다. 커다란 세계전도를 펴놓고 그 위에 드러누워, 낯선 나라의 오지(奧地)로 이민가버리는 상상을 하던 줄담배 끝의 내가, 아마도 그 무렵의 한심함을 가장 설득력 있게 대변하는 풍경일 것이다. 막막했다. 낮에는 빛이 두려웠고, 밤에는 어둠이 버거웠다. 기껏해야 편두통에나 시달릴 줄 아는 아둔한 정신머리로나마, 내겐 시간이 사치라는 기특한 생각을 하게 되었던 것도 그 즈음이었다.

글쎄, 당연한지 아닌지는 모르겠지만, 호신술 강습반에 남자라곤 나 하나뿐이었다. 너는 그런 날 굉장히 흥미로워했다.

"남자가 호신술 같은 건 뭣 땜에 배워요? 평소에 많이 맞고 다니시나봐."

궁색해진 나는 이렇게 대꾸했다.

"나중에 딸을 낳으면 가르쳐주려구요."

"오호라."

나와 동갑인 너는, 상업고등학교를 나와 은행에서 일하고 있었다. 그리고 뭐든지 닥치는 대로 배우러 다니는 게 특기라고 했다. 수영, 에어로빅, 시 창작, 사교댄스, 스텐실, 서예, 영어회화, 대금 연주……

"그러는 거긴, 왜 이것저것 배우고 다니는데요?"

"내 딸에게는 꼭 배울 가치가 있는 것만 배우도록 일러주려고. 안 그래요?"

"듣고 보니, 그럴 수도 있겠네요."

너는 눈살을 찌푸리며 내 어깨를 툭 쳤다.

"이봐요, 오늘 내가 집에까지 바래다줄게."

"……왜죠?"

"당신이 날 바래다주지 않을 것 같아서요. 그럼, 날 바래다줄 거예요?"

"아뇨."

"거봐요. 내 말이 맞잖아요. 그러니까 내가 바래다줘야지."

너의 일방적인 선택을 거부할 만한 기운이 내겐 없었다. 나는 도무지 아무것도 판단하고 싶지 않았던 것이다. 설혹 그것이 내 목숨과 관련된 사안일지라도. 하여 우리의 연애 아닌 짧은 연애는, 내 삶에 관한 방관을 밑그림으로 두고 무책임하게 그려지기 시작했다. 뻔한 순정만화의 주인공들이, 애당초 헤어지기 위해 사랑하도록 설정되어 있는 것처럼.

평상시의 너는 매사에 그토록 거침이 없었으나, 가끔씩은 병적이다 싶게 입을 다물었다. 내가 느낀 그 무안한 침묵은, 적어도 네 의지에 의한 게 아니었다. 분명 어딘가로부터 혹독하게 그늘진 거였다. 때문인지 나는 말을 하지 않는 너보다도, 오히려 정신없이 떠들어대는 네 모습이 더욱 안쓰러웠다. 음지는 양지를 탐하여 흉내낼 때 가장 어둡고 축축해 보이는 법이니까. 너는 온갖 세상사에 얽혀 있는 듯 행동하곤 했지만, 실은 언제나 너 홀로 자신에게만 골똘했을 뿐이었다. 나는 곧 너를 완전히 이해하겠다는 희망을 포기하였고, 그 대신 니의 전체적인 존재감을 얻어낼 수 있었다. 더불어 네가 어째서 나에게 느닷없이 손을 내밀었던가도 깨달았다. 너는 내가 너처럼 병들었다는 사실을 동물적으로 간파했던 것이다. 그림자는 같은 그림자에게 드리우길 원한다. 그거였다.

"내 꿈이 뭔지 알아?"

어느 날이던가. 승객의 반쯤이 얼큰하게 취한 것 같은 만원 지하철 안에서, 너는 내 가슴에 꼭 붙은 채로 그렇게 물었다.

"너한테 그런 것도 있었어?"

"이 노래 들어봐."

너는 꽂고 있던 이어폰의 한쪽을 내밀었다.

"뭐지?"

"피터, 폴&메리의 〈Lemon Tree〉."

"……포크나 컨트리는 그저 그래."

"피이―"

다음 역에 이르자, 더 많은 사람들이 마구 쑤셔들어왔다. 나는 이마에 맺힌 송글한 땀방울을 소매로 닦아내며, 저편 한강 다리의 오렌지빛 야경과 아득한 강폭을 힘들게 훔쳐보았다. 깜깜한 수면 위에는 시베리아에서 날아온 철새들이 고단히 잠들어 있겠지. 긴 여행을 운명으로 삼고 살아가는.

"이 노랠 듣고 있으면, 아주 아늑한 술집에서, 되게되게 오래된 친구와 술을 마시고 있는 것 같아. 레몬 트리! 제목이 너무 맘에 들어. 발음이 기막히게 예쁘다구. 듣는 순간, 가슴 한구석이 환해지잖아. 어때?"

"별로라니까."

"레몬 트리라는 이름의 카페를 차리고 싶어. 두툼한 동판(銅版)으로 간판을 걸 거야. 레몬 트리가 새겨진! 그러려면 돈을 많이 벌어야겠지?"

"그게 니 꿈이야?"

"그렇지."

그런 사람들이 있다. 분명 내게 선량했음에도 불구하고, 살아가는 동안 제발 다시는 만나지 않았으면 하고 바라게 되는 이들.

나는 매일처럼 이어지는 너와의 헛도는 만남, 그리고 차라리 증오하듯 열중하게 되는 육체관계 속에서, 무언가가 소리없이 싹트고 있음을 차츰 자각하고 있었다. 그것은 다름아닌 삶의 나른한 공포였다. 고독한 나머지 늘 조잡하고 분주한 너는, 패배감으로 주눅들어 있는 내 고요함의 도플갱어였던 것이다. 나는 잃어버린 지 한참이던 나 자신에 대한 사랑과 긴장을, 나의 또다른 모습인 너와의 어처구니없는 행각을 통해 비로소 되찾고 있었다.

더이상 아무것도 아닐 순 없었다. 너로부터 탈출하고 싶었다. 너를 영원히 뒤돌아보지 않았으면 했다. 소금기둥이 되긴 싫었다.

〈Lemon Tree〉는 왼쪽 청각만을 여리게 울리며 끝나가고 있었다. 전철은 다시금 서서히 육중한 몸을 뒤척이기 시작했고, 나는 그때 차창 밖으로 똑똑히 보았다. 어두운 물빛을 뚫고, 하얀 철새 한 마리가 먼 교각의 점등 끝으로 날아오르는 것을. 어떤 식으로 헤어질 것인가만이 남았고, 나는 교활해진 스스로가 자랑스러워 미소짓고 있었다.

4

스승은 일찍이 펜실베이니아 대학에서 심리학을 공부하던 중 최면술과 인연을 맺어, 이제는 그 방면에서 전 세계적인 일가를 이룬 인물이다. 원래는 보험수학(保險數學)을 전공, 오사카에 있는 일본생명의 촉망받는 사원이었다고 한다.

그는 내게 새로운 삶의 기회를 열어준 귀인이었다. 민망하게도 사적으로는 내 먼 조카뻘 되는 이 반백의 재일교포 노학자는, 일본으로 돌아가며 나를 한국최면연구소에 추천해주었던 것이다. 죄송한 말이지만, 선생의 누이가 돌아가셔서 생겨난 행운이었다. 상가(喪家)의 알전구가 유난히 침침하던 그날의 새벽을, 나는 죽는 날까지 잊을 수 없을 것이다. 그리고 네가 내 기억에서마저도 자취를 감춘 지 두 해쯤 지나서였을까. 나는 어느새 최면시술을 배우려는 이들을 돕고 교육하는 간사가 되어 있었다.

"A는 바나나를 먹고 설사를 시작했죠. 상태가 너무 심해 의사에게 진찰을 받았더니, 아메바성 이질이라는 진단이 나왔구요. 그런데, 그건 그때 마침 속이 좋지 않았을 뿐이었거든요. 얼마간 병원을 다닌 끝에 완쾌되었지만, 그 이후로 A는 바나나만 먹었다 하면 으레 설사를 하게 된 거예요. 혹시 엇비슷한 경험이 있나요?"

나는 티슈를 뽑아, 안경알에 묻어 있는 희뿌연 뭔가를 닦아내었다.

"어렸을 적에 번데기를 먹고 크게 혼이 난 일이 있어요. 그래서인지, 전 아직도 번데기를 못 먹습니다. 같은 경우인가요?"

"그럼요, 같죠. A는 의학적으로는 아무런 이상이 없습니다. 다만 A의 의식 안에서, 바나나는 곧 설사라는 암시가 작용하고 있는 거죠. ……B는 스위스 산간을 여행하던 중, 어느 맑고 깨끗한 호수에서 손으로 물을 떠 마셨어요. 그런데 고개를 들어보니,

게시판에 poison이라고 적혀 있는 거예요. 갑자기 격렬한 구토와 현기증이 시작되었죠. 비틀거리는 몸을 이끌고 인근 호텔에 간신히 도착한 B는, 종업원에게 급히 의사를 불러달라고 부탁했습니다. 한데 B로부터 자초지종을 들은 종업원이, 의사를 부르기는커녕 배꼽을 잡으며 웃는 게 아닙니까. 미국인인 B는, 물고기란 뜻을 가지고 있는 프랑스어 poisson을 영어의 poison으로 착시했던 거죠. B가 보았던 글자는, 낚시를 하지 말라는 경고에 불과했던 겁니다. 그의 설명을 듣자마자, B는 곧 평소처럼 건강을 되찾습니다. B는 독극물을 마셨다는 강한 자기암시에 걸려들었던 겁니다."

"저에게도 어떤 부정적인 자기암시가 뿌리깊은 것 같아요."

"크게 걱정하지 않아도 됩니다. 지금처럼 최면시술을 받고, 또 배워나가는 사이에 충분히 치유될 수 있으니깐. 최면술을 한낱 블랙매직의 일종으로밖에 생각하지 않던 시기가 내게도 있었습니다. 그러나 최면술은, 그 원리와 기술을 습득하면 누구나 응용할 수 있는 과학이거든요. 초능력이 아니란 말입니다. 자기최면법을 이용해 두려움, 초조, 분노 등 성공적인 생활을 방해하는 일체의 감정들을 컨트롤할 수 있습니다. 최면술은 암시요법만이 아니라, 행동요법에도 응용되어 대단한 효과를 올리고 있어요. 주벽, 이갈기, 야뇨증, 성기 장애 따위는 불과 서너 번의 시술로 간단히 고칠 수 있죠. 다시 말하지만, 최면술을 익히는 데 특별한 정신수양이나 수행은 필요치 않아요. 수영을 배우면 누구나 헤엄칠 수 있는 것과 마찬가지라구요."

"오직 암시만으로도요?"

"물론이죠. ……옛날 종교가들 중에는, 자신은 의식하지 못한 채 최면술을 체득했다고 여겨지는 인물들이 여럿 됩니다. 그리스도가 대표적이죠. 종교적인 가타부타를 떠나, 그리스도는 그 자신이 신의 아들이라는 신념과, 주위 사람들의 강력한 믿음으로 암시의 최대효과를 발휘하고 있어요. 기적은 어디까지나 그 이후의 문제로 다루고서도 말이죠. 암시의 힘이 작용하는 데 그리스도만큼 훌륭한 조건을 가진 인물은 역사상 드뭅니다. 그리스도는 오늘의 정신신체의학의 관점에서도, 천재적인 정신과 의사로서 손색이 없어요. 혈루증(血漏症)을 앓아 찾아온 여자에게, 딸아 네 믿음이 너를 구원하였다, 안심하고 가거라, 그리고 이 병에서 벗어나 건강하여라, 고 말하죠. 게다가 그녀, 그러니까 환자 스스로, 그리스도의 옷깃만 매만져도 구원을 받는다고 고백하고 있으니, 자기암시의 효과가 어마어마했었을 것은 자명합니다."

"신기하네요."

이렇게 해서, 나는 오늘의 마지막 상담을 마친다. 그리고 내 사무실 소파에 앉아, 흰 벽에 거꾸로 매달린 붉은 장미 다발을 본다. 내가 치료해 효과를 보았던 불면증 환자가 어제 가져온 것이다.

그녀는 꽃병이 없다는 내 말에, 그럼 차라리 말리는 게 좋겠다며 손수 걸어주었다. 의자 위에 올라가 천장을 향해 발끝을 올리고 있는, 그녀의 지나치게 짧은 치마가 눈에 거슬렸더랬다.

간혹 피최면자들은, 최면시술자에게 일시적인 연심(戀心)을 품기도 한다. 그건 진짜로 상대를 사랑해서가 아니다. 최면을 걸었던 사람을 무의식중에 어떤 절대적인 존재로 착각하고 있기 때문이다. 그럴 때 요구되는 것이 바로 최면사의 도덕이다. 최면은 부도덕한 목적이나 개인적인 범죄에 이용될 수도 있다. 그러나 그것은 어디까지나 범위가 한정되어 있다. 만약 최면에 관한 지식이 있다면 충분히 방지할 수도 있고, 또 아무리 교묘한 방법이라도 반드시 발각된다. 정작 최면에 있어서 가장 위험스러운 것은, 최면 그 자체가 아니라 최면이 가면을 쓰고 나타나는 경우이다. 가면 뒤의 최면을 이용하는 천재적인 선동가 한 사람에 의해 인류 전체가 농락당한 실례를, 우리는 히틀러에게서 발견할 수 있는 것이다. 히틀러는 대중심리를 너무도 잘 파악하고 있었다. 대중심리란, 암시를 근간으로 하는 최면심리와 같은 원리에 입각해 있다. 히틀러는 나폴레옹과 더불어 사상 최대의 최면술사라 해도 과언이 아니다. 따라서 최면에 대해서 알고 있으면, 인간이 어째서 미신에 빠져들거나 어리석은 전쟁에 내몰리는가도 자연히 이해할 수 있다.

"저어, ……꽃을 꼭 그렇게 거꾸로 말려야 하나요?"

"왜요? 뭐가 이상하세요?"

"말리는 것만 해도 그런데, 좀 안쓰럽다는 생각이 들어서."

"어머, 선생님은 어쩜 그렇게 마음이 따뜻하세요? 내가 그래서 선생님을 좋아하지. 선생님, 꽃을 세워서 말리면 안 돼요. 전부 바깥쪽으로 휘어진다구요. 힘이 없어서 말이에요."

겉은 멀쩡한 듯해도 바로 세워놓으면 목이 꺾어지는 게 어디 드라이 플라워뿐이겠는가. 우리의 자랑스럽고 부끄러운 전부가 그러할지도 모른다.

그날 너와 나는, 금방 진눈깨비라도 흩뿌릴 것 같은 겨울바람 속에서 동물원 한복판을 서성이고 있었다. 이런저런 공연장과 여관을 전전하는 게 진력난다고 기껏 생각해낸 아이디어가 그 모양이었다. 지금 돌이켜봐도 어처구니가 없다. 누가 먼저 거길 가자고 제의했는지는 기억나지 않는다. 다만 서로의 순순한 합의에 의해서 이루어진 행보였음은 분명하다.

당연했다. 북극곰을 제외한 대부분의 동물들은 눈에 띄지 않았다. 우리는 억지로 파충류관과 유인원관 같은 실내만을 돌았다. 혀를 날름거리는 유리관 속의 온갖 뱀들과 하품하는 고릴라의 무료한 표정을 보면서, 나는 내가 거기에 그런 모양을 하고서 갇혀 있는 듯 지옥을 떠올렸다.

우리는, 텅 빈 사자우리 앞에서 너의 카메라로 각자 서너 장의 쓸쓸한 독사진을 찍었다. 삼각대도, 사진을 찍어줄 다른 사람도 없어서였다. 그 순간에도 내 머릿속은, 어떡하면 너와 어색하지 않게 헤어질 수 있을 것인가를 고민하느라 눅눅했다. 지난밤 내내 한잠도 이루지 못하면서, 겨우 이별의 날로 점찍어 찾아온 곳이 고작 한겨울의 동물원이라니!

어느덧 너와 나는 조류관까지 다다랐다. 언덕 하나만 넘으면 동물원 출구였다.

"아 참! 나 니 사진기를 놓고 왔어."

"어머, 어디에?"

너는 감색 목도리 안으로 최대한 움츠리며 날 빤히 보았다.

"아까 사자우리 근처 화장실에서 손 씻으며 깜박 놔두고 왔나 봐."

"얼른 가져와."

나는 혀를 지그시 깨물고 단숨에 뛰어갔다. 뒤돌아보지 않았다. 뒤돌아보면 소금기둥이 된다. 소금기둥이 된다……

아무도 없이 을씨년스런 화장실 세면대에는, 너의 일제 니콘 카메라가 조용히 놓여 있었다. 나는 세로로 크게 금이 가버린 거울에 비쳐진 한 사내를 주목하고 있었다. 그는 숨을 거칠게 헐떡거렸고, 눈빛에는 결연한 무언가가 잔뜩 서려 있었다. 나는 가죽장갑을 벗고 얼굴을 씻었다. 찬물은 몸 전체의 핏줄을 팽팽히 당겨대고 있었다.

나는 굽혔던 허리를 의식적으로 곧게 펴고, 네가 있는 곳을 향해 천천히 걸어갔다. 너는 오들오들 떨며 발을 구르고 있었다. 하지만 나는 그런 네가 보이는 먼발치 나무 뒤에 숨어서, 더는 한 발짝도 앞으로 나아가지 않았다. 아까 거울 속에서 나를 노려보던 그 사내가, 내 손을 꼭 잡고 놔주지 않았던 것이다.

얼마의 시간이 흘렀을까. 겨울 하늘은 상한 사과처럼 검게 타들어가고, 너는 미동조차 꺼진 딱딱한 실루엣으로 변해갔다. 나는 기대고 있던 나무에 얼굴을 처박고 눈을 감았다. 놈의 동상 걸린 커다란 옹이 하나가 이마를 눌러왔다. 나는 자신에게 이렇게 속삭였다. 아무것도 아니다. 금간 거울 안에 숨은 너는, 아무렇지도 않기 때문에 결국은 아무것도 아니다. 아무것도……

이윽고 나는 눈을 떴다. 그러자 동물원 출구로 걸어가고 있는 네 촘촘한 뒷모습이 보였다.

훗날, 너는 네 딸아이에게 꼭 배울 가치가 있는 것들만을 일러줄 수 있을까? 레몬 트리라는 예쁜 이름의 카페를 가질 수 있을까? 엉뚱하게도, 나는 그런 것들을 궁금해하고 있었다.

5년 전 겨울, 나는 그렇게 너와 헤어졌다. 그리고 며칠 뒤 열어본 너의 사진기 속에는, 필름이 들어 있지 않았다. 나는 그제야, 왜 그때 네가 내게로 되짚어 걸어오지 않았는가를 깨달았다.

5

"너에게 줄 선물이 있어."

"선물?"

"편안하게 눈을 감아봐. 아무 말도 하지 말고. 긴장을 풀어. 그렇지. 아주 어둡고 조용한 곳에 너만 앉아 있는 거야. 이제, 머

30

릿속은 텅 비어서 어느 것도 떠오르지 않는다."

나는 너에게 최면을 걸고 있었다. 최면 상태란 정도가 심한 방심(放心)과 가까운 것이어서, 의식은 있으되 자발적인 활동이 거의 없는 무념무상(無念無想)의 심경이다. 하여 최면이 깊어지면, 곁에서 굉장히 큰 소리가 난다 하더라도 알아차리지 못한다.

나는 최면이 잘됐는지를 확인하기 위해, 탁자 위에 가지런히 놓인 너의 왼손을 살짝 들어올려본다. 그대로 자세를 유지하고 있다. 최면이 근육 지배의 시기로 접어들어, 몸에 경직이 온 것이다.

"그래, 아주 좋아. 착하다. ……너는 내가 이따가, 레몬 트리, 라고 말하면, 이 찻집 안에서 카운터로부터 가장 멀리 떨어져 있는 창문으로 걸어간다. 절대 뛰거나 허둥대면 안 돼. 남들이 이상하게 생각하니까 말이야. 그러곤, 창을 열고 다시 돌아와 제자리에 지금처럼 앉아야 해. 그럼 넌 깨어나는 거지. 너는 내가 이렇게 말한 것까지를 기억할 수 없지만, 반드시 그대로 실행한다."

"……"

"알았으면, 고개만 살며시 끄덕여봐."

너는 고개를 끄덕였다, 아주 살며시.

나는 후최면암시를 걸었다. 최면을 굉장히 잘 받아들인 상태라고 짐작되었기 때문이다. 이미 기억 지배의 시기로 빠져들었다고 신뢰한 것이다.

"진실을 말하는 거야. 네 속마음을 말이야. 낮고 침착한 목소리로. 남을 속이지 않는 거. 그래, 그것보다 훌륭한 일은 없어. 대화를 나누는 거야…… 왜 날 찾아온 거지? 남편과 사이가 좋지 않다더니, 나와 다시 시작해보겠다는 거야?"

"아니."

"그럼? 나와 무슨 짓이라도 해보겠다는 생각이니? 넌 이미 한 아이의 어머니야. 품위 있게 행동해야 한다고 생각지 않아?"

"아이는 없어."

"뭐?"

"나 결혼도 하지 않았어."

"모두 거짓말이라는 거야?"

"응."

"왜 그런 짓을……"

"나도 잘 모르겠어. 그냥 문득, 막연히 네가 보고 싶었어. 너는 누군가에게 그런 적 없니? 내가 잠시 널 그리워했다고 비난하는 거냐구. ……그런 웃기는 거짓말을 하지 않고서는, 왠지 널 만날 용기가 나지 않더라. 이상하지? 기왕이면 보다 멋진 거짓말로 다가갈 수 있었는데 말이야. 비참하지 않게."

"이해할 수 없어."

"꼭 내 거짓말만큼이라도, 네가 날 불쌍히 여길 줄 알았어. 그런데, 아닌 것 같더라."

"나는 널 다시는 사랑하지 않아. 그때 너를 진실로 사랑했던 것 같지도 않고. 난 많이 달라졌어."

"알아. 한눈에 알아봤어. 넌 많이 좋아졌더라. 맘에 드는 일을 찾은 것 같아. 거짓말을 한 건 나만이 아닐 텐데. 안 그래? 너도 내게 그랬잖아. 어쨌든 축하해. 널 귀찮게 하고 싶은 맘은 추호도 없었어. 오늘도 마지막으로 널 보러 온 거야. 이제는 죽어도 너를 찾아오지 않을 거야. 정말이야, ……나 말이지, 아직도 그렇게 살고 있어. 옛날에 살던 그 집, 다니던 그 직장, 요즘도 게 걸스럽게 이것저것 배우러 다니고, 한 남자와 만나 헤어질 때까지 극장에 가고 여관에 가고 그래. 후훗, 그렇다고 한겨울날 동물원에서 이별하지는 않지만, ……난 아직도 어둠에 갇혀 있어. ……다르게 말할게, 네가 보고 싶었다기보다는 궁금했다는 편이 더 정확하겠다. 서른이 되고, 문득 이런 생각이 스치더라구. 죽기까지 이런 식으로 살 수밖에 없다는, 더 나아지지 않을 거라는. 그러자 제일 먼저 떠오른 게 너였어. 너는 어떨까? 슬프게 젖은 눈빛으로 사방을 두리번거리며, 아직도 나처럼 별수 없이 살아가고 있을까? 아니면 네가 진정으로 하고 싶고, 또 해낼 수 있는 무엇을 찾았을까? 행복할까? ……그래, 그게 다였어."

"……내가 어떤 것 같니?"

"모르겠어. ……그저 난, 어서 네 앞에서 사라지길 바래. 억지로 만나자고 한 걸 후회했어. 오늘 이곳까지 오면서도 줄곧."

너의 감은 눈꺼풀 사이로 투명한 무엇이 배어나오고 있었다. 나는 깍지를 풀어 너의 손을 잡았다. 너는 여전히 몸이 차구나. 너무 차가워. 나는 네가 가지고 있는 나에 관한 모든 추억을 지

워버릴 수도 있어. 아니면, 시간이 흐를수록 그 시절의 기억이 서서히 감퇴되게 할 수도 있지. 알어? 이 바보야.

그러나 나는 누구보다 잘 알고 있었다. 비록 괴롭고 흉한 무늬와 빛깔일지라도, 그건 한 땀 한 땀 힘들게 새겨놓은 시간의 자수(刺繡), 엄연한 너의 지난날이라는 것을. 더욱이 내겐, 너를 그토록 함부로 대할 만한 아무런 권리가 없었다.

"레몬 트리."

너는 말없이 일어나 창가로 걸어간다. 그리고 내가 지정해준 창문을 열고 나서, 제자리에 돌아와 얌전히 앉았다. 나는 묻는다.

"왜 창을 열었니?"

너는 한 10년쯤 늙어버린 목소리로 대답한다.

"……답답해서. 그냥, 마음이 답답해서……"

나는 담배를 피워물었다.

6

우리는 커다란 횡단보도 앞에 나란히 서 있었다. 너는 길을 건너 택시를 타야 한다고 했다.

"남편이 올라오는 날이야. 아이도 친정에서 데려와야 하고."

신호등에 파란불이 켜졌다.

"나 갈게."

"내가 차 잡아줄까?"

"아니. 둘이 있으면 오히려 안 잡혀. 그만 들어가. 언제 또 보
자."

"……"

"그런데,"

"응?"

"너 내게 준다던 선물 안 줬잖아. 아까 그랬던 것 같은
데……"

"내가 그런 말을 했어?"

"아닌가?"

"아니겠지."

"그래? ……허긴 니가 나한테 선물은 무슨 선물. 나 진짜 간
다."

너는 다시는 날 찾지 않을 거였다. 신호등의 파란불이 벌써
깜빡깜빡댔다. 너는 내게서 탈출하고 있었다. 예전에 내가 너로
부터 그랬듯이.

네가 탄 차가 건너편에서 멀어질 때, 뭔가 붉고 짙은 것이 내
발목으로 떨어졌다. 나는 그것을 주워든다. 낙엽이었다. 아, 서
른번째 가을마저 이렇게 흘러가는구나. 불행도 아무에게나 찾아
오는 것은 아닌가보다. 슬퍼하거나 아파해야 할 자격이 있는 이
에게 그것은 온다. 고통은 감당하는 게 아니라 수행하는 것이라

던 누군가의 말이, 내게 오늘처럼 두려운 적이 있었던가.

나는 네게 주려고 했던 선물, 너의 카메라를 가방에서 꺼내 열어본다. 필름이 들어 있지 않은, 그래서 어떤 풍경도 담거나 인화할 수 없는 작은 어둠이 거기에 머물고 있었다. 아직도 내 혈관엔, 지난여름의 순결한 소금 한 줌과 파도의 노래가 자라고 있을까. 앞으로 어떻게 이 고사(枯死) 직전의 꿈을 되살려 가꾸어낸단 말인가. ……비로소 나는, 조금씩이나마 불안해지고 있었다.

그래, 아무것도 아닐 순 없다.

이교도의 풍경

아마도 고래는 낙타를 사랑하고 있었던 걸 거야. 사막에 사는 낙타 말이야. 그
래서 백사장에서 고통스럽게 죽어가는 거야. 물 한 방울 없는, 먼지투성이의
사막을 향해 더이상은 다가가지 못한 채, 사람들은 비웃고 조롱하겠지. 고래
가 낙타를 그토록 사랑하는지 모르고, 까끌한 모래알을 씹어 삼키며 기다리고
있는 낙타의 어두운 고독은 상상도 못 하면서.

1

전도가 유망했던 판화가이자 문화비평가 구문모는, 작년 9월 29일 자신의 아파트에서 음독자살했다. 얼마나 오래 부대꼈는지는 모르지만, 사망 시간은 새벽 두시쯤으로 추정된다. 아이 없이 이혼한 경력을 가진, 나보다 한 살이 더 많은 서른다섯이었다. 추석 연휴의 마지막 날이어서 그런지 빈소는 다소 썰렁했다.

그는 흰 국화들 사이에 놓인 사각형의 틀 안에 갇혀 어색한 미소를 짓고 있었다. 한국사회의 후기자본주의적 증후군들을 빛나게 갈파했다고 격찬받은 바 있는 『새로운 세계, 새로운 희망』의 책날개에 박혀 있던 것과 동일한 흑백사진이었다.

그 각진 얼굴을 마주하며 나는, 실감나지 않는 슬픔보다는 차라리 황망한 자책에 휩싸이고 있었다. 우리는 분명 서로에게 가장 절친한 친구였건만, 나는 도대체 왜 그가 그런 어리석은 짓을 저질렀는지 전혀 가늠할 수 없었던 것이다.

　나는 불과 나흘 전만 하더라도 그를 만났었다. 잠실의 한 맥줏집에서였는데, 우리 외에 서넛이 더 있었던 걸로 기억한다. 그는 예의 탁월한 유머와 현실에 대한 해박하고도 다양한 분석, 그리고 저 지난 연대의 화려한 경험들(?)을 적절히 뒤섞어가며 좌중을 쥐고 흔들었더랬다. 어느 누구도 그의 탄력 있는 논리와 견고한 열정이 밝혀줄 미래를 의심하지 않는 듯했다.

　발그레해진 그는, 내 귓불에 대고 얄궂게 충고했다.

　"이젠 너도 네 목소리를 내면서 살아가야지, 안 그래?"

　덧붙여, 비로소 혁명가로서의 발언과 예술가의 자유 사이에 놓인 실제적 균형에 개안(開眼)했음을 기뻐 떠벌렸던 것도 물론 그였다. 그런 그가 스스로 목숨을 끊다니! 나는 이해할 수 없는 운명이란 게 무서워지고 있었다.

　이틀째부터는 조문객들이 몰려들었다. 미술계를 비롯한 여러 문화판, 그리고 그와 함께 80년대의 정의를 목이 터져라 노래부르던 사람들이 대부분이었다.

　나는 소주잔을 내려놓고 검은 넥타이를 풀어헤쳤다. 그러곤 이를 악물었다. 절대로 용서할 수가 없었다. 치밀어오르는 분노 때문에 헛구역질이 올라올 지경이었다.

개새끼가 아닌가. 우리의 우정에 대한 배신은 차치하고서라도, 나는 결코 자살이나 하는 그런 한심한 인간을 신뢰할 수 없었다.

나는 내 어머니가 돌아가신 암 병동의 비극적으로 하얀 벽면들, 그 수년간의 우울하고 고통스럽던 간병 시절을 떠올렸다. 거기엔 병마들이 던진 생사의 주사위를 공포에 질려 바라보는 눈동자들, 그리고 단 하루라도 더 숨쉬기 위해 발버둥치던 도살장 같은 비명들이 가득했다.

그럼에도 나는 의심할 수 없었다. 설혹 아무런 희망 없는 지옥의 저항일지라도, 그것이 우리가 지닌 것 중 포기해선 안 되는 가장 고귀한 인간성이라는 사실을 말이다. 몸이 아픈 이들을 조금이라도 생각한다면, 어쨌건 살아가야 하는 것이다. 슬퍼도, 무시당해도, 때론 너무 사랑한다 하더라도.

이미 만취한 상태인데다가 극도로 불쾌해진 나는, 그 길로 집에 돌아와 엎어져버렸다. 창밖 가까운 도로에서는 몇 쌍의 남녀가, 잔치를 벌이는 유령들처럼 시시덕거리고 있었다.

어쩔 수 없는 뭔가로, 내 눈가는 젖어갔다.

뭐? 새로운 세계, 새로운 희망? 정말, 진짜로 웃기시네.

생각할수록 섭섭하고 더러운 사기였다. 나는 서글픈 야유에 가위눌리고 있었다.

2

유난히 길고 지루한 초인종 소리에 몸을 일으켰다. 넘어진 탁자 곁으로는, 평소 아끼던 꽃병이 스산히 깨어져 있었다. 온갖 틈새를 비집고 들어오는 가을의 기운이 살갗을 어지럽히는 오후였다.

나는 집배원이 내미는 종이에 사인을 하고, 아주 단단히 포장된 소포와 누런 서류봉투를 건네받았다. 발신인은, 다름아닌 그 시각쯤 차가운 땅 밑으로 가라앉고 있을 구문모였다. 각각의 우편물엔 공히, 서류봉투만 개봉해달라는 주의사항이 붉은 매직펜으로 적혀 있었다. 필체는 분명한 그의 것이었다.

컴퓨터로 작업한 A4용지 스무 장에 달하는 원고가 나왔다. 모두 내게 전하는 말로서 에세이 형식의 유서랄까, 이를테면 그런 거였다.

……밤 아홉시, 어쩐지 인생이란 게 서른 배쯤 심각해진 기분이다. 아니, 오히려 가벼워졌는지도 모르지. 만약 내게 어떤 중요한 사건이 발생한다면, 그건 아마도 밤 아홉시 즈음이 아닐까 생각해왔다. 붉은 장미 다발을 든 청혼, 바람 부는 낯선 고장에서의 객사(客死), 혹은 평생 잊지 못할 정도로 맛있고 맛없는 햄버거를 사먹게 된다든가 하는…… 그래서, 이 글을 이 신성한 시간에 쓴다. 알량하게도, 속죄받기 편할 거란 마음에서.

싫건 좋건, 우리는 저마다의 밤 아홉시를 가지고 있다. 세상의 모든 유리창이 동시에 깨어지는 소리를 들으며, 정작 자신이 겪었던 과거를 의심하기 시작하는 거다. 눈을 감고 있자니 설명할 게 많은 것도 같은데, 막상 빛을 대하면 그제야 완벽한 공허가 사방이다.

아무튼 지금은 밤 아홉시. 본시 되짚어 살아가는 것은 내 전공이 아니다. 나는 다만 오늘을 잊으며 죽음에 다가가기를 희망해왔다. ……내가 이런 부탁을 네게 하는 건, 너라면 날 욕하지 않을 것 같아서야. 우린 둘도 없는 영혼의 짝이었으니까. 혹시 나를 비난하고 있다 하더라도, 지금으로선, 게다가 영원히 앞으로도, 미안하단 말뿐 달리 전할 소식이 없을 것이다. 하지만 누구와도 상의할 수 없고, 또 상의해서도 안 되는 그런 문제가 있게 마련이야. 나는 지금의 내가, 바로 그런 결정의 시점에 서 있는 것 같다.

이 우편물들이 네게 도착했을 때, 난 이미 이 세상 사람이 아닐 거야. 우선은, 네가 당황하지 않길 바란다. 그리고 내 마지막 청을……

옥해(獄海), 녀석은 나더러 그곳에 가달라 하고 있었다. 그것도 될 수 있으면 빠른 시일 안에. 찾아가 소포를 전할 사람의 이름과 자세한 약도, 그리고 전화번호도 명기되어 있었다.

……옥해? 아아, 그 옥해!

나는 일전에 그가 지나가는 말로 옥해를 들먹였던 걸 재빨리 기억해냈다. 놈이 수배 시절 한 해 남짓 머물다 체포되었다던 곳이었다. 하지만 내가 그 낯선 지명을 두고 추측하거나 동감할 수 있는 실마리는 어디에도 없었다. 요컨대, 옥해에 관한 문모의 행적이란 내게 백지 상태에 가까웠다.

비단 나뿐만이 아닐 것이었다. 실제로 그 무렵의 그는, 오로지 숨어 지내기에만 바빴던 것쯤으로 대충 알려진 터였다. 일체의 지하활동마저도 없었다는 얘기고, 그럴 법도 한 살벌한 시기였던 것이다.

내가 만나야 할 사람은 주선욱이라는 남자였다.

나는 의아해하지 않을 수 없었다. 자살하기 전 직접 찾아가 전할 수도 있었을 것이고, 여의치 않다면 내게 했듯 우편으로라도 부칠 수 있었을 게 아닌가.

아니나 다를까, 그는 이렇듯 난수표처럼 해명하고 있었다.

……그분도 이제는 쉰이 다 되셨겠군. 세월이란 송곳이야, 아파. 이 물건은 반드시 네가 직접 그이를 만나 전해주어야 해. 그는 내가 다신 만나선 안 되는 사람이야. 이걸 굳이 너더러 전해달라는 까닭은, 네가 그곳에서 내 지난 삶을 더 정확히 이해할 수 있을 것이기 때문이다. 우리는 서로간에 비밀이 없는 친구였지. 그러나 너는 내 어떤 부분―그냥 한 조각이 아니라, 그 한 조각의 부재로 인해 나머지 모두가 소용없게 될지도 모르는―에 대해 명백히 모르고 있어.

나는 그 공백을, 나의 가장 따뜻한 벗인 너에게만은 채워주고 싶어. 하여 완성된 그림으로, 온전히 '그것'까지를 포함해서 날 이해하고 회상해주기 바라는 거야.

⋯⋯내가 왜 남은 생을 포기했는가에 관해선 궁금해하지 말기를 당부한다. 그건 지금 네가 찾아가야 할 그곳과도, 만나야 될 사람과도 아무런 상관이 없는, 그저 '나'와 이 '세계 전체'와의 갈등 때문이었어. 명심해. 먼저 지레짐작하거나, 훗날 그릇된 유추에 도달하지 않기를 빈다. 거듭, 너는 결코 내가 죽은 시시한 이유 따위를 알기 위해서 그리로 가는 게 아니야. 그냥 내가 살아 있을 때 정리하지 못한 일을 대신 마무리해준다고 생각해줘.

문모, 어째서 너는 이런 장난을 내게 치고 있는 거지? 어디서 배워먹은 그릇된 용기로 감히 내가 비난하지 않을 거라, 용서할 수 있을 거라 생각한 거냐?

나는 소포를 귓가에 대고 흔들어보았다. 뭔가 달그락거리긴 하는데, 풀어보지 않고선 도저히 알 수 없을 것 같았다. 야릇한 불안에 눈알이 침침했다. 함부로 흩어져버린 마음을 애써 이기며, 바닥에 무릎을 꿇은 채로 꽃병의 파편들을 아주 천천히 주워모았다.

⋯⋯올해의 4월 14일, 그러니까 죽은 놈으로부터 저 황당무계한 청탁을 받은 지 얼추 반년이 지나서야 나는 옥해로 향하게 된다.

갑자기 새로운 프로그램을 맡은 것이다. 육체적으로나 정신적으로 겨를이 있을 리 없는 TV 미니시리즈였다. 물론 서랍 속에 처박아둔 '기분 나쁜 의무감'이 켕기지 않았던 것은 아니다. 그러나 그건 어디까지나 처음 며칠간의 사치였을 뿐이었다. 나는 곧 내가 피로하다는 사실 이외엔 아무것도 기억할 수 없는 지경에 빠져들었으니깐. 누구라도 그랬을 것이다.

한데 과연 귀신이 노한 탓인지, 전혀 예상치 못했던 불행이 연속적으로 발생했다.

시청률이 사상 초유로 급격히 하락한 것이다. 때문에 작가가 교체되고, 줄거리마저 수정돼야 한다는 통보를 받기에 이르렀다. 내가 직접 캐스팅한 여주인공은, 정말 좋은 작품이라는 동감 하에 어렵사리 출연을 결정한 중견급 배우였다. 그런데 그녀가 졸지에 백혈병으로 죽고, 그 자리를 머리가 텅텅 빈 CF스타로 메워야 한다는 것이다 그뿐이 아니었다. 인기를 끄는 타 방송국 PD의 연출 방식을 도입하라는 압력이 들어왔고, 그나마 내가 쫓겨나지 않은 건, 그가 얼마 전 충무로 영화판에 뛰어들었기 때문이라는 풍문조차 들렸다. 엎친 데 덮친 격으로, 촬영 도중 조명기사 한 명이 크게 다치기까지 했다. 나로서는 분노할 만큼의 면목도 서질 않는 상황이었다.

나는 새삼, 철저한 상업적 논리 아래서만 유지되는 방송매체의 간악성에 경악을 금할 수 없었다. 저 쓰레기 같은 바보상자가 가지고 있는 유일한 철학이 바로 시청률이었다.

작품성의 미덕이 통하지 않는 그 동네의 생리를 몰랐다고 한다면, 그건 오로지 덜떨어진 내 탓일 것이다. 또한 짧지 않은 PD생활 동안, 이와 엇비슷한 일을 보거나 겪지 않았던 것도 아니었다.

그러나 이번은 달랐다. 지난 7년간의 피로와 허무, 그리고 둔중한 결락감이 일시에 몰려들며, 그러지 않아도 위태위태하던 내 양심의 댐을 무너뜨렸던 것이다.

그날 밤 구문모의 지적은 헛소리가 아니었다. 나는 여태껏 내 진정한 목소리를 잃어버리고 살아왔던 것이다. 허송세월에 대한 뼈아픈 자괴가, 드디어는 나를 할복시키고 마는 순간이었다. 이런 식으로 계속 스스로를 거짓 속에 방치해둘 순 없었다.

"그렇게 잘나셨어? 그럼 시나 써, 그럼 되잖아. 방송은 간 쓸개 다 빼놓고 하는 거야. 초짜도 아니고 알 만한 사람이 말이야, 지금 투정부리는 거야 뭐야? ……이봐, 방송은, 방송이란 건, 악마들이 만드는 거야. 될수록 많은 사람들을 TV 앞으로 끌어들일 수 있는 악마들이. 예술하고 싶으면 카바레 가서 춤이나 춰."

옳았다. 악마들의 직업이었다. 나는 미련 없이 여의도를 떠났다. 묵직한 후련함 뒤에는, 엄청난 양의 푸른 알약 같은 졸음이 밀려들고 있었다.

꿈속에서 나는 사춘기의 나를 자주 보았다. 그도 어딘가에 누워 있었다. 끙끙 앓으며 뒤척이는 품이, 아마도 첫사랑에 실연한 듯싶었다.

며칠간의 동면을 끝내고 커튼을 열어젖혔을 때, 나는 거대한 고요가 천지에 드리워져 있음을 깨달았다. 가고픈 곳도, 불러주는 이도 없는 인생의 방학이 시작된 것이었다.

문제의 소포와 누런 봉투에 담긴 놈의 글이 다시금 눈에 들어왔던 건, 그로부터 불과 서너 시간도 걸리지 않아서였다.

에르네스토 체 게바라의 일기를 읽고 있는 중이야. 군데군데 나오는 사진이 심심하지 않아 좋군. 시가를 검지와 중지 사이에 끼우고 약간 찡그린 그는, 흡사 강단에 선 철학자나 설교중인 신부의 인상을 풍겨. 분명 전투복 차림에 베레모까지 쓰고 있는데도, 어딘지 모르게 시인의 감정이 우러나온단 말이지. 심지어 피델 카스트로와 함께 웃고 있는 모습에서조차도.

손오공이 되어 서방정토(西方淨土)를 기획하는 어처구니없는 사람들, 처형당함으로 전설인 저런 이름들이 가끔씩 있어. 스스로 고아가 되어 이교도를 완성하려는 그 불온한 향기에 코끝이 시리다.

……언젠가, 다방의 큰 어항에서 비단잉어를 훔친 적이 있어. 읽고 있던 그날 자 조간신문으로 둘둘 말아 외투 속에 숨겼지. 뒤도 돌아보지 않고 집을 향해 뛰었어. 그 아름다운 무늬의 물고기는 내 가슴팍에서 심장과 함께 꿈틀댔지. 놈을 소금물에 집어넣고 무작정 끓였어. 입 안 가득 탐욕스런 침이 고이더군. 이윽고 냄비 뚜껑을 열어보았는데, 살점이라곤 한 젓가락도 건질 수 없는 희멀건 국물뿐이었어. 수챗구멍에 쏟아부으며 냄새가 역겨워 이마를 찡그렸지. 어디로 날아가버렸을까? 사라진 비단잉어가 궁금해 잠을 이룰 수 없었어.

사료를 먹여 키운 놈들은 원래 그렇다구, 누구에게선가 그런 말을 들었지. 덕분에 의문은 해결됐지만, 나는 그날 이후로 내 청춘이 허깨비인 것만 같아 두려웠어.

　나는 녀석의 부탁을 들어주기로 했다. 납득할 수 없다면, 외면하거나 따라갈밖에 별다른 길이 없는 것이다. 어차피 토론은 불가능하니까.

　오냐, 이 요설로 똘똘 뭉친 새끼. 제발 주제 파악 좀 해라 응? 너는 썩어서도 잘난 체를 하고 있지만, 결국엔 추잡스런 잡귀일 뿐이야.

　그런데 봐라, 나는 엄연히 살아 있다. 적어도, 내 몫의 고통을 받아들이며, 당당하게 살아가고 있다구. 듣고 있지?

　나는 전화를 걸었다. 신호가 일곱 차례나 울려서야, 여자 목소리가 들렸다.

　"저어, 거기가 옥해 맞습니까? 옥해."

　"그런데요, 어디십니까?"

　이쯤 되면, 망설일 이유가 없었다.

　"그럼, 주선욱씨 댁인가요?"

　여자는 그렇다고 했다. 아내일까?

　"계신가요?"

　"시내에 가셨어요. 누구세요?"

　"구문모라는 사람의 친굽니다. 반년 전쯤 타계한. 생전에 그가 부탁한 물건을 전해드리려고 하는데요."

　"……"

"여보세요?"

"아, 예."

여자는 동요하고 있었다. 통화상이라지만, 분명히 그렇게 느껴졌다.

"실례지만, 지금 말씀하시는 분은 주선욱씨의……"

"제 오빠예요."

음성이 젊다 했더니, 역시 그의 아내는 아니었다.

"제가 그쪽으로 내려가야겠어요. 직접 전해야 하는 물건이라서요. 언제고 들어오시는 건 확실하죠?"

더이상 오갈 말도 없고 해서, 나는 그쯤에서 전화를 끊었다. 그런데 어쩐지 여자의 반응이 석연치 않다. 두려워하는 눈치다. 내가 아니라, 구문모에 연루된 뭔가를.

아무럼 어떠랴. 나는 이미 사자(死者)의 놀음에 끼어든 미친놈이다. 이제는 되레 호기심조차 인다.

나는 여벌의 속옷과 세면도구 정도로 간단히 짐을 꾸렸다. 오히려 잘된 일인지도 몰랐다. 어떻든 이 지긋지긋한 도시를 빠져나가려던 참이었으니까. 어서 이 골때리는 물건을 넘겨주고, 내친김에 부산을 거쳐 제주도라도 한번 다녀올 요량이었다.

나는 고속버스 터미널에서 16시 30분발 상서(傷緒)행 우등 티켓을 샀다. 우선은 거기까지 간 후에, 뜸하게 오는 일반버스로 갈아타야 한다고 그는 적어놓았던 것이다.

지도에서 찾아본 옥해는 아주 작은 고장이었다. 표시로 보아

선 기차가 다니고는 있는 것 같았다. 국수 한 그릇을 비우고 신문 정치면 전체를 꼼꼼히 읽었는데도, 승차하기엔 여태 5분가량이 남아 있었다.

이게 도대체 얼마만의 여행(?)인가? 억지로라도 그렇게 생각하며 은근히 들떠 있는 내가 우스웠다.

고속도로 위에서 속력을 내기 시작했을 때, 차창에는 여름 소나기 같은 봄비가 부딪고 있었다.

나는 세상이 온통 물그림으로 녹아내리는 걸 두고두고 노려보았다.

3

해안가 모래사장에서 고래들이 말라 죽어가고 있다. 무슨 말인고 하니, 겉보기엔 멀쩡한 고래들이, 대책 없이 육지로 밀고 올라오는 거야.

매년 전 세계적으로 다섯 건 정도가 보고되곤 하지. 정확한 원인은 알 수 없대. 고래 귀에 기생하는 회충이 방향감각을 파괴한다는 병리학적 이론에서부터, 고래의 자살을 믿는 신비주의적 입장까지 다양하지. 그런데 말이야, 그 여러 가지 추측들 중 상당히 흥미로운 가설이 하나 있어.

종(種)적 기억에 입력된 제 조상들의 항로를 따라, 5,000만 년 전에는 존재하지도 않았던 육지로 고래들이 돌진한다는 거야. 그 얘길 들은 나는 가슴이 얼어붙는 것 같았어.

우스갯소리밖에는 안 되겠지만, 그걸 내 식으로 한번 바꿔 말해볼까? 아마도 고래는 낙타를 사랑하고 있었던 걸 거야. 사막에 사는 낙타 말이야. 왜, 알다시피 고래도 포유류잖아. 유전자적으로 끝까지 올라가 보면 낙타에 걸릴지도 모르는 일이지.

아무튼, 바다에 사는 온갖 고래 중에 몇 마리가 낙타를 그리워한 거라구. 그래서 백사장에서 고통스럽게 죽어가는 거야. 물 한 방울 없는, 먼지투성이의 사막을 향해 더이상은 다가가지 못한 채. 사람들은 비웃고 조롱하겠지. 불가능한 사랑이라고 치부하면서. 기껏 인심을 쓰더라도, 안타까워하는 정도일 뿐이야.

고래가 낙타를 그토록 사랑하는지 모르고, 까끌한 모래알을 씹어 삼키며 기다리고 있는 낙타의 어두운 고독은 상상도 못 하면서.

밤 열시가 가까워서야 겨우 상서에 도착했다. 옥해까지 들어가는 데 얼마가 더 소요될지 알 수 없는 형편이었고, 또한 남의 집을 방문하기엔 이미 선을 넘어선 시간이었기에, 나는 거기서 하룻밤 묵기로 작정했다.

그나마 근방에서 가장 괜찮아 보이는 여관방을 잡았지만, 지방 도시의 물 빠진 촌스러움을 원죄처럼 지니고 있기는 마찬가지였다.

가방을 침대 위에 던져놓고 다시금 거리로 나갔다. 역 주변에서 흔히 볼 수 있는 유흥가 그대로였다.

아직 불이 켜져 있는 다방 간판이 눈에 띄었다. 나는 그리로 들어갔다. 혼자 술집에서 죽치자니 뭐하고, 이것저것 물어볼 것도 있을 것 같아서였다.

야사시한 검정 란제리 차림의 여자가 반겼다. 단순한 다방이 아니었던 것이다. 그나마 앉아 있던 손님들이 왁자지껄하게 빠져나가고 있었다. 사투리가 심한 게, 이곳 사람들인 듯싶었다.

나는 차를 마실 수 있냐고 물었다.

"지금은 술밖에 없는데. 오빠, 그러지 말고 한잔 하세요. 예?"

여자는 다짜고짜 내 팔짱을 끼고 자리를 잡았다.

"어디서 오셨어요? 여기는 다 그래요. 이 시간에 차 안 팔아요."

나는 양주 한 병과 과일 안주를 시켰다. 이야기 상대만 있다면, 아무래도 좋았던 것이다.

"어린 아가씨가 필요하시면, 호출해드릴 수 있는데."

나는 됐다고 했다. 그러자 여자의 얼굴이 무척 환해졌다. 의외로 인상이 고상한 여자였다.

"멀리서 오셨나봐."

나는 끄덕였다.

"말씀이 별로 없으시네요. 서울에서?"

"거기도 여기 사람은 아닌 것 같은데."

"그럼요. 우리야 여기저기 떠돌지. 저도 한잔 주세요."

"손님이 없네."

"요즘 다들 그렇잖아요. 게다가 근처에 좋은 데가 많이 생겨서…… 나도 가끔 아가씨들 모자라면 가게 문 닫고 출장가는데."

"옥해로 가려면 어떡해야지?"

"옥해는 왜 가요? 뭐 볼 게 있다고?"

"만날 사람이 있어."

"터미널 건너편에서 4번 버스를 타고, 30분쯤 들어가야 해요."

"버스가 뜸하다며?"

"누가 그래? 어, 금방금방 오는데. 직행버스도 있어요."

하긴, 문모는 10년 전을 생각했을 터이다.

"거기 바다가 있나?"

"바다? 금시초문인데. 바다는 삼척 쪽이잖아."

"그래? ……그렇군."

하긴, 나는 자꾸 옥해(獄海)를 옥해(玉海)쯤으로 착각하고 있었다. 감옥의 바다?

"고향도 아닌데 누굴 만나러 가실까?"

"옛 친구."

"친한 사인가봐. 이렇게 촌구석까지 오시고."

"그래도 밖은 제법 시끌벅적해."

"다 그렇고 그런 데밖엔 없어요. 오신 길로 조금만 들어가면 쬐그만 사창가도 있고. 지금은 없어졌지만, 왜 예전에 여기서 한 시간 거리에 섬유공단이 있었잖아. 그때는 돈 번 사람도 많았대. 실은 나도 이리로 굴러들어온 지 1년밖에 안 됐어요. 아는 언니 잠시 도와주려다가 요꼴 난 거지. 지겨워, 곧 뜰 거야. ……참, 뭐 하시는 분이죠?"

"실업자야. 그러니까 할 일 없이 친구나 찾아다니지."

"에이, 아닌 것 같은데?"

"얼마 전에 그만둬서 아직은 티가 안 나."

"전에는 뭘 했는데요?"

"……음, 가전제품 장사. 주로 TV를 취급했어. 전국적인 판매망으로."

"이머, 안됐다. 오빠도 요즘 망한 케이스구나. 바가지 씌우려고 했는데, 참아야겠네."

"우울한 얘기 그만하고, 우리 술이나 들지."

오래 걸리지 않아 위스키 병은 투명한 위장을 드러내었다. 터무니없지 않은, 편안한 여자였다. 그런 데서 썩기엔 좀 아까웠다.

그녀는 2차를 나가자고 했다. 처음 와보는 객지에서의 밤이다. 차라리 취하는 편이 덜 궁색할 듯싶었다.

우리는 곱창집에서 소주를 마셨고, 이번엔 내 제안으로 노래방에 갔다. 술이 올라 호기가 부려지기 시작한 것이다. 거기서 우리는 당연한 수순인 것처럼 키스했다. 여자의 혀는, 어느 부분이 지나치게 뜨겁고 매끄러웠다. 반주만 계속되는 유행가, 그녀는 내 바지의 지퍼를 내리고 손을 집어넣었다. 여자는 속삭였다.

"방 어디에 잡았어?"

화장대 앞에 선 그녀는 하얀 정체를 드러내었다. 그러곤 땀에 전 내 옷을 하나하나 정성스럽게 벗겼다. 여자는 나를 눕히고 귓불에서 목, 목에서 가슴, 가슴에서 아랫배, 아랫배에서 성기, 성기에서 발가락까지를 정성스럽게 핥아댔다. 급기야 항문 근처에 혀가 스쳤을 때, 나는 그녀에게로 들어갔다.

마주 꺼안고 직각으로 상체를 곧추세운 우리가 거울 속에 있었다. 인어 같은 여자의 몸 안을 내 또다른 존재가 뒤섞을 적마다, 어떤 음역으로도 규정이 불가능한 신음이 벽지를 적셨다.

사정이 끝난 뒤, 그녀는 내 꺼져버린 육체를 보듬으며 이렇게 말했다.

"옥해에는 누가 있지? 여자야?"

"그건 왜?"

"실연당한 것 같아서. ……애 같애. 예뻐."

"당했지. ……그 비슷한 거, 당했지……"

나는 그녀의 젖가슴에 얼굴을 숨겼다. 책장 넘어가는 소리를 내며 느리게, 머릿속이 바래지고 있었다.

……미안해, 지금은 편집이 바쁜데, ……에이, 그건, 그런 표정이 아니고, ……젠장, 또 날 새게 생겼군. ……세상에, 고래라니, 사막으로 가는 고래? ……완전히 미친놈들이잖아, ……자, 이젠, 스튜디오로 이동하지, ……당신 배우 맞아? ……이따위로 일처리를 ……는 사람이 말이야, ……좋아, 캇! ……아! 난, 이제 아니지, 아무것도 아니야. ……쓸데없어, 다 헛거야. ……근데, 마귀새끼, 들, 죽여버리고 말겠어, ……내 입장도 좀, ……말

겠……어…… 근데, 여기가, 어딜까? ……옥, ……해? 여기?
……아, 낙타! 보인다. 저기 저 파란, 바다.

새들은 자유로워. 그리고 절대로 길을 잃지 않아. 극지 제비갈매기
는 순식간에 35,000킬로미터를 쌩, 하고 날아간다. ……철새들은 강
이나 산맥 같은 거대한 이정표, 태양과 별의 위치, 기압의 변화, 바람
의 방향과 냄새, 심지어는 바다의 물결이 내는 주파수 등을 따라 방향
을 잡는데…… 그렇다고들 해. 이 역시 미스터리지. ……인간의 몸 안
에도, 그런 낭만적인 나침반이 존재한다면 얼마나 좋을까. 그렇게만
된다면, 우리는 교활한 갈림길이나 절망의 늪 따위에서 깜깜히 흩어지
지 않을 것이다. 게다가 진정 가고픈 나라로 훌쩍, 몽땅 날아오를 수도
있을 터인데.

다음날 느지막이 일어난 나는, 허겁지겁 지갑부터 살피고 있
었다. 신용카드, 현금, 모두가 그대로였다. 그러자, 없는 그녀에
게 굉장히 미안해졌다. 우선은 의심했던 것이 그랬고, 내가 어쩌
다 이 지경이 됐을까, 하는 생각에 부끄러웠다. 하지만 왜 깨우
거나 화대를 따로 챙겨가지 않았을까?
찬물을 세게 틀고 거기에 머리를 처박았다. 약간이나마 정신
이 수습되었을 때, 나는 또 한번 스스로를 비웃지 않을 수 없었
다. 그녀는 내게 자기 몸을 사라고 하지 않았던 것이다. 그냥 날
따라오겠다고 말했을 뿐이었다.

비록 하룻밤의 살붙임이었건만, 나를 인연으로 여기고 잘 대해주었다. 창녀의 타산적인 태도가 결코 아니었다. 그녀 역시 나를 선택했고, 그래서 나와 함께 시간을 보냈다고 해야 정확했다.

이렇게 야비한 내가, 과연 누구를 비난할 수 있겠는가. 갑자기, 살아간다는 게 자신 없어지고 있었다.

사막을 순례하려는 고래들, 그 죽음의 대열이 떠오른다. 옥해에는 바다가 없다. 그러나 나는 그리로 가기 위해, 숙였던 고개를 들었다.

4

유대인의 법은 본인에게 불리한 증언을 무효로 하지. 자백이 고문을 통해 얻어지는 경우가 많다고 믿기 때문이야. 고문 말이다. 여러 종류의, 보이고 보이지 않는 모오든 고문들.

5

미루나무들의 푸른 머릿결 사이로 옥해역은 낮게 엎드려 있었다. 아무래도 새마을호가 그냥 지나칠 것 같은, 순전히 그날 기분에 따라 '초라하다'와 '아담하다' 둘 중의 하나로 평할 수 있을 법한, 그런 기차역이었다. 그리고 그 왼편 언덕에는, 붉은 벽돌로 지어진 성당이 보였다. 석조가 아니어서 장중함은 덜했지만, 상당히 높고 우뚝한 첨탑이 예사롭지 않았다.

나는 버스 종점을 등져 비포장도로로 2킬로미터가량을 걸어가야 했다. 대책 없이 환한 길이었다. 봄볕 먹은 바람마다엔 꽃향기의 정맥이 굵게 드러나 있었고, 흰나비 몇 마리가 개울물 소리 따라 허공을 송사리떼처럼 톡톡 튀어나간다. 오랜만에 맛보는 자연의 숨결이 신기로웠다. 무리가 아니리라. 서울엔 살아 있는 것이라곤 인간밖에 없었으니까. 그곳에선 사랑마저도 사각형의 쇠자물통 모양을 하고 있지 않았던가.

당도한 2층 양옥집의 철창 문은 빠끔하게 열려져 있었다. 투박한 정원에 드문드문 자리잡은 기하학적인 조각품들이, 그 예전 문모가 대략 어떠한 연고로 해서 이곳에 찾아들었는지를 가늠케 했다.

수세기 동안, 서로를 알아봄으로만 살아남을 수 있었던 자들이 있다. 자신과 비슷한 사람들이 존재한다는 것에 위안받아야 했던 불행한 시선들이. 겨울 새벽 술집 같은 데서 걸어나와, 그사이 눈이 쌓였다는 걸 알았을 때면 넌 무슨 생각을 하니? 아마도, 하얗게 변해버린 세상에 감탄하겠지. 그러곤 길가에 찍힌 수많은 발자국들을 바라보는 거야. 그 발자국들은, 없는 사람들의 모습들을 충분하고 생생하게 재현해주지. 무단횡단을 했고, 술에 취해 비틀거렸으며, 미끄러졌던, 그 밤 그 길을 걸은 모든 이들을.

생각보다 인생은 훨씬 단순해. 색깔 한 가지로도 금세 달라지는 세상의 느낌이 그러하듯. 소리없이 내린 눈이 외치는 길의 과거처럼. 그리고 오직 서로를 알아봄으로만 사랑할 수 있는 사람들이 있다.

냉골 바닥에 담요 한 장만 깔아도 지낼 만해지는 거, 너 아니?

"오늘만 들어오시지 못한다는 말씀이겠죠?"

"당분간 멀리 가 있겠다고 했어요."

유난히 긴 속눈썹과 여자치곤 떡 벌어진 어깨가 인상적인 주선욱의 여동생은, 물 빠진 블랙 진에 국방색 셔츠 차림으로 진흙이 엉겨붙은 등산화를 신고 있었다. 뒤로 넘겨 간단히 묶은 생머리에, 목소리는 가끔 신경써서 들어야 할 만큼이나 허스키했다. 그 모두가 한데 어우러져, 상당히 도전적인 느낌을 주는 여자였다. 나보다는 서너 살 아래인 듯싶었다.

삽날이 후줄근한 소리를 내며 땅에 꽂힌다. 그녀는 담벼락 곁에 묘목을 심고 있던 참이었다. 나는 심드렁한 여자의 태도가 불쾌했다.

"분명히, 그러셨습니까?"

"물론이에요."

"아니, ……도무지 납득을 못 하겠군요. 전 꼭 직접 만나뵙고 이 물건을 전해드려야 해요. 고인이 그렇게 신신당부했단 말입니다."

"알아요. 하지만 물건조차도 받지 않겠답니다."

"예?"

"그냥 가지고 돌아가시라구요. 그뿐이에요. 오빠는 선생님이 떠나신 뒤에야 집에 들어온다고 했어요. 구문모씨가 그렇게 된 건 정말 애석한 일이지만, 더이상 연관짓지 않았으면 좋겠다구요. 전하시겠다는 물건은 알아서 처리하시면 되지 않겠어요?"

"뭘요?"

"전해주시겠다는 물건 말이에요."

그녀는 날 똑바로 쳐다본다. 나는 그 눈빛을 완강하게 되받는다.

"제 말은 그게 아니라, 대체 뭘 연관짓지 말라는 거냐구요?"

"……"

"일단 전화통화만이라도 할 수 없을까요?"

"이러면 이러실수록, 처음 만난 사람끼리 서로 입장만 난처해질 뿐이에요. 그리구, 전 지금 어디 있는지도 몰라요."

나는 현관으로 이어진 돌계단에 털썩 주저앉는다. 여자는 날 무시하고 하던 일을 계속하고 있다. 이제 이 일을 어쩐다?

"지금 심고 있는 나무가 뭡니까?"

"예?"

그녀가 얼굴을 내게로 획 돌리자, 턱에 고여 있던 정액처럼 굵은 땀방울이 땅 위로 떨어진다.

"꽃나문가요?"

"무슨 소릴 듣고 싶은 거예요?"

"정원이 참 훌륭해요."

"허, 기가 막히네요."

어느새 나는 문모가 지냈다던 바로 그 방에 누워 있다. 천장에 말라붙은 쥐 오줌 자국이 흡사 바래버린 부적 같다. 해 질 무렵이 다 되도록 그렇게 고집부리고 있던 나를 그녀는 단 하룻밤이라는 조건하에 머물게 해준 것이다. 이렇듯 어렵사리 찾아온 터에 그냥 맥없이 후퇴한다는 건 말도 안 되었다. 더구나 주선욱의 마음이 바뀔지도 모를 일이고, 최소한 이 정도의 성의는 보여야 저 못난 악귀도 저주를 풀 것 아닌가.

나는 담배를 유리 재떨이 중심에 비벼 끄고, 주전자를 끌어당겨 물을 마신다. 저녁식사 대접 후에도 이런 것들을 일일이 챙겨주는 걸 보면 의외로 무척 세심한 구석이 있는 여자다.

그건 그렇고, 이 큰 집에 왜 남매만이 살고 있을까? 곰곰이 따져들자니, 미심쩍은 게 한두 가지가 아니다. 그리고 주선욱보다는 오히려 여자 쪽이 더 마음에 걸린다. 여동생 때문에 그가 엮여든 형국일 수도 있지. 지나친 추리일까? 여하간 분명한 것은, 그녀가 그 시절을 문모와 함께했다는 점이다.

이봐, 나는 내일 아침이면 여기를 떠난다. 내가 최선을 다하고 있는 거 보이지? 대신 더이상은 없어. 내 탓이 아니라구. 근데 너 말이야, 대체 여기에다 무슨 흉한 짓을 하고 간 거냐? 저들이 나마저 피하려 드는 까닭이 뭐냐고?

세월이 아프다 그랬니? 그럴듯한 말이다. 오죽하시겠니.

나는 구문모를 기억 속에서 복원한다. 깡말랐지만 강단 있는 체격, 만취한 어느 밤 꼬박 새워 유행가 100곡을 기어이 채우던 가객, 당장의 시련쯤은 미래의 훈장으로 여기던 투사, 카리스마의 철갑을 적시며 흐르던 따뜻한 눈물, 폐병에 걸린 미소년처럼 기분 나쁘지 않은 퇴폐가 풍기던 그의 천재 같은 것들로.

타고난 승부사적 기질 때문에, 찬사만큼 욕도 먹고 적도 많았지. 그런데 막상 제 죽음 앞에선 왜 그 모양이었을까?

너는 눈치챘었을까? 내 젊은 날이 너로 인해 한참 주눅들어 있었다는 걸. 어두운 시대에 괴로웠던 것은 너만이 아니야. 너는 감옥에 갇혀 있었으되, 나는 네가 대표하는 불특정 다수들을 향한 죄책감으로 징역살이를 했더랬다.

시간이 좀더 지나서, 그래서 세계가 전혀 다르게 개편됐을 때, 나는 너도 구시대의 유물로 전락해버리기를 내심 바랐다. 그래서 나와 별다를 바 없는 인간임을 훌쩍이며 고백하기를 말이야. 물론 착각이었지. 너는 확실히 다르더군. 가히 표범처럼 영악한 순발력이었어. 스스로 파멸은 해도, 타인에게 거세당하거나 할 위인이 아니었던 거야. 겉으로는 놀라는 척했지만, 나는 네 이혼을 당연한 귀결로 생각했더랬다. 본시 너란 놈은 민중이라는 추상은 사랑해도, 아내라는 엄연한 존재를 사랑할 순 없는 괴물이었으니까.

에이, 내가 괜히 멍청한 소릴 했다 싶다. 너는 이미 내 속내를 환히 들여다보고 있었을 텐데 뭐. 오히려 그런 나를 다독거리면서, 가끔은 적당히 질책하기도 하면서, 우정이란 기호품을 한껏 즐겼겠지.

　나는 소포를 응시하며 몇 개비의 담배를 더 태웠다. 그리고 그것을 새삼 귀에 대고 흔들어본다. 너의 망령은 여전히 달그락거린다.

　……그리하여 역경이 선물한 충고를 들으며 나는 이 글들을 썼다. 무너진 도시의 터에 새 꿈을 재건하는 일은 생각했던 것 이상으로 힘겨웠다. 눅눅한 저혈압의 정신이 지배하는 저녁 거리를 헤매다가, 차라리 지나간 피의 시대를 그리워하고 있는 자신을 발견하고는 소스라치기도 했다. 지식인이 얼마나 이기적인 존재인가를 나는 그때 비로소 알았다. 그들은 자신이 지껄일 강단만 마련된다면, 세상이 지옥으로 변한다 해도 개의치 않는 종족인 것이다. 거듭 그것은 또한 나였다. 아무리 애를 써도 부정할 수 없다. 만약 부정하는 자가 있다면, 그는 바야흐로 무서운 일을 저지를 소질이 다분하다. 그런 위인들이 세상을 망쳐왔고, 망치고 있으며, 앞으로도 꾸준히 그러할 것이다.

　지금 세계는 어쩔 수 없이 달라졌다. 정치에서 문화로, 국가에서 개인으로, 철학자에서 마니아들에게로, 그런 예를 들자면 한도 끝도 없으리라. 그러나 나는 믿는다. 상황들이 천만 번 둔갑한다 하더라도, 우리가 인간이라는 대명제는 늘 예전 그 자리에서 이 세상을 지켜보고 있다는 것을.

　하여 여기 나의 글들은, 언뜻 이해하기 힘든 현실을 푸는 새로운 공식과 법칙을 찬찬히 살피는 선상에서 유지됐으되, 그 근본적 쓰임이란 이전과 결단코 같아야 한다. 인간의 역사는 컴퓨터가 있고 없음보다 총포의 유무 같은 것들에 의해 본질적으로 지배받아왔음을 간과해선 안 될 것이다. 문제는 상황이 어떻게 달라졌는가가 아니라, 인간성이 어떻게 변질되었으며 왜 그래야만 했는가 하는 것, 그리고 그렇다면 과연 어떤 방법으로 찾아온 불행을 교정하고 아름다움을 되찾느냐 하는 것일 게다.

우리는 새로운 인간으로서 낯선 인간성을 습득할 것이 아니라, 새로운 세계를 이해하는 과정에서 잃어버린 인간성을 회복해야 한다. 진실로 그것이 가능하다면, 이미 새로운 희망을 찾아가는 길에 첫발을 내민 셈이다……

—『새로운 세계, 새로운 희망』의 서문 중에서

나는 너의 있지도 않은 흔적 위에 누워 있다. 내일이면 떠나온 곳으로 돌아가, 떠나오기 전의 나와 결별할 것이다. 아마도 가능할 거야. 왜냐고? 네 말처럼, 인생은 생각했던 것보다 훨씬 단순하니까. 색깔 하나에도 금세 변하니까.

6

재차 시동을 걸어보았지만 역시 헛수고이다. 부르릉대기는커녕 고요하기조차 하다. 나는 운전석에서 내려와 보닛를 열고 손전등을 비춘다. 냉각수, 팬벨트…… 이상이 없는데?

팔베개를 한 채 왼편 벽 쪽으로 돌아누워 있었다. 피곤했던 모양이다. 상념을 멈추자 의식은 쉽사리 묽어졌다. 그때 노크 소리를 들었다. 온몸에 오싹 소름이 돋으며, 방금 든 잠이 순식간에 달아났다.

—주무셨나요?

—아닙니다.

—저, 저기 마을로 들어오는 길목에서 갑자기 차가 움직이질 않아요. 좀 봐주실 수 있겠어요? 실은 운전을 시작한 지 몇 달 안 돼서요.

나는 그녀와 함께, 낮에 걸어 들어왔던 비포장도로로 나갔다.

밤하늘의 별들이 어둠에 횟가루를 뿌려놓은 듯했다. 은하(銀河)가 잘 보이는 곳에 사는 사람들은 겸손할 수밖에 없다고 한다. 이 세상이 우주에 비해 너무나 작다는 걸 매일 깨닫는 까닭이란다. 나는 괜히 포근해져 농을 걸어본다.

—스스로를 외계인이라고 생각해본 적 있어요?

—외계인이요?

—그래요. 꼭 오징어처럼 생긴 뭐가 아니라, 그저 다른 별나라 사람으로서 말입니다.

—아까도 느낀 바지만, 상당히 엉뚱한 분이시네요. 선생님은 그러신가요?

―아주 가끔은, 내가 저 먼 어딘가에서 온 것은 아닐까, 하는 생각을 하긴 해요. 그런 망상에 자주 사로잡히던 때가 있었죠. 대학 시절엔 특히 심했어요. 그렇게라도 위로받고 싶을 만한 시대였는데다가, 사람이란 게 어떻게 보면 태어나는 그 시점부터 떠돌이게 마련이고, ……왜, 유목민들은 그런다잖아요. 한 번 잠들었던 곳에 두 번 눕는 걸 치욕으로 여긴다고.

―전 돌아다니는 걸 싫어해요.

―여기서 살면 좋겠어요. 별도 잘 보이고.

―별에 관심이 많은가보죠?

―한때는 우리나라 최초로 소행성을 발견해내는 게 꿈이기도 했습니다.

―소행성?

―왜, 『어린 왕자』에도 나오잖아요. 그게 B-612였던가, 621이었던가? 아무튼, 주로 화성과 목성 사이에 퍼져 있어요. 궤도가 확인된 것만 해도 팔천여 개가 넘죠. 하지만 한국인들이 발견한 건 아직까지 없단 말입니다. 부끄러운 일이죠. 우륵이니 세종이니 하는 별들이 있긴 한데, 그것들 모두가 일본인들이 인심써서 붙여준 한글 이름이라구요.

황당했는지, 그녀는 더이상의 대꾸가 없었다. 고장난 자동차를 손보러 가는 사람들이 나누기에 어색한 대화인 건 사실이었다.

―멈출 때 상태가 어땠는데요?

―그냥 천천히 서버리던데요.

─아무래도, 제너레이터가 나간 거 같아요.

─어떻게 안 될까요?

─그건 통째로 갈아끼우는 수밖에 없어요. 내일 아침에 정비소에 가보셔야 할 것 같습니다.

─큰일이네요. 오전중으로 꼭 다녀와야 할 곳이 있는데.

나는 지프 문짝에 몸을 기대었다.

─혹시 담배 있어요? 방에서 가져오지 않아서요.

그녀는 담배를 꺼내어 내게 건네고는, 자기도 피워문다.

─근데, 저기 저 불빛은 뭡니까?

─옥해성당이에요.

─아, 낮에 보았던…… 이런 작은 마을에 있기엔 좀 크던데.

─몰라서 그렇지, 여긴 천주교로 유서가 깊은 동네예요. 조선시대에 순교한 사람들도 있었구요. ……지금은 인구가 점점 줄어가지만.

─왜죠?

─특별히 할 일들이 없어서겠죠. 아니면, 나 말고는 다들 떠돌아다니길 좋아해서 그런지도 모르고. 기차로 오셨나요?

─버스로 왔어요.

─그도 그렇게 왔더랬어요.

─누구…… 문모 말인가요?

─그래요.

드디어 기회가 찾아왔다는 생각이 들었다. 그래, 너도 인간이니 슬슬 입을 여는구나. 나는 내 손가락 사이로 끼어든 이 실마리를 놓칠 순 없었다.

—……저는 이해하기가 힘듭니다, 이 상황이.

—문모씨와는 친하셨나요?

—대학교 서클 동기로 만났어요. 내가 열아홉, 녀석은 재수를 했으니 스무 살로. 볼 꼴 안 볼 꼴 다 보고 지냈죠.

—그가 왜 그랬다고 생각하세요?

—바로 그걸 알고 싶다는 겁니다. 그리고 여기서 무슨 일이 있었는지도요. 문모는 내가 자신에 대해 명확히 모르고 있는 부분이 있다고 했어요. 그걸 알아내, 지금이라도 완전히 이해하길 바랐구요.

—굉장히 생동감 있는 사람이었어요. 처음 이곳에 왔을 적엔 무척 지쳐 보였지만. 저도 그분이 왜 자살했는지는 잘 모르겠어요. 하지만, 두번째 궁금증 정도는 풀어드릴 수도 있을 것 같네요.

—실례가 안 된다면,

—괜찮아요. 물어보세요.

—혹시,

—혹시 뭐요?

—문모를 사랑했습니까?

—그렇게 느껴져요?

—그저 직감일 뿐입니다.

—눈이 아주 없으신 분은 아니네요. 반은 맞혔으니까. 알잖아

요, 그 사람 매력 있다는 거. 눈에서 불꽃이 이글거리는 것 같았어요. 조용할 땐 비석처럼 가만있다가도. ……촌구석 여자가 봐서 그런 것만은 아니었을 거예요. 그렇게 생각 안 해요?

—사람의 영혼을 선동하고, 체계적으로 정리하는 법을 알고 있던 녀석이었어요. 내가 여자였더라도 빠져들었을 겁니다.

—실망스럽겠지만, 더이상의 상상은 하지 마세요. 나만이 그를 좋아했더랬으니깐. 그 사람은 이미 사랑하는 사람이 있었어요.

—그 시절 문모에게 애인이 있었던 줄은 몰랐는데.

—당연히 그랬겠죠.

여자는 짧아진 담배의 불똥을 튀겨 날리고는, 빙끗 웃는다. 눈동자에 어린 물비늘이 짐승의 그것처럼 빛을 발하고 있다. 나는 괜한 소릴 꺼냈다 싶은 후회 때문에 입맛이 썼다.

—오빠였으니까.

—예?

—그가 사랑했던 건, 선생님이 만나고 싶어하는 주선욱씨라구요.

—그게 무슨?

—물론 그랬을 테지만, 그가 게이였다는 걸 몰랐군요. 오빠도 게이예요. ……하하하. 역시 많이 놀라네요. 그러고도 어디 친한 사이였다고 할 수 있겠어요? 왜, 더럽나요? 갑자기 정나미가 떨어져요?

—우.

70

—천 년 동안 서로를 알아보는 힘으로만 살아온 사람들이 있어요. 아무에게도 자신에 관해 떳떳이 털어놓지 못하는 불행한 경우들이. 둘은 결별했어요. 아시다시피, 문모씨는 야망 있는 사람이었잖아요. 하고 싶은 일이 많았던 것 같아요. 오빠를 버렸죠. 그렇게 된 거예요. 하하.

—나, 나는.

—그만 들어가죠. 바람이 차요. 다 알았으니, 약속대로 아침이면 반드시 떠나야 해요. 오빠를 그만 괴롭혔으면 좋겠어요. 물론 그러고 싶어 그러는 건 아닐 테지만. 이제 나머지는 신생님이 스스로 해결해야 할 몫이에요.

7

이봐, 바람에도 몸이 있을까?

나는 바람의 눈물을 보고 싶어. 하지만 상자 속에 갇힌 바람은 이미 바람이 아니야. 죽음과 동시에 전부 사라지는 삶처럼.

만일 우리가 바람을 보려 한다면, 바람 그 자체를 찾아 헤매선 안 돼. 대신 바람이 많이 부는 언덕이나 지붕 위에 깃발을 세워야 한다구. 펄럭이고 휘감기는 깃발의 모습을 통해서, 보이지 않는 바람의 얼굴을 나름대로 만나볼밖에.

단언하건대, 나는 세상을 제대로 읽고 해석한 바가 없어. 그건 오히려 더 어두운 혼돈이었겠지. 내가 쓰고 그렸던 것들은 거짓과 참의 중간쯤에서 웅크리고 있는, 국어사전에는 없는 굉장히 쓸쓸한 단어였을 거야. 나는 나를 밝힐 수 없었거든.

……그분과 많은 얘기 나눴길 바래. 그래서 이윽고 나의 빈 곳을 알아차렸다면, 너만은 이제부터라도 그 기억 안에서 제발 날 고독하게 버려두지 말아다오. 한 사람을 소외한다는 것은, 고작 알은체하지 않는 게 아니야. 자신에 관해 설명할 수 있는 온당한 기회를 박탈하는 편견들이지. 지금도 그런 주류의 폭력에 짓눌리고 있는 수많은 이들을 생각하면, 끔찍해.

내가 판화를 즐겼던 건, 그것이 책과 그림의 요소를 동시에 함축하고 있기 때문이었어. 하나의 진실로 하여 다시금 여러 장의 진실을 양산할 수 있는 방식이었던 거지. 너는 내가 꿈꾸었던 저 판화 같은 영토에서 정의롭게 빛나길 빈다. 나는 한낱 몽상가에 불과했지만 말이야.

……네가 나를 잊어도, 나는 너를 잊지 않을 거야. 곧 내게 다가올 세계에는 그런 권리가 없을 테니까. 그것이 내게 남은 한 줌의 위대한 희망이다.

살아서 내가 주도했던 모든 가식들을, 너와는 아무런 의논도 없이 홀로 견뎌야 했던 저 공포의 시간들을 용서해다오.

철환아. 설마, 바람엔 몸이 없겠지? 얼마 후의 난, 그랬으면 좋겠어. 영혼만 푸르게 살아 있었으면 좋겠어. 지배받는 육체가 아닌 자유로운 영혼만……

나는 칠이 벗겨지고 바랜 옥해역에 서 있었다. 곧 기차는 내가 떠나온 방향을 거슬러 출발할 것이었다. 결국 주선욱에게선 아무런 연락도 없었다.

"끝난 거예요. 하실 만큼은 다 하신 거라구요."

그녀는 그런 희한하고도 특별한 작별인사를 했다. 그래서 나는 이렇게 말했다.

"나는 당사자가 아닙니다. 어쩌면 이 일에 당사자는 없을지도 모르구요."

그녀는 의미를 알기 힘든 미소를 지었다. 그때 까악까악— 까마귀 소리가 들렸다. 우리는 옥해성당의 종탑을 올려다보았다. 내 손가락은 피뢰침 끝을 가리키고 있었다.

"저런 데도 새가 앉네요."

"근처에 홍당무밭이 있어요. 거기서 날아온 놈일 거예요."

"하긴. 새는 가벼우니까."

"그래요. 몸도 영혼도 가벼우니까, 뾰족한 창끝 위에서도 피안 흘리고 앉아 쉬는군요."

나는 애써 훠이훠이— 까마귀를 쫓아보았다. 그러나 녀석은 조금의 동요도 않는다. 너무 멀리에, 너는 너무 멀리에서 우리를 외면하고 있었다.

나는 기차에 올라타 창가 좌석에 앉았다. 그녀는 어느새 등을 보이며 되돌아가고 있었다. 나는 그런 급조된 씩씩함이 슬펐다. 그리고 그녀의 이름을 모르고 있음을 깨닫곤, 실소했다. 하여 시구에 찍힌 방점처럼 작아진 그 뒷모습을 향해 속삭였다.

"잘 지내요, 아무튼."

문모는 내게 부탁했었다. 아무것도 함부로 예상하거나 추론하지 말아달라고. 그냥 그대로를 받아들이라고. 완벽하게 회상만 해달라고.

나는 그러기로 한다.

교회 종탑 피뢰침 끝에는 아무것도 보이질 않는다. 어디로든 날아간 거겠지. 제 마음의 나침반을 따라 가고픈 나라로 훌쩍, 솟아오른 거겠지.

기차가 상서역을 지나칠 즈음, 나는 조금의 주저함도 없이 소포를 풀었다. 달그락거리던 상자 속의 알맹이는, 다름아닌 판화의 원판이었다.

문모 특유의 거친 선으로 새겨진 고래 한 마리가 거기에 있다. 숨을 헐떡이며 육지로 올라오려는 애처로운 표정의, 낙타가 그리워 사막을 가는 무모한 고래의 사랑이.

문모는 그를 진정으로 사랑했었던 것이다.

이제 이 엄연한 사랑을 나는 무어라 부를까. 누가 그들의 사랑을 고래이고 낙타이게 하였는가. 나는 숨이 막혀와, 열차의 좁은 통로를 비틀거리며 걸어가 문을 활짝 열어젖혔다.

외치다 죽은 자들만이 모든 의의를 독점하는 것은 불합리하다. 우리는 견디기 힘들어 쓰러진 자들의 고독에도 마땅한 경의를 표해야 한다. 우리가 그를 얼마나 오래도록 독방에 수감하고 있었는가를 속죄하기 위해서라도.

서른다섯 해를 자라고 늙어가는 도시에 도착하기 전, 거대하고 위태위태한 밤이 다시금 도래하겠지. 앞으로는 누구를 만나든, 그가 인간이라는 사실 외엔 아무것도 중요하지 않으리라. 내가 아까 그녀에게 했던 대답은 틀린 것이었다. 세상의 모든 사랑엔, 틀림없는 당사자들이 있다. 그것이 고래와 낙타의 사랑일지라도 그러하다.

하얗게 빠른 속도로 풍경들이 지나간다. 그리고 나는, 사랑마저도 사각형의 쇠자물통 모양을 하고 있는 거기로 되돌아가고 있었다.

내 가슴으로 혜성이
날아들던 날 밤의 이야기

인생이 비의(秘意)로 가득 찬 오지(奧地)라면, 그래서 우리 모두가 탐험가라
면, 이제 나는 천공에 달려 비바크를 하는 사람으로 된가에 들떠 잠 못 들 준
비가 되어 있다. 나는 사막에서 길을 잃은 쌍봉낙타처럼, 오늘도 도시의 허연
밤을 허귀적허귀적 핥아 걸어간다.

1

밤하늘을 두고 어둡다고만 생각하는 자들은 어리석어. 단지
우리들에겐 없는 빛나는 눈동자를 지니고 있다는 이유만으로 그
존재의 전체를 무작정 까맣게 칠해버린다면, 때로 그러하기에
더욱 화사하고 영롱한 자태를 품은 아픔이라든가 추억이니 하는
것들을 돌아볼 여유란 도무지 없을 것 아니겠어? 그것만큼 애처
롭고 불행한 시선이 어디 있을까.

또한 밤하늘에게 그저 아름답다고만 말하는 자들 역시 어리석
지. 그토록 서로 멀리 떨어져 바라보아야만 하는 광년의 그리움,
저 이루어질 수 없는 사랑과 만남, 수면제와도 같이 몽롱한 칠
흑 속에서 홀로 깨어 있는 피곤, 그 모든 별들의 등불 켠 동공들

이 헛된 숙취의 충혈이 아니라 앙상한 인간의 고독을 상징하기에 그래해. 흔들리고 불완전한 모습으로 세상의 배경을 뒤덮는 그림자들, 오랜 시간의 지문에 훤하게 닳고 나서야 참으로 보람 있었노라 회상할 법한 작은 생에 대해 이제는 말해야 하는 까닭이지.

그리고 지난 1월 31일 새벽 다섯시경이었어. 부끄럽게도 우리 중 대부분이 아무런 희망의 근거도 없이 곤히 잠들어 있었을 바로 그 시각에, 너무나도 광대해 막막하도록 검붉은 우주의 고독을 시퍼런 칼날처럼 가로지르며 천칭자리와 바다뱀자리 경계 부근으로부터 한 거대한 불덩어리가 지구 쪽을 향해 날아들고 있었던 거야. 지구상에 오직 한 사람만이 그 우주사(史)적인 섬광을 떨리는 가슴으로 목도하고 있을 뿐이었지.

그는 그날도 언제나 그랬듯이 자신의 집에서 차로 30분가량 걸리는 고쿠부 시의 야산에 올라가 후지논 사의 25배 150mm 쌍안경으로 해 뜨기 전 몇 시간 동안의 밤하늘을 주시하던 중이었어. 고교 시절 우연히 혜성을 목격한 것이 계기가 되어 졸업 후 후쿠오카의 한 신문사에서 사진 제판 일을 하며 줄곧 천체사진을 촬영해오던 그는, 본격적인 혜성 탐색활동을 위해 보다 선명한 어둠을 관찰하고 싶어 회사까지 때려치우고 공기가 깨끗한 일본 남단의 가고시마로 옮겨왔던 거였지. 매스컴을 타면 돈에 의해 순수한 탐구심이 손상된다 하여 철저히 남 앞에 나서기를 꺼려하는 이 괴짜 아마추어 천문가의 이름을 본떠, 그 아름다운 불빛의 이름은 '햐쿠타케'가 되었어.

그리고 연이어 3월 25일. 이 혜성은 지구에서 약 1,530만 킬로미터의 위치에까지 접근하였는데, 그것은 지구와 달 거리의 약 40배 정도로서 과거의 기록에 남아 있는 혜성들 중에서는 역대 19위에 드는 최접근이야. 객관적 자료가 없기 때문에 섣불리 확정지을 수는 없지만, 밝은 대혜성이 이처럼 가깝게 다가온 것은 236년 또는 440년 만의 일이라고 해. 맨눈으로 보이는 6등이상의 혜성으로는 1986년에 등장한 핼리혜성 이래 실로 10년 만이지.

혜성은 그 주기에 따라 200년 이하의 주기를 가지는 단주기 혜성과 그 이상의 주기를 지니는 장주기 혜성으로 구분되는데, 햐쿠타케의 경우는 장주기 혜성으로 그 주기가 수만 년 이상 추정되지. 그러니 주기가 대략 76년 정도인 단주기 혜성 핼리를 나는 2062년 즈음에나 볼 수 있게 된다는 얘긴데, 아마도 그런 일은 있을 수 없을 거야. 내가 지금의 빈약한 건강 상태와, 그럼에도 끝없이 방탕한 생활 속에서 백두 살까지 살아 있을 턱이 없기 때문이지.

저녁 산책 뒤 내 방 침대에 걸터앉아 핼리혜성에 관한 신문기사를 작고 낡은 돋보기를 통해 읽으시며, 내가 살아서는 또 볼 수 없겠구나, 뭐 어쩌구 웅얼거리시던 할아버지의 묘한 음성을 아직도 기억해. 그때 나는 책상에 고개를 처박고 그리 어렵지도 않았을 인수분해 따위에 끙끙대느라 대수롭지 않게 지나쳤지만,

이제야 따져보니 그건 내 경우에도 마찬가지였던 거야. 하물며 햐쿠타케는 말해 뭣 하겠어. 하지만 내가 있는 지구보다는, 지금 할아버지가 계신 하늘나라에서 밤하늘의 별들이 더 잘 보이기는 할 거야.

태양계를 둘러싸는 식으로 떠 있다고 여겨지는 오르트의 구름이 장주기 혜성의 고향이고, 목성 궤도에서 바깥쪽 황도면을 따라 원반상으로 존재한다고 여겨지는 카이퍼 벨트가 단주기 혜성의 출신지지. 그렇다면 핼리는 지금 어디쯤을 날아가고 있는 것일까? 제 집 문턱까지나 다다랐는지. 그런 생각을 하노라면 머릿속이 온통 은도금 되는 듯 아득해져.

4월 1일 늦은 밤. 나는 거실 소파에 삐딱하게 기대앉아, 3월 24일 새벽 충북 영동군에서 역시 어떤 아마추어 천문가에 의해 촬영된, 목동자리에서 긴 꼬리를 늘어뜨리며 가장 밝은 아르크투루스 별 아래로 항진하고 있는, 하얀 눈동자에 코발트빛 외투를 걸친 햐쿠타케의 마력적인 모습을 골똘히 바라보고 있었다. 다음달 1일이면 태양에 가장 가까운 거리로 접근하면서, 지구로부터 영영 멀어져갈 그 아름다운 별덩이를 말이다.

감색 탁자 위에는 아침에 급히 먹다 남긴 샌드위치와 우유, 모레 있을 촬영 스케줄표 따위가 여태 그대로 놓여져 있었다. 나는 그때 막 프랑스의 신예 감독 마티외 카소비츠의 〈혼혈〉을 꼭 열번째로 보고 난 참이었다. 하지만 화면은 내내 저 혼자 돌아가고 있을 뿐, 나는 정작 외우다시피 한 그 영화에 대해선 아무런 생각도 하고 있질 않았다.

그런 내 무의식의 장막을 일순 여러 갈래로 찢어버린 건 느닷없는 전화벨 소리였다. 나는 그 참을성 없어 보이는 기계의 단말마들을 몇 번이고 반복해서 듣고만 있어야 했다. 저승에서 이승을 바라보는 사람인 양, 꿈 아닌 꿈에서 덜 깨어났던 것이다. 이윽고 자동응답기에서는, 까칠한 내 목소리가 흘러나왔다.

장연우입니다. 지금은 외출중이니 삐— 소리가 나면 메모를 남겨주세요.

삐—

"소연이에요. 온산에서 취재 마치고 이제 막 올라왔어요. 아유, 얼마나 힘들었게요. 고속도로는 또 왜 그렇게 지독히 막히는지…… 근데, 이 밤중에 대체 어딜 나가 있어요? 누구랑 술 마시나보죠? 내일……"

나는 그제야 정신을 차리고 통화, 라는 글씨가 씌어진 유리빛 버튼을 눌렀다. 그러자 그 동그라미 속으로 누가 흘린 핏방울인지, 빨간 불빛이 옴츠란히 고였다.

"나야."

"있었네?"

"그래."

"일부러 그런 거예요?"

"어?"

"누군지 확인하고 수화기 든 거 말이에요."

"잠시 다른 생각을 하고 있었더랬어."

"무슨 생각?"

"……"

"무우슨, 새앵각? 이냐니까!"

"그냥. 아무것도 아냐."

"연우씨, 요 며칠 어딘지 모르게 수상하더라?"

소연은 분명 내게, '이상하다' 대신에 '수상하다' 는 표현을 쓰고 있었다.

"고민거리라도 있어요? 촬영하다 말고 먼 데나 맹하게 보고 있질 않나, 엉뚱한 테이프를 데스크로 넘기질 않나. 그리고 어제 예술의 전당에서 인터뷰 딴 거, 오늘 편집하면서 얼마나 애먹었 는 줄 알아요? 아마 내일쯤 한 소리 들으실 텐데."

"그만해!"

"왜 화는 내고 그래요? 걱정돼서 그러는 건데."

이 여자는 좀 병적이다 싶게 섬세하고 집요한 구석이 있다. 지나가는 바람 한 점도 온도와 습도를 확인하고서야 흘려보낼 태세다. 지난겨울 마포의 어느 선술집에서였을 것이다. 나이가 들면 제 그런 소질(?)을 백분 살려 추리소설을 써보겠다고도 하 였다. 그날 우리는 처음으로 밤을 함께 보냈다.

"온산엔 뭐 하러?"

"왜, 미국자리공이 온산에 크게 번지고 있잖아요. 근데 그게 요즘 서울 비원 근처에서도 발견되어 큰 소동이 벌어졌다구요. 환경문제 특집 프로그램이에요."

"미국자리공?"

"귀화식물 말이에요."

"귀화식물? 그건 또 뭐야?"

"자세한 건 나중에 만났을 때 설명해줄게요. 그냥 지금은 이 렇게만 알아둬요. 미국자리공은 귀화식물이다. 그리고 그놈들이 왕성하게 번식하고 있다는 것은, 그 지역의 공해가 극심함을 의 미한다. 때문에 환경단체의 비난을 피하기 위해 일선 공무원들 이 직접 현장에 나가 미국자리공을 뽑고 있는 우스운 일들이 벌 어지고 있다."

"으음."

"그건 그렇고, 설마 내일이 토요일이란 거 모르고 있진 않겠 죠?"

"토요일이면?"

"내 참, 기가 막혀서. 영화 보러 가기로 했잖아요!"

"아, 그래. ……근데 뭘 보러 가지?"

"내가 알아서 구해놓을게요. 거리에 널린 게 영화관인데 뭐. 난 세시면 퇴근이에요. 거긴 어때요?"

"다섯시쯤."

"그럼 난 그사이에 표 사고, 종로서적에 들러 책 구경이나 하 면 되겠네요. 여섯시에 늘 만나던 데서 보죠. 거기선 기껏해야 걸어서 10분이면 극장가까지 충분하니까. 어쩌면 시간이 많이 남을지도 몰라요. 마지막 회를 봐야 한다면 말이죠."

나는 피곤하다며 서둘러 통화를 그만둔다. 어둠의 저편에서 아직도 수화기를 들고 있을 그녀가 기분 나빠할는지도 모르겠다. 아니, 틀림없이 그럴 것이다. 그러나 나는 엉겅퀴를 뿌리째 당기듯 전화코드마저 뽑는다. 내일 맑은 기분으로 차분히 달래는 편이 차라리 나으리란 생각에서였다.

내가 정상이 아닌 것은 사실이었다. 소연이 언급한 내 나사 한두 개쯤 풀어진 일처리 말고도, 좀처럼 소지품을 잃어버리지 않는 내가, 어제는 지갑을 분실해 모든 신용카드가 정지된 상태였다. 어디 그뿐인가. 설거지하다보면 했던 것을 또 하고 있질 않나, 한술 더 떠 전자레인지에 음식을 넣어둔 채 며칠씩 잊고 지내기까지 하였다.

나는 나 자신에게 경고해본다.

'넌 흔들리고 있어.'

그가 곧 대답한다.

'어쩔 수 없어. 견뎌야 해. 아니, 어쩌면 모든 게 지나갈 때까지 숨죽이고 있어야겠지. 기차 밑에 엎드린 레일처럼 말이야.'

하지만 적어도 그때 나는, 내 혼을 완강하게 빨아들이고 있는 저 블랙홀의 정체를 어렴풋이나마 알 것도 같았다. 팽팽하게 당겨오는 핏줄과 심장의 고요한 파동이 그걸 증명하고 있지 않던가.

누군가 그랬지. 고민엔 두 종류가 있다고. 숙고해서 해결될 문제와 그렇지 않은 것. 후자의 경우엔 되도록이면 무시하고 새로운 일을 시작하는 편이 상책이라지만, 가끔은 결코 외면할 수 없는 어떤 상대와 맞닥뜨리기도 하는 법이다.

두번째다. 이런 괴상한 경험 말이다.

틀림없이, 내 몸에서 '뭔가'가 빠져나가고 있다. 아직까지 '새로운 무엇'이 그 빈자리에 들어오진 않았지만, 곧 그렇게 되겠지. 완전히 다른 사람이 되어, 이전의 나는 앞으로의 나를 전혀 알아볼 수 없을 터이다.

나는 그걸 안다. 무려 10년 가까이나 지났음에도, 당시의 증상이 생생하기 때문이다. 어린 시절 이미 내 육체를 쓸고 지나갔던 마마를 이제서 다시금 앓을 수도 있는 것일까? 다신 반복되지 않으리라 믿었다. 어쩌다 일생에 단 한 번이려니 했다. 도대체 왜? 어째서 그 악귀 같은 힘이 하필이면 또 내게.

나는 아직 무릎 한켠에 놓여져 있는 햐쿠타케의 사진을, 마치 깨어지기 쉬운 크리스털 유리잔 다루듯 조심스레 바닥에 내려놓고, 베란다로 나온다.

저 혜성과 나 사이에는 이론적으론 아무런 인과관계가 없다. 그러나 지금 나는 감히 그렇지 않다고 말할 수 없다. 나는 변화하고 있다. 운명의 나침반을 향해 거대한 자석이 다가오고 있는 것이다.

한강변을 온통 주홍으로 수놓고 있는 인간의 창문들이 흡사

불타는 벌집 같다. 그리고 나는 거기에서도, 내게로 순식간에 찾아드는 운명의 화두를 확인한다.

햐쿠타케가 발견될 즈음 에베레스트에서 실종된 길수 형을 떠올리고 있었던 것이다.

2

나는 비교적 별다른 얼룩이나 무늬 없이 살아온 사람이다. 이제 겨우 스물일곱이지만, 요즘 들어 가끔씩 결혼은 했느냐?는 질문을 받을 때마다 아, 나도 많진 않지만 어느새 그런 나이가 되긴 된 거구나, 하고 깜짝깜짝 놀라곤 한다. 때문에 이런 표현이 아주 억지만은 아니라고 생각하는 것이다. 아마도 그건 너무나 평온하고 단정한 가족의 풍경과 냄새, 그리고 거기서 길러진 재미없는 내 천성 탓이 아닐까 추측해볼 뿐이다.

아버지는 좀 완고하긴 해도 퇴근 후 흔들의자에 앉아 브람스를 즐길 줄 아는, 알고 보면 부드러운 고시 출신 고급 공무원으로 퇴직을 얼마 남겨두지 않고 있다. 얼마 전 교회 장로가 되고 나서부터는 머리에 염색하는 것을 중단했다. 말로는 염색약이 시력을 약화시키기 때문이라지만, 분명 거기엔 그것과는 전혀 상관없는 어떤 석연치 않은 이유가 있을 것이다.

어머니를 평하자면, 여자가 눈에 띄는 특색이나 재능을 지니고 있다는 것을 불경하게 생각하는, 아직도 집에서 발목양말을 신고 버터 향이 가득한 쿠키를 즐겨 굽는 곱게 늙어버린 가정주부이고.

가장 감명깊게 읽은 책의 제목을 적으라는 난에 아버지는 단테의 『신곡』을, 어머니는 소혜왕후의 『내훈(內訓)』을 채우지 않을까? 약간의 우스개를 보태어 내 부모를 요약하자면, 대충 그렇다.

나처럼 독자였던 아버진 내 조부와 조모를 모시고 살았는데, 두 분 다 내가 열일곱, 열여덟 되던 해에 꼭 1년쯤을 간격으로 돌아가셨다. 할머니 쪽이 먼저였다. 정정하시던 할아버지께서 그렇게 쉽사리 세상을 버리신 건, 두 분의 금실이 유별나게 좋았었기 때문이라는 게 앞으로도 깨어지지 않을 주변의 정설이다. 그러니까 할머니는 노환(老患), 할아버지에겐 외로움 또는 그리움이 사인(死因)이었던 셈이다.

근면하고 저축성이 강한 양친은 노후를 탄탄히 준비해두고 있다. 이미 시골에 자그마한 농가까지 딸린 꽤 넓은 땅도 마련했고, 각종 연금과 보험에 관련된 증서들이 당신들의 지나온 인생과도 같이 안방 문갑 속에 가지런히 보관되어 있는 것이다.

그리고 나는 직장을 잡자마자 부모의 권유로 평소 염두에 두지도 않았던 독립을 하게 되었다.

"널 다 키웠으니 이젠 우리도 인생을 좀 즐기면서 살아보련다."

그게 알쏭달쏭한 이유의 전부였다.

지금껏 불가사의지만, 나는 대학에서 러시아문학을 전공했더랬다. 분명한 건, 푸슈킨과 도스토옙스키, 명사 변화가 단수 복수 합쳐 열두 개나 되는 러시아어에 내가 전혀 감동받지 못했다는 사실이다. 그런 식으로 졸업을 하고 나니 전공을 살리고 싶은 맘도, 그럴 수 있는 실력도 없었다. 당연히 한동안 대입 재수생처럼 여기저기를 무작정 기웃거려야 했는데, 그즈음 정말 우연한 기회로 모 방송 아카데미의 카메라맨 양성 프로그램에 지원하게 되었다. 한데 마침 운좋게도 케이블 TV가 여기저기서 생기기 시작했고, 면접 시험 당시 긴 테이블 중앙에 앉아 줄담배를 피워대던 심사위원 중의 한 사람이(나중에 안 일이지만, 그 제비족 양복에 대머리 아저씨는 제작부장이었다) 내게 이렇게 물었다.

"방송을 무엇이라고 생각합니까?"

나는 쥐약 먹은 시골 개처럼 당황하지 않을 수 없었다. 한 번도 진지하게 생각해보지 않았던 문제에 관해, 내 옆 다른 응시자들처럼 똑똑한 대답을 할 만한 순발력이 없기 때문이었다. 그래서 차라리 그럴 바엔, 헛소리일지언정 빨리 지껄여버리는 게 낫다는 생각이 들었다.

"너무 가까이서 보면 눈이 나빠집니다."

그랬음에도 불구하고, 나는 지금 문화예술 전문채널 'A&C'의 카메라 기자가 되어 있다.

3

무서웠다. 사람이 어쩌면 저리도 완벽하게 변할 수 있을까? 시들어가던 찔레꽃이 어느 날 갑자기 태풍을 끌어안은 바다로, 희뿌연 60촉짜리 알전구가 화려한 샹들리에로 탈바꿈했다 한들 저 정도일 것인가. 그는 너무 밝고, 거침없고, 수다스러워져 있었다. 대체 무슨 근거로, 그간 일주일마다 서너 번은 함께 술자리를 해왔던 것처럼 나를 대할 수 있느냔 말이다.

길수 형은 오렌지 주스가 담긴 보랏빛 유리잔을 탁자에 내려놓으며 하던 말을 다시금 이어나갔다.

"바위 밑이나 나무 그늘, 눈구덩이 따위를 이용하는 야영, 이른바 비바크(Biwak) 말이야. 그걸 해보지 못한 사람들은 산을 제대로 알 수 없다는 말이지. 산정에서 출발해 좋은 날씨에만 등반을 하면 산의 아름다움은 쉽게 감상할 수 있을지 모르지만, 산의 신비와 밤의 어둠, 그리고 턱을 들면 바라다보이는 하늘의 무한한 깊이는 이해하지 못하거든. 눈을 감고 상상해봐. 끝없는 절벽 위에서 나비의 누에고치처럼 몸을 대롱대롱 매단 채 하늘의 별들을 바라보며 잠드는 산사나이의 꽁꽁 얼어붙은 꿈을. 그가 원하는 바는 자연과 우주의 미각인 거거든. 비바크를 하지 않고 등반한 것을 자랑으로 여기는 클라이머들이 있기도 하지만, 어디까지나 그들은 산의 참맛을 모르는 멍청이들이라구. 같은 이치로, 록 클라이밍이나 아이스 클라이밍만을 선호하는 축들, 능선이나 벽면만을 즐겨 등반하는 이들도 마찬가지지. 우리는 산이 제공하는 여러 즐거움을 모두 받아들여야만 해. 어느 한 가지도 피하거나 억제해서는 안 되는 거지. 굶주림과 목마름의 고통도 겪어봐야 하며, 빨리 가는 방법뿐만 아니라 천천히 템포를 늦출 줄도 알아야 한다구. 경우에 따라서는 곰곰이 숙고하기도 해야 하는 건 물론이지. 변화는 인생의 정취인 까닭이야. 너 몽블랑을 아나? 알프스에서 제일 높은 산이지. 자그만치 4,807미터야. 그중 가장 출중한 그랑드 조라스의 북벽을 오를 때였어. 이미 개척해놓은 루트에 대한 상식과 먼저 다녀간 선배들이 남겨놓은 하켄 덕분으로 애써 비바크를 할 필요가 없었지. 그럼에도 클라이머들은 여전히 암벽에서 비바크를 해야 해. 그날의 등반을 마무리지으면서 바위턱을 찾아 하켄을 박아넣은 다음, 거기에 몸을 의지하는 거라구. 시인이라도 된 양 이런저런 사색에 빠져서 말이야. 아니, 시인의 경지라기보다는 오히려 그의 주변을 둘러싸고 있는 자연의 일부분이라고 해야 더 타당하겠군. 비바크를 하는 사람은 바로 산이야. 나는 거길 오르는 내내, 별이 반짝이는 천국을 향해 수직으로 솟아오른 흰 암벽에 붙어 밤을 지새운 선구자들을 몇 번이고 상상했어. 그는 거대한 암벽에 기대어 돌로 된 잠자리에 앉아, 낯설지 않은 산속의 허공을 마주한 채 태양이 지평선 너머로 사라지는 것을 바라보는 거야. 오른쪽으로는 밤하늘의 화폭에 별을 흩뿌린 큰 장막이 드리워지는 것을 목도(目睹)하면서 말이지. 처음에는 간혹 애써 눈을 붙여보는 거야. 그러나 결국엔 잠 못 들고 깨어나 퀭하게 주위를 둘러보는 거지. 이제 다시금 오른쪽에서 일출이 시작된다. 하늘에 넓게 퍼져 있는 다이아몬드들의 방패 아래서, 먼 여정을 거쳐온 태양이 그의 이마 위로 서서히 솟아오르고 있는 거라구. 어때, 황홀하지 않아?"

나는 내 앞에서 말하고 있는 그와, 과거의 그 사이에 놓인 엄청난 간극으로 인해 어지러웠다. 과연 그 둘 중에 어느 쪽을 인정하고 받아들여야 하는 것인가.

당신은 지금 내게 유치한 연극을 하고 있나? 아니다. 분명 그건 아니었다. 딱 벌어진 어깨, 반팔 상의 아래로 늘어뜨려진 쇠사슬처럼 질겨 보이는 팔뚝, 상처투성이의 뭉툭한 손가락, 벽이라도 투시할 수 있을 것만 같은 강렬한 눈빛 등이 가짜일 리 만무했던 것이다.

그러나 나는 애써 어깃장을 놓고 싶었다. 어색해서 미치겠으니 제발 그러지 말라고. 너는 어쩔 수 없는 내 기억 속의 너라고 말이다.

"선배님은 산보다 별에 더 관심이 많은 사람 같은데요?"

"사람이 어째서 산을, 그것도 되도록이면 가장 높은 산을 오르고 싶어하는 것 같니?"

"산이 거기 있어서요?"

"하하. 너 그 우스운 소릴 누가 했는지 알고는 있는 거냐?"

"……"

"왜 에베레스트를 오르려 하느냐는 질문에 영국의 유명한 산악가 조지 맬러리가 1923년엔가 던진 대답이야. 하지만 이 말 하나로, 아무도 없는 곳을 향해 목숨을 거는 사람들의 마음을 변호하기엔 좀 무리가 있지. 그 사람 말이야."

"누구요?"

"조지 맬러리. 그도 결국엔 에베레스트에서 죽었어."

"!……"

"생각해봐. 우리가 살고 있는 현대사회에서 본래의 특성을 그대로 간직하고 있는 것이 과연 몇이나 남았는가를. 사람들이 모여 사는 곳에선 모든 게 변질되어버렸지. 밤다워야 할 밤은 술집과 유곽의 불빛 아래 사라졌고, 추위도, 바람도, 그리고 하늘의 별들마저도 인간세계에서 추방되고 말았어. 세상 대부분의 사물들이 신이 부여해준 원형을 잃고, 인간생활 자체의 리듬은 불분명해진 거야. 바삐 움직이지 않는 것들이 없고, 시끄럽지 않은 게 없지. 우리는 늘 스스로를 보채기 때문에 길가에서 자라나는 꽃과 나무 들의 색깔과 향기가 어떤 것인지도 모르고, 바람이 불어도 그 바람에 풀잎들이 한들거리는 모습을 그냥 지나쳐버려. 그러나 지구상의 가장 높은 곳과의 만남, 그 무목적의 산행에서는 결코 그렇지 않거든. 그를 둘러싸고 있는 건 다만 망각의 고요함뿐이다. 마을에서 보던 것과는 전혀 다른 밤하늘의 별들을 보게 되는 거야. 별들에게도 나름대로의 의미가 있겠으나, 어쩌면 그들도 엄연히 인간의 생활에 속하고 있어. 클라이머들의 운명이 별들에게 달려 있기도 하기 때문이지. 별이 빛날 때 클라이머의 마음은 즐겁다. 그러나 별들이 너무 총총히 반짝거리면 이내 불안에 잠기게 된다구. 폭풍을 예고하는 조짐이기도 해서야. 별들이 구름에 가려 보이지 않으면 이른 아침에 눈이 내릴 징조고. 저 아래서는 인가(人家)의 불빛 때문에 하늘의 별빛을 느끼지 못할지도 모르나, 높은 산에서 떠오른 수정과 같이 빛나는 별들은 산악인의 존재 자체가 되지. 왜 산에 오르냐구? 그건 우주의 별들과 가장 가깝게 지구가 공전하면서 일으키는 바람을 피부로 느낄 수 있는 한 뺨의 자리가 바로 거기라서 그래. 산을 오르는 사람에겐 별 역시 산이야."

"그래서 선배님도 에베레스트로 가겠다는 겁니까?"

"너는 어려서 무엇을 하고 싶었니?"

"예?"

"아주 어렸을 적에, 그러니까, 막 일어서서 걷기 시작할 즈음에 뭘 제일 하고 싶었느냐는 말이야."

"글쎄요. 그런 막연한 질문이……"

"내가 대신 말해줄까? 틀림없이 그때 넌, 너보다 높은 곳에 기어오르고 싶어했을 거야. 아이들은 본능적으로 담이라든가 창문, 또는 나무 위로 오르려 하지. 아이들이 그런 행동을 하는 이유는 어딘가를 올라간다는 즐거움뿐만 아니라, 거기서 무언가를 새로이 발견하고 멀리 바라볼 수 있다는 사실을 인지하고 있어서야. 그러나 대여섯 살 때부터 시작하여 스무 살 사이의 학교

교육, 사회생활 등에 푹 절다보면 어린 시절의 충동이 약해지면서 급기야 아예 사라져버리고 마는 거지. 그러던 어느 날, 어떤 불가사의하고 예기치 않던 계기로 인해 본능의 향수(鄉愁)가 되살아나는 거야. 그렇게 되면 신기한 일들이 벌어지기 시작하는 거지. 다섯 살, 여섯 살 무렵의 창문과 나무와 담장이 마터호른이 되고, 몽블랑이 되고, 히말라야가 되는 거야. 선험적인 열정을 고무시키고자 하는 사람들은 바다나 하늘, 또는 사막이나 극지에서 자신을 발견하고자 노력해. 나의 경우는 산이 그 역할을 해준 셈이지. 진실을 완숙시켜주는 이런 광대한 공간들은, 외양은 달라 보이면서도 내면은 모두 똑같아. 산악인들이나 선원들, 비행사들, 그리고 탐험가들은 비록 걸치고 있는 의복은 달라도 한통속이란 말이다."

우리는 시쳇말로 강산이 변한다는 세월 만에, 압구정동의 한 작고 아담한 지하 화랑에서 재회했다. 나는 거기에 '우리 시대의 젊은 작가 9인전(展)'을 촬영하러 갔고, 우연찮게도 그의 부인이 그곳의 매니저였던 것이다.

첨엔 긴가민가했다. 응접실 의자에 다리를 꼬고 앉아 팸플릿을 뒤적이고 있는 삐쩍 마른 한 사나이가 왠지 낯익을 뿐이었다.

나는 카메라의 앵글을 조종하는 척하면서 그를 화면 속으로 슬쩍 가두어보았다. 그러곤 그 문제의 피사체를 가까이 끌어당긴다. 그다! 뭔가 미심쩍은 부분이 있긴 해도, 분명 길수 형이었다. 아아, 어느샌가 나를 향해 빙긋 웃고 있는 것이다. 내 모든 걸 이미 다 알고 있다는 것처럼, 마치 그 동안 내내 그 자리에서, 오늘의 나를 기다려왔다는 듯이.

나는 잠시 창밖을 내다본다. 에어컨이 쉴새없이 가동되고 있는 이 찻집 안과 아스팔트가 이글거리는 저 8월 초의 거리는, 겨우 얄팍한 유리창 하나만으로도 북극과 적도이다.

이 무슨 엉뚱한 경우란 말인가. 그 동안 뭐 하며 지냈냐고 묻자, 그가 내게, 나 에베레스트에 가, 라고 말했던 것이다. 기껏해야 거실 크기 정도밖엔 안 된다는, 그 지구의 가장 높은 공간을 향해서.

침침한 귤빛 유곽의 여인들과 함께 해질녘부터 피기 시작하여, 어설피 동이 트기가 무섭게 제 몸을 오므려버리는 밤의 꽃 분꽃처럼, 지금은 내 삶의 꽃말이 겁쟁이가 되어버리고 말았지만, 세상을 살다보면, 그것 외엔 아무것도 자신에게 영향을 주지 못하는 시기가 한 번쯤 있기 마련이다.

이름 모를 어떤 투명한 손길들이 우리의 등을 떠밀어, 이전엔 꿈도 꾸지 못했던 곳에 이르게 하는 막무가내의 시간들 말이다. 거기에 뭐라 적확한 이름을 붙여줄 만한 뛰어난 작명가는 내 알기로 아직까지 없다. 그래서 낮과 밤에 홀린 듯 나이 먹다보면, 대체 그런 소망이 있기나 했던 것인가, 하며 추억이란 미명하에 빈혈처럼 묽어지곤 하는 것이지.

원래 나는 미술대학에 진학하려고 했었다. 이유는 간단했다.

무작정 그림 그리는 게 좋았을뿐더러, 또 잘 그렸기 때문이었다. 더구나 자식의 재능을 자연스레 인정하고 뒷바라지해줄 준비가 남다르던 내 세련된 부모는, 아마 내가 투포환을 하고 싶다든가 사교댄스를 배우겠다고 우겼어도 그러렴, 그랬을 것이다.

되레 당사자인 내가 결정을 늦게 내리는 바람에, 나는 예술고등학교로 진학할 기회를 놓치고 인문계 사립고등학교에 뺑뺑이로 들어간다.

그러나 그림이란 반드시 예술고등학교에서만 배울 수 있는 것은 아니었기에, 나는 2학년이 되자마자 간단한 테스트를 거쳐, 중요 과목의 수업을 제외한 거의 모든 시간을 미대 진학반 작업실에서 보내게 되었다

사실 알고 보면, 그건 다른 미대 입시생들에 비해 늦은 편도 아니었다. 인문계 고등학교 미대 지망생들의 경우, 대부분 그와 엇비슷한 시기부터 본격적으로 셔츠 끝에 물감 얼룩을 묻히고 다니기 시작하니까 말이다.

그때의 느낌을 뭐라고 설명해야 할까? 마치 운명이라는 것이 작고 예쁜 액세서리가 되어 내 손 안에 꼭 쥐어진, 그런 기분이었다. 그렇다고 몇몇의 유별난 친구들마냥 그림에 대한 조숙한 예술적 취향과 열망을 가지고 있었던 것은 아니다. 녀석들은 가방에 심각한 현대화가의 화집을 넣고 다니며 벌써 반쯤은 미대생인 양 행세했지만 내게 있어 그림이란 그저 '남들보다 내가 좀더 잘할 수 있는 무엇' 정도일 뿐이었다.

지금 돌이켜봐도 그때까지의 나는 아직 또래에 비해 육체적으로든 정신적으로든 미숙했고, 속된 말로 표현하자면 아무 생각이 없었다. 요컨대, 누군가 그 무렵의 나에게, 너 꿈이 뭐니? 라고 물었더라면, 화가가 될 겁니다, 라는 대답 대신 미대에 가겠죠 뭐, 하는 식으로 말하지 않았을까?

어쨌거나, 다른 아이들이 방과후 교실에 남아 자율학습을 한다든가 동네 근처 독서실로 향할 적에, 나는 학교 앞 백화점 지하 식당가에서 약간은 쓸쓸한 저녁을 먹고, 학교 본관 건물 옥상에 마련되어진 미술실로 발길을 옮겼던 것이다.

교문으로 이어진 언덕길을 오르다 무심코 고개 들면 보이던 봉숭아 물든 하늘이라든가, 텅 빈 운동장에 울려퍼지던 촌스러운 교가, 언제나 후문의 철창살 한쪽을 닫아 밀던 머리가 희끗한 수위 아저씨, 눈비 내리면 따라 제 깡마른 몸의 조금씩을 털어내던 포플러의 춤, 그리고 무슨 이유에선지 졸업할 때까지 한번도 깃을 세워올리지 못하던 공작새 울음소리, 그래, 그런 저녁 여섯시경의 이모저모가 요즘도 가끔씩 추억의 소인이 찍힌 그림엽서를 보내오곤 한다.

길수 형은 나와 내 동기들이 미술실에서의 첫날 바싹 졸아 일렬로 서서 신고식을 치를 적에, 제 코를 우리의 입술 근처까지 갖다 붙이며 법석이던 여느 선배들과는 달리, 칠판 밑에 떨어진 분필 쪼가리들을 주워가지곤 교실 구석 바닥에 오리처럼 쭈그리고 앉아 뭔가를 끄적일 뿐이었다.

드물게 짙은 눈썹, 깊게 그늘이 드리워진 쌍꺼풀, 결코 햇빛에 탔다고는 말할 수 없는 구릿빛 피부, 그리고 어딘지 전체적으로 왜소하다 싶은 몸체와 자폐적인 이미지만으로도, 나는 그날 내 눈에 비친 그의 정교한 초상을 그릴 수 있을 것만 같다.

선배들은 모두 열다섯 명이었는데, 미대 입시생들의 단체생활이 대부분 그러하듯 술과 담배와 연애를 버젓이 하고들 있었다.

그러나 길수 형은 제 동기들과도 별반 어울린다거나 하는 편이 아니었고, 후배들과도 거의 대화가 없었기에, 그에 대해서 뭔가를 캐내기란 결코 쉬운 일이 아니었다. 그건 선배들이 장난스레 부르던 그의 별명만으로도 충분히 입증될 수 있을 것이다. 고양이.

아주 냉정하고 독립심이 강한 고양이처럼 가볍게 앉아 그림만 그리다가, 창가에서 물러가는 저녁 햇살과 더불어 조용히 사라지곤 하는 게 그였다. 그는 그가 아니라 그의 그림자였으며, 우리는 그의 그림자를 한 번도 제대로 확인할 수 없었다.

다만 특이했던 것은, 미술 선생님이 지정해주신 수채화 데생 말고도, 입시엔 필요하지도 않은 유화를 자주 그리고 있다는 점이었다. 그래서 그의 앞엔 항상 입시용 그림을 그리기 위한 이젤과, 유화를 세워주는 또다른 이젤이 나란히 놓여 있었고, 우리에겐 없는 종이 팔레트, 시닝오일, 페인팅 나이프, 천조각, 강모 붓, 홀바인 유화물감 같은 것들이 즐비했다.

그의 유화는 언제나 일정했다. 직사각형의 캔버스가 가로로 놓인다. 처음 하루 정도는 바탕색이 칠해져 있지 않은, 그냥 하얗고 허망한 캔버스이다. 그러나 이삼 일이 지나고 나면 어느새 세룰리안 블루나 아이보리 블랙으로 어두운 바탕색이 칠해져 있기 마련이다.

유화는 본시 흰 캔버스엔 그림을 그리지 않는다. 왜냐하면 유화물감은 수채화물감에 비해 밑칠한 색을 숨기는 우수한 능력을 지니고 있어 이른바 덧칠효과가 가능하기 때문이다. 그러므로 어두운 색에서 시작해 윗부분으로 갈수록 밝은 색으로 칠해가는 게 기본 기법이다. 반대로 수채화물감이나 템페라를 사용할 때에는 종이의 흰색이나 밑부분이 그 그림에서 사용하는 가장 밝은 색이며 물감을 덧칠할수록 어둡게 된다.

이것이 바로 수채화와 유화의 커다란 차이점이다. 만약 대부분의 초보자가 그러하듯 먼저 밝은 색을 사용해 유화를 그리기 시작하면, 예를 들어 사람의 얼굴을 그린다 할 적에 살색 톤은 깨끗하게 남겠지만, 마치 만화처럼 윤곽선이 너무 선명해져 과연 그것이 얼굴의 어두운 부분인지 턱수염인지 분간할 수 없게 되는 것이다.

엉뚱한 얘긴지 모르겠지만, 기실 우리네 삶은 수채화가 아닌 유화가 아닐까. 성숙한 인간이라면 우선 세상의 바탕을 마땅히 고통스럽고, 슬프고, 쓸쓸하고, 외로운, 곧 어둠의 색으로 인정해야만 한다는 것이다. 대신 살아가는 동안 내내 점차 희망이나 보람 같은 것들을 대변할 만한 밝은 색깔들을 스스로 찾아내어 그 비관적인 인식 위에 덧칠하며 제 평생의 아름다운 그림 한 장을 완성시킬 것! 그리하여 마르는 시간이 오래 걸리기에 설혹 덜 되었다 하더라도 늘 다 그린 그림처럼 세워두어야만 하는 유화의 작법은, 인생이 지닌 속성과 너무나 흡사해 자못 섬뜩하기까지 하다.

……그리하여, 며칠 뒤 길수 형의 유화 캔버스 바닥에는 아주 낮고 푸른 숲이 에메랄드 그린으로 잔잔히 깔린다. 좌측으로부터 우측까지 빼곡히 이어진 그 배경엔 실버 화이트가 로즈 매더와 섞여 묽은 황혼으로 덧칠되고, 새만큼 커다란 카드뮴 옐로 레몬빛 나비가 한 마리, 옐로 오커로 가득 찬 초승달이 떠 있곤 했다.

그렇게 하나의 유화가 완성되고 다 말라 내려지면, 그 자리엔 으레 새로운 캔버스가 놓이기 마련이고, 이내 색채만 약간의 변화가 있을 뿐인 또다른 '숲 그림'이 그려지는 것이다.

그 그림들은 나를 강렬하게 끌어당겼다. 간혹 아무도 없을 때면 홀로 그 앞에 서서 시간 가는 줄을 몰랐다. 나로선 당연히 그와 이야길 나누고 싶었지만, 원래 나 자신도 별반 숫기가 없었기에 차마 그러지 못하는 형편이었다.

유난히 화창하던 어느 일요일이었다. 놓고 간 물건이 있어 미술실에 들렀던 나는, 길수 형의 가방이 그의 자리에 놓여져 있는 것을 보았다. 유화 캔버스는 며칠 전부터 벽에 기대어져 있었다. 부채꼴 붓, 넓은 강모붓, 강모 평붓, 담비털 평붓 같은 것들도 깨끗이 닦여 접시에 놓인 지 오래였다. 미술반 사람들 모두, 이젠 때가 때이니 만큼 그도 오직 입시에 전념하는 것이려니 생각했다.

그런데 어찌된 일인지 나는, 나도 모르는 사이에, 그의 가방을 뒤지고 있었다. 납득하기 어려웠지만, 그건 내 안의 또다른 나였다. 열려진 교실 창문을 통해 미지근한 바람이 밀려들어와, 내 땀내나는 사춘기의 정신을 더욱 노곤하게 만들고 있었다.

그 커다란 가방 속에는 시시한 것들을 제외하곤 두 권의 작은 스케치북이 있었는데, 하나는 예의 그가 틈나는 대로 그리던 숲 그림의 스케치들이었다.

그리고 다른 한 권, 거기엔 풍만하고 아름다운 여자들이 기름기 흐르는 근육질의 남자들과 갖가지 포즈로 성교를 하고 있었다!

나는 입을 다물 수 없었다. 우선은 그림들의 내용도 내용이려니와, 무엇보다도 그 춘화(春畵)들이 지니고 있는 정교하고 비상한 터치들 때문이었다. 길수 형은 뭣 땜에 이런 짓을 하고 있는 것일까?

한동안 그렇게 넋이 나가 있던 내가 문득 인기척에 몸을 돌렸을 때 분노로 이글거리며 다가와 내 따귀를 거세게 때린 자는 고양이, 길수 형이었다.

그는 흩어진 물건들을 가방에 주섬주섬 챙기더니, 안절부절 못하고 서 있는 나를 밀치고는 밖으로 나가버렸다. 나는 딱딱한 미술실 바닥에 넘어진 채 길수 형의 뒷모습을 바라보며, 그제까지의 내 인생에서 가장 커다란 후회를 경험하고 있었다.

그로부터 한 달 정도의 시간이 지났을까. 나는 내게서 '무엇'이 빠져나가고 '또다른 무엇'이 들어오는 그 희한한 체험을 최초로 하고 만다.

며칠간 사지의 힘이 쭉 빠지고 괴로운 미열 속에서 으실으실 춥더니, 하루 걸러 심한 고열과 오한이 엄습해오기 시작했다. 한여름인데도 장롱에서 솜이불을 꺼내 둘둘 말고 잘 지경이었다. 간신히 어머니의 손에 이끌려 동네 의원에 가 열을 쟀다. 39°C. 의사는 당장 입원을 권유했다.

결핵일지도 모른다는 대학병원의 1차 진단에 따라 링거를 맞고 결핵약을 일주일간 먹으며 재검사를 하는데, 이상하게도 결핵검사에 필요한 가래가 나오지 않는 거였다. 때문에 다시 1주 동안 가슴 사진을 찍고 피검사를 받고 있으려니까, 무릎 관절과 팔다리에 붉은 반점들이 돋아났다. 의아해하는 의사의 표정 왈, 이런, 결핵약 부작용이라는 것이다.

나는 이내 1내과에서 2내과로 무슨 실험용 동물처럼 보내졌다. 과장급으로 보이는 그곳 의사는 대체 여태껏 이런 식으로 환자를 방치하고 뭐 했느냐, 며 앞서 나를 진료했던 의사의 무능함을 탓했다. 그러곤 장티푸스라는 가정하에 이런저런 온갖 해열제를 처방하기 시작했다.

나는 병실 창문에 점점이 박힌 도시의 별빛들을 바라보며, 드라마의 주인공들이나 한다고 믿었던 '입원' 중이라는 사실에 신기해하였다. 53킬로그램이었던 몸무게는 어느덧 46킬로그램으로 줄어 있었다.

이틀 뒤 곰보투성이 간호사가 얼음찜질을 하고 간 새벽이었다. 나는 사뭇 이상한 느낌에 눈을 떴다. 내 몸에서, 어떤 투명한 구렁이 같은 것들이 여러 차례에 걸쳐 꿈틀꿈틀 기어나와, 침대 밑을 통해 복도로 빠져나가고 있는 거였다.

하지만 내 언어의 부박함으로는, 그 야릇한 몸의 덜어짐을 호소할 도리가 없었다.

다만 그 다음날 아침부터 열이 찾아오는 횟수가 차츰 줄더니, 며칠 뒤에는 아예 말끔하게 사라져버렸다. 또다시 내 가슴 한복판에서 뱀의 모양을 한 기운 같은 것들이 빠져나가는 일도 없었다. 더 웃기는 건 병원 측에서 내린 결론이었다. 불명열(不明熱). 원인을 알 수 없는 열병에 잠시 시달렸을 뿐이라는 거였다.

정작 기괴한 사건은 퇴원 후에 벌어졌다. 내가 더이상 그림을 그릴 수 없게 된 것이다. 아니 그보단 그림 그리는 법을 완전히 잊어버렸다고 해야 정확했다. 아주 간단한 스케치도, 어린아이 수준의 배색도 무리였다.

"왜 그림을 못 그린다는 거냐? 그게 이치에 맞는 얘기니? 도대체…… 그런, 말도 안 되는…… 생각해봐라, 그 동안의 노력이 아깝지도 않니? 넌 계속 그리면 좋은 대학교에 갈 수 있다."

미술 선생은 어이가 없다는 표정을 지으며 추궁했다. 이제 와 생각건대, 그의 입장에서 그건 추궁이라기보다는 차라리 설득이었을 것이다. 그는 내게 어떤 커다란 심경의 변화가 일어난 거라 짐작하고 있었을 테니까. 그러나 분명코 마음의 문제가 아니었다. 되풀이하자면, 그때 나는 내 몸이 누군가의 몸과 뒤바뀐 것을 느끼고 있었던 것이다.

나는 다시 보통의 아이들이 공부하는 교실로 되돌아갔다. 가끔 복도에서 마주치는 미술반 친구들이나 선배들과도 왠지 어색해 이야기를 나누지 못하였다. 길수 형은 말할 필요도 없었다. 그 문제의 검고 커다란 가방을 어깨에 둘러멘 그와 아주 드물게 눈이 마주치기도 했지만, 길수 형은 숲을 통과하려면 으레 보게 되는 나무 대하듯 나를 무심히 지나쳤다. 나는 그런 그의 머리채를 휘어잡아 넘어뜨리고 싶은 심정을 초인적으로 억제해야만 했다.

그러나 거짓말처럼, 그래, 거짓말처럼, 이라는 지극히 진부하고 무책임한 표현처럼, 불과 계절이 바뀌기도 전에, 나는 미술실이 어디 있었던가, 할 정도로 새 생활에 바쁘게 몰입해나가고 있었다. 제풀에 지쳤던 것일까? 아니면 내가 정말이지 철저히 변해버려 그러했던 것일까.

나는 과거의 나를 그리워하지 못하게 되었다. 그뿐이었다.

4

아무도 우산을 쓰려 하지 않을 정도의 가느다란 빗줄기가 한 차례 내리고, 곧 고해성사 같은 햇살이 젖은 보도블록 위를 안수(按手)하였다. 너희 가슴에 출렁이는 습기들을 마르게 하노라, 고통은 가고 이제 새날이 오리니, 하며. 그러나 누군들 하늘의 변덕을 신뢰할 수 있으리오. 그것은 천사인 만큼은 꼭 악마인 것이기에.

그날 소연과 나는 영화를 보지 못했다. 거리에 널린 게 영화관이라던 그녀의 말은 터무니없는 자만이었다. 주말 오후의 세상은 영화를 보려는 연인들로 가득 차 있었던 것이다.

애초부터 영화 따윈 중요하게 생각하지 않았던 나와는 달리, 소연은 극장 매표구 앞에서 뒤돌아서는 횟수가 늘어감에 따라 점차로 불쾌한 낯빛이 역력해졌다. 나는 그녀가 제 이마를 짚으며 단성사의 간판을 올려다보고 있을 때에야 비로소, 지금 저 여자를 마음 상하게 하고 있는 것은 단지 망가진 스케줄 정도가 아니라 뭔가 은밀한 곳으로부터 연유한 상심이라는 걸 눈치챘다.

생각해보니 그녀는 어느 시점부터 줄곧 중대한 결정을 내리기 직전의 비장한 표정이었다. 새로 한 머리에 진하지만 허전하게 느껴지는 화장, 감색 성장(盛裝) 차림, 작고 까만 핸드백, 게다가 걸을 적마다 위태위태해 보이는 가늘고 높은 뾰족구두와 턱없이 커다란 은빛 귀고리까지, 그 모든 사소한 것들이 한데 입을 모아

오늘 나는 평소완 좀 다르다며 시위하고 있었던 것이다.

저녁 일곱시 즈음에야 겨우 영화보기를 포기한 우리는, 모범택시를 타고 신촌 그레이스 백화점 앞에서 내렸다. 그러곤 두세 시간가량 성질 급한 네온사인들이 벌써부터 휘황하게 불 밝힌 거리를 몽유병자들처럼 돌아다니기 시작했다. 홍익문고를 지나 '오늘의 책' 쪽으로 길을 건넜다가는, 어두컴컴한 '크로스 아이'에서 맥주 한 잔, 다시 뭔가에 질린 듯 빠져나왔다 싶으니 어느새 이화여자대학교 정문 돌다리 위에 나란히 서 있었다. 신촌역을 통과한 기차가 굉음을 내며 우리 뒤편에 놓인 쌍둥이 굴 중 하나로 한참 들어가고, 저 멀리 저녁 해가 동그랗게 녹아내리며 밤이 오는 하늘에 불구멍을 뚫는 게 보였다. 그러곤 또 걷는다. '우드 스탁'을 거쳐 '섬', 자정이 지나서 그 옆에 자리한 '목로주점'에 이르러서야 우리의 길고 지루한 길과 술집 순례는 겨우 끝을 맺게 된다.

고물 카세트 플레이어에서는 최희준의 〈진고개 신사〉가 지지거리며 배어나오고 있었다. 나는 그녀에게 차마 몹쓸 짓을 저지르고 있는 것만 같아 괴로웠다. 이런 식으로 침묵의 항의를 받을 만큼 크게 실수한 일이라도 있는가 해서 말이다. 아무래도 어젯밤 전화를 쌀쌀맞게 끊은 것 때문은 아닌 듯싶었다. 오늘 처음 만나 극장으로 향할 적엔 살포시 팔짱을 끼어오던 그녀가 아니었던가.

아니, 조금만 달리 계산해보자. 보통 때 같았더라면, 나는 소연의 기분을 어떡해서든 돌려놓으려 노력했을 것이다. 하지만 나 자신조차도 지탱하기가 몹시 힘들었던 탓에, 본의 아니게 함께 벙어리 노릇이었으니. 만일 내가 그녀의 입장이었대도, 사랑하는 남자의 그런 방관적인 태도는 견디기 힘든 것이었을 게다. 생각이 거기에 미치자 나는 더욱 미안해지고 있었다. 그리고 무엇보다 그 팽팽한 긴장감이 너무나도 버거웠다.

보글거리는 대합탕이 놓이고, 서로간에 말없이 따라준 소주가 몇 잔 쓰게 들어갔다.

자, 이제 이 과민한 여자의 기분을 어떻게 풀어줄 것인가, 하는데, 거미줄이라도 드리워져 있는 것 같던 입을 먼저 연 것은 오히려 그녀였다.

"행운을 가져다준다는 네잎클로버로 잘 알려진 토끼풀도 미국자리공처럼 귀화식물이에요. 외국이 원산인 식물이 사람을 매개로 하여 들어와 토종식물처럼 제 힘으로 살아가는 것들을 통틀어 귀화식물이라고 하죠. 다시 말해 귀화식물이란, 자생지가 아닌 다른 지역으로 이동하여 야생 상태에서도 인간의 도움 없이 스스로 생존할 수 있는 식물을 일컫는 거예요."

"그런 것들이 굉장히 많나보지?"

나는 그제야 겨우 안도의 한숨을 돌리며 말을 되받았다.

"망초와 개망초는 우리가 경술국치를 겪고 있을 때 들어온 것으로 알려져 있어요. 그 무렵 큰비로 여기저기서 물난리가 났고, 그 지역에서 이제까지 한 번도 본 적이 없던, 볼품없고 낯선 풀이 잔뜩 돋아났죠. 이를 두고 백성들이 나라가 망할 때 돋아난 풀이라고 해서 망국초라고 불렀고, 이것이 줄어 망초가 되었던 거예요. 이와 비슷한 시기에 실망초, 개망초도 함께 들어왔다고 하구요. 시냇가나 길가에 마치 달마중이라도 하듯 저녁에만 노란색 꽃을 피우는 달맞이꽃도, 알고 보면 원산진 미국이에요. 요즘 민들레는 한적한 시골이 아니면 우리 민들레가 아니에요. 도시의 가로수 주변에서 피어나는 노란 민들레는 대부분 유럽 원산인 서양 민들레죠. 자고로 민들레는 제비꽃, 할미꽃과 더불어 우리 주변에서 가장 쉽게 접할 수 있는 우리 꽃이었는데 말이에요. 현재 우리나라에서 자라고 있는 귀화식물의 종류는 대략 220종이나 돼요. 80년대 초만 하더라도 110여 종이었다고 하는데, 불과 10년 사이에 그처럼 크게 늘어난 것이죠."

나는 그녀의 이야기를 들으며, 이런 것들을 몰래 떠올리고 있었다. 낡은 목선과 끝없이 출렁거리는 수평선, 독한 역병처럼 창궐하는 울긋불긋한 꽃들을.

"발이 없는 식물들이 어떻게 바다를 건너왔을까? 신기해."

"미국자리공이나 돼지풀 같은 식물들은 외국에서 수입하는 물자에 섞이거나 사람의 옷 등에 묻어 들어와 여기저기로 퍼진 것이고, 수박풀, 어저귀, 삼 등은 재배할 필요가 없어져 그대로 버려졌는데도 여전히 우리 강산에 뿌리를 내리고 있는 경우죠. 이러한 식물들을 특별히 야화식물(野化植物)로 구분하자는 연구자도 있지만, 대부분은 구별하지 않고 그냥 귀화식물 안에 포함시켜요. 그러나 의도적이거나 무의식적인 과정을 거쳐 도입된 종이라고 해서 모두 귀화식물이 되는 것은 아니죠. 이들이 귀화식물로 정착하기 위해서는 식물 자체가 유전적으로 기후 풍토에 적응할 수 있는 능력이 있어야 해요. 실제로 고려시대에 들어온 목화는 우리 생활에 큰 혜택을 주었지만 지금은 재배되지도 않고 야화하지도 못했죠."

"귀화식물이 자라나면 오염 지역이라던 어제 그 소린 또 뭐야?"

"포클레인 등에 의해 파헤쳐진 땅을 귀화식물의 예약지라고 하는 학자들이 있어요. 산이 잘려나가 길이나 집이 들어서거나 논밭을 그대로 내버려두면, 그 지역에는 어김없이 귀화식물이 들이닥친다는 거죠. 그러니 귀화식물이 번창한 곳은 마구잡이 개발이 진행되고 있으며, 어쨌거나 자연의 순리에 따라 관리되고 있는 강산은 아닌 셈인 거예요. 또 어젯밤 말했듯이 미국자리공 같은 것들은 극도로 산성화된 땅에서 번창한단 말이에요. 다른 식물들은 전혀 자랄 수 없게 되죠. 거기에 미국자리공마저 사라지면 억새 정도가 돋아나다가, 결국엔 영영 사막이 되어버리기도 한다나봐요. 그리고 어쨌든, 외국에서 흘러들어온 억센 이방식물들이 토착종을 밀어내면 기존의 생태계가 파괴당하고 마는 건 당연한 거 아녜요?"

"재미있는 식물이군."

나는 실기죽실기죽거리고 있었다. 기실 그건 귀화식물에 관한

이야기가 재미나서가 아니라, 그녀가 기분을 풀고 말을 많이 하고 있다는 사실 때문이었다. 하지만,

"간혹, 난, 내가 귀화식물처럼 느껴져요. 어디선가 훌쩍 경계를 뛰어넘어 전혀 다른 나라에 뿌리박고 있는 것 같다구요. 그 격차로 인해 고소공포증이 느껴져요. 마구 어지럽다구요."

"듣고 보니 현대 도시인들의 꼬락서니가 꼭 그 귀화식물 같군. 괴상한 모양과 생명력으로 바글바글 번성하지만 그들 뒤에 남는 건 불모밖엔 없을 테니…… 너무 지친 것 같아. 좀 쉬는 게 어때? 나도 방송국에서 밥 벌어먹는 주제에 이렇게 말한다는 게 어째 뭣하지만, ……난 말야, 만인을 만족시키는 것은 궁극적으론 저질이라고 생각해. 그런데 방송은 만인을, 그것도 모자라 될 수 있으면 무한대로 많은 사람들을 포섭하려 들거든. 내가 보기에 소연인 뭔가 훨씬 더 창조적인 일에 종사하는 게 어울리고, 그게 소연이 자신에게도 바람직하지 않을까 해. 농담이 아니라 정말 추리소설이라도 한번 써보는 게 어때?"

"흥, 내가 보기엔 그쪽도 남 걱정할 처지가 아닌 것 같은데."

"무슨 뜻이지?"

"나보다 더 흔들리고 있는 건 연우씨 아녜요? 좀 솔직해져봐요. 진짜 날 좋아하고 있다면 말이죠. 그냥 변한 정도가 아니라, 생판 다른 사람을 대하고 있는 것 같아요. 도대체 뭐예요? 왜 그러는 거예요?"

"……! 다른 사람……!"

"그래요. 다른 사람!"

서늘해지고 있었다. 너를 화나게 하고 있었던 게 다름아닌 그것이었다니. 그러나 너에게 어떤 영리한 공식으로 지금의 나를 풀어 설명할 수 있단 말인가. 내가 사랑하는 여자조차도 내게 이물감을 느끼고 있었다.

나는 지금 예전의 불명열을 다른 방식으로 두번째 앓고 있는 거야. 이제야말로 부정할 수 없어. 그러나 어쩌겠는가, 우선은 이 상황을 모면해야 했다.

"고소공포증이란 거 알고 보면, 혹시라도 자신이 높은 곳에서 불안해하지 않을까, 하는 생각 그 자체가 원인이라고 하더군. 좀더 쉽게 말해서, 추락해버리지는 않을까, 하고 상상하는 게 바로 고소공포증의 주된 정체라는 거야."

"웬 엉뚱한 소리예요?"

소연은 양미간을 힘껏 찌푸리며 말했다. 나는 억지로라도 계속 밀어붙여볼밖에 달리 방도가 없겠다 싶었다.

"……지금 소연이가 느끼고 있는 어떤 불쾌한 감정도, 소연이 스스로가 만들어낸 것일지 몰라. 나 역시 마찬가지지. 이런 날도 있고 저런 날도 있는 거 아니겠어? 만사를 가볍게 받아들여봐. 내가 근래 컨디션이 안 좋았던 것은 사실이야. 그래서 좀 소연이에게 무심했던 것 같애. 미안해."

"지금 연우씨 꼴이 어떤지 알아요?"

"뭐?"

"엄마 지갑을 뒤지다 들킨 어린애 같아요."

나는 쓴 소주를 두통약처럼 삼키며 이젠 나로서도 한계에 이르렀다는 생각을 하고 있었다. 소연은 내게 호락호락 속아넘어갈 만큼 멍청한 여자가 아닌 것이다. 순식간에 취기가 오르며 민망하다. 준엄한 얼굴로 분노하며, 나는 당신을 사랑하기에 당신의 처음과 끝을 샅샅이 간직하겠다는 소연의 당당한 요구가 두렵다. 사랑은 집착의 배다른 형제인 것이다.

이봐, 그럼 네게 뭐라고 말해줄까. 이건 어떠니? 지금 저 까마득한 번뇌의 곤죽 같은 우주의 한복판으로부터 문득, 거대한 혜성 하나가 다가온다. 또 길수 형이 지구에서 가장 높은 산정 어딘가에서 실종되었고, 나는 고등학교 2학년 때처럼 내가 다른 사람으로 탈바꿈하는 것을 느끼고 있어. 그런데 이상스럽게도 내겐 그 전혀 연관성 없어 보이는 사건들이 잘 짜여진 기승전결로 여겨진단 말이다. 좀 어렵니? 다시 설명해줄까? 내가 몸이 변하고 있는데, 아마도 그래서 네가 내게 서름한 감정을 느끼는 것 같거든, 그건 밤하늘에서 혜성이 날아오고⋯⋯

이따위 터무니없는 이야기를 네게 진실이라며 털어놓으라는 거냐? 그럼 믿어줄래?

도대체 뭐가 참이고 뭐가 거짓인 거니. 넌 틀렸어. 들어도 이해할 수 없는 건 아무리 진실이라도 솔직하게 받아들여질 수 없는 법이라구. 나는 너에게 당분간 허구 그 자체일 수밖에 없어. 어쩌면 영원토록 새빨간 거짓말일 수도⋯⋯

나는 잔을 비운다.

5

한 사나이가 홀로 어마어마하게 거대한 눈 덮인 산악을 기어 오르고 있다. 헬멧에 부착된 전등 빛만으로 좁고 어두운 길을 점자(點字) 더듬듯 찾아 얼어붙은 몸을 심해(深海)의 바다거북 처럼 휘저어 나아간다.

두 봉우리 사이에서 로프를 부여잡고 발과 손이 함께 지상과 평행하게 버티고 섰을 즈음, 천천히 노란 달이 솟아올라 깜깜한 밤하늘에 태연히 놓인다. 멀리서 별똥별인지 혜성인지 하나가 푸른 상처 되어 그 달의 고름진 심장을 가르며 지나갈 때까지.

그는 비바크를 하려는 것 같다. 암벽에 망치질하는 소리가 순 은으로 빛나는 천지간에 쩡쩡— 붉은 짐승의 피를 한 바가지씩 뿌린다.

별나라로 가려는 사람, 아흔아홉 마리 양떼를 모두 죽이고도 나머지 한 마리마저 찾아 옮아가려는 돌림병보다 모진 마음, 나 도 귀화식물의 씨앗으로 저이의 옷깃에 묻어 황폐한 땅을 밟아 봤으면. 나 외엔 아무것도 자랄 수 없고, 나 사라진 뒤엔 사막만 남세 되는 그런 세계로.

갑자기 달이 맥없이 떨어지고, 더 짙은 암흑이 내리깔리자, 이젠 너무 깜깜해 스노 고글을 쓰고서도 앞을 분간할 수 없다. 그렇다고 눈보라가 너무 심해 벗을 수도 없다. 다만 실족하여 절벽 아래로 추락하는 것이라도 피하기 위하여 웅크리고 기다릴 뿐이다.

형, 내게 얘기해줄 수 있겠어?

뭘?

어떻게 우리가 그토록 완전히 변화할 수 있었는지. 내 가슴을 열고 흩어지려는 이 징그러운 힘에 대해서. 내 몸이 열려 텅 빈 창고가 되면, 또 어떤 것들이 아귀처럼 달려들어 막사를 짓고 전쟁을 벌일까?

이봐, 하켄이 빠져나가고 있어. 잡고 견딜 만한 핸드홀드도 전혀 없구. 귓속은 헛된 바람 소리로 가득하고, 나는 곧 설맹(雪盲)이 될 테지.

말해줘. 형도 나와 같은 걸 경험한 거지? 형의 얕고 평온한 숲 그림이 별을 찌르는 험준한 산봉우리로 뒤바뀐 거 말이야. 그렇지?

나는 앓는 소리와 함께 깨어났다. 식은땀으로 질퍽한 홑이불을 마비된 듯한 발로 겨우 걷어젖히자 내 빈약한 알몸이 그대로 드러난다. 머리맡의 안경을 더듬어 찾아 쓰니 벽시계는 오전 열한시. 숙취로 머리가 뻐근하다. 이상한 꿈이었다.

나는 내 입술의 주름들을 무심코 매만지며, 멀리서 들리는 아

116

주 낮은 피아노 소리에 귀 기울인다. 머리에 핀을 꽂은 작고 앙증맞은 소녀가, 근래 사랑하는 남자에게 처녀를 주었을 여대생으로부터 레슨을 받는 장면을 떠올려본다. 피아노 위엔 꽃병도 하나쯤 있고, 아이는 선생님 애인 있으세요? 라고 묻는다. 왜? 그냥요. 그녀는 수줍게 웃는다. 자신이 저 아이만할 땐 무엇을 궁금해하고 있었던가에 대해 잠시 생각해보는 것이다.

그런 엉뚱한 망상 끝에, 나는 그제야 옆에 나란히 누워 있어야 할 소연의 자리가 비어 있음을 아프게 깨닫는다. 완벽한 폐허다. 무너진 것들의 부스러기 외에는 아무것도 없는 내 여자의 싸늘한 흔적.

양은 주전자와 흰 수건이 조금도 흐트러지지 않은 채 그대로 놓여 있다. 그리고 그 곁엔 쪽지가 접혀져 있다.

먼저 가야만 했어요. 나는 참 겁이 많은 앤가봐요. 그래도 지금껏 스스로를 꽤 당차다 자부하며 살아왔는데, 당신 앞에선 왜 이리 나약하기만 한지. 얼굴도 모르는 수많은 사람들에게 글을 써 허공으로 띄우는 것을 직업으로 가지고 있음에도 불구하고, 사실 나는 이제껏 편지다운 편지라곤 적어본 일이 거의 없어요. 두려웠던 거죠. 내 감정의 물증이 다른 사람의 서랍 속에서 썩지 않는 미라처럼 남아 있다는 건, 상상만 해도 끔찍한 일이었거든요. 하지만 나는 당신에게 지금 내가 겪고 있는 혼란에 대해 말하지 않을 수 없어요. 이게 평생 후회

할 짓이 되지 않길 바라면서요.

당신 이전에 사랑을 해보지 않았던 것은 아니에요. 그건 당신도 마찬가지겠지요. 그러나 이런 묘한 기분으로 서로가 멀어지는 것을 경험하긴 처음이라 무척 당혹스러워요. 당신은 자꾸 아니라고 부정하지만, 나 아닌 다른 어떤 무딘 여자라 할지라도, 내 입장이라면 이런 반응을 보였을 거라 생각해요.

새로운 사람이 생겼나요? 여자는 마음이 다른 곳에 가 있는 남자의 몸을 한눈에 알아보죠. 그건 세상의 모든 어머니들이 제 딸들에게 물려준 못되고 질긴 재능이에요.

그거 아세요? 설마설마했던 내 심정을? 어젯밤 당신이 또다시 나를 가질 때, 나는 내가 전혀 다른 남자를 끌어안고 있음을 알고는 소스라치게 놀랐더랬어요. 분명 겉으론 머리카락한 올도 변한 게 없었지만, 살에 닿아 전해오는 그 감촉과 느낌은 이전에 내가 그토록 만지고, 입맞추고 싶어했던 당신이 아니었어요.

어떤 경우에든 나는 솔직하고 담백한 당신의 말을 듣고 싶어요. 그것이 서로의 과거와 미래를 위해 가장 올바른 길이라 생각들기 때문이에요.

당신. 모로 누워서도 참 깊이 잠들어 있군요. 다행이다 싶지만, 한편으론 그것이 무척 섭섭하게도 느껴지는 게 이 순간의 솔직한 심정입니다. 만약 내게 전하지 못할 만큼 결별의 이유가 복잡한 것이라면 굳이 말해주지 않아도 좋아요. 다만 지금 나는, 허전한 변명이 아닌 깨끗한 진실이 필요해요. 내가 어떤 상황에 처하든지 당당할 수 있도록 말이죠.

꼭 일주일간의 시간을 드리겠어요. 분명히 해두겠는데, 당신을 사랑해요.

—연

아아, 이 불치의 오해를 어쩌랴. 이런 말도 안 되는 아이러니가 내게 버젓이 현실로 나타나다니! 짜증이 나서 눈물이 뚝뚝 떨어질 지경이다. 그리고, 멀리서, 잠시 멈췄던 피아노 소리가 다시 들리기 시작한다.

6

"저기 저 사진 보이죠?"

그녀는 화랑 응접실 벽 중앙에 걸린 사각형의 금박 테두리를 가리키며 말했다. 선병질적인 신의 칼날에 의해 일순 쪼개져 생긴 듯한 거대한 반쪽의 바위 위로 보름달이 덩그라니 떠 있는 사진 액자였다.

"반평생을 미국 요세미티 국립공원에서 보냈던 사진작가 언셀 애덤스의 걸작 〈Moon and half dome〉이에요. 요세미티 밸리죠. 세계 록 클라이머들이 꼭 한 번쯤은 오르고 싶어하는 엘 카피탄, 스리 브라더스, 캐서드럴록스 등이 모두 저 계곡에 모여 있어요. 밸리 동쪽 끝에 있는 하프돔의 정상은 해발 2,700미터 가량이나 되죠. 백두산만큼이나 높은 셈인데, 엘 카피탄은 지금 이 시간에도 수십 명의 클라이머들이 자일을 걸고 오르고 있는 세계적인 클라이밍 바위예요. 그 거대한 몸체가 군더더기 하나 없이 단 하나의 돌덩이로 이루어져 있다는 사실을 믿기란 쉽지 않은 일이죠. 호주 대륙 중심부 사막 한가운데 있는 에어스록과 함께 단일 바위로는 세계 최대의 크기라구요. 수준급의 클라이머들이 오른다 해도 최소한 일곱 시간 반 이상이 소요돼요. 그이와 난 신혼여행으로 엘 카피탄을 올랐더랬어요. 우린 대학 연합 산악회에서 만났거든요."

초야를 앞두고 하늘을 향해 기어오르는 부부라. 좀처럼 실감이 나질 않았다. 누구라도 그러했을 것이다.

나는 여관을 나와 근처 식당에서 꺼끌한 아침 겸 점심을 대충 먹고, 걸음 빠른 피의자를 미행하듯 마른침을 꿀꺽꿀꺽 삼키며 비원으로 향했다. 그러나 막상 거기에 도착했을 때 나는, 아무도 나를 기다리지 않고 있다는 당연한 사실을 깨닫곤 마냥 쓸쓸해 하였다.

지저분한 벤치에 앉아 비둘기들에게 모이를 던져주자 그 깃치는 소리가 멸망한 왕의 금원(禁苑) 곳곳으로 흩뿌려졌다. 자리에서 일어나 사방을 두리번거렸지만, 미국자리공처럼 보이는 풀이나 꽃은 어디에도 눈에 띄지 않았다.

나는 해질녘까지 그렇게 멍하니 있다가, 불현듯 길수 형의 부인이 경영하는 화랑으로 발길을 옮겼다. 이제는 어느 여류 민중 화가의 수묵화 전시회가 열리고 있었다. 그녀는 그때와 마찬가지로, 아주 깔끔하고 우아한 원피스 차림으로 카운터에 앉아 커피를 마시고 있었다. 도대체가 과부의 차림으로는 어울리지 않았던 것이다. 화랑 안에는 관람객이라곤 대학생으로 보이는 서넛이 전부였다.

 나는 어떤 이유에서건 그녀를 찾지 않을 수 없었다. 하필 그곳을 종일토록 지속되었던 몽중산책의 종착역으로 삼을 수밖에 없었던 것은 굳이 그녀를 위로하려 함이 아니었다. 뾰족하게 꼬집어서 말할 수는 없지만, 그건 지금의 그녀와 내가 어떤 비슷한 감정을 공유하고 있으리라는 일종의 체온심리가 아니었을까? 추운 겨울 바닷가 모래사장 위에서 바다사자들이 서로의 살을 맞대고 그 따뜻함으로 겨울을 넘기는 행위 말이다.

 하지만 재일교포 재즈 싱어 게이코 리를 빼다박은 듯한 인상의 그녀는, 내 그런 막연한 기대감(?)을 철저하게 묵살하고 있었다. 도대체가 그녀에게서 남편을 잃었다는 비애라든가 충격 따위는 찾아보려야 찾아볼 수 없었던 것이다. 그녀는 마치 늘 방문하던 손님을, 그것도 아주 무료한 시간에 맞이하는 것처럼 날 대했다. 그래서 나는 그녀에게, 길수 형 일은 어쩌고저쩌고, 하는 식의 말을 차마 건네지 못하고 있었던 것이다.

 "에베레스트 정상 도전에 나선 사람 중 성공하는 사람들은 열

명에 한 명꼴밖에 안 돼요. 1921년 서구인 최초의 원정대 이후 정상에 발을 디딘 이들도 불과 육백 명 정도죠. 그 동안 정상 정복길에, 혹은 하산길에서 희생된 숫자가 자그마치 그 두 배인데 말이에요. 예전엔 이런 일이 있었어요. 로브 홀이란 사람이 하산 길 도중에 산속에서 동료들을 잃고 고립되어 휴대용 무전기로 베이스캠프와 교신을 했죠. 그곳에서는 위성전화로 세계 어느 곳과도 통화를 할 수 있어요. 그는 첫아이 임신 7개월째인 부인에게 전화를 걸었죠. 그는 너무 걱정하지 말라고 했지만, 자신 역시 산악인이었던 부인은, 누구도 에베레스트에서 식량과 산소 호흡기 없이 이틀 밤을 넘길 수 없다는 사실을 잘 알고 있었어요. 홀은 아내가 고른 아기 이름을 놓고 이야기를 나눴다고 해요. 결국 그는 무전기를 끄고는 다음날 숨을 거뒀죠. 홀의 부인은 어느 인터뷰에서 이런 일은 오래 전부터 각오하고 있었다고 고백했어요. 다른 엄청난 재난의 생존자들과는 대조적으로, 에베레스트에서 죽은 이들의 가족들은 아무도 왜, 라는 질문을 던지지 않는다더군요."

나는 지금 내 앞의 당신도 충분히 그렇다 말하고 싶었다. 그리고 차라리 그녀가 엉엉 울어버렸으면 후련하겠다는 생각을 했다.

"홀과 그의 부인에 관한 이야기를, ……난 사실 그이에게서 들었어요. 떠나기 전날 밤에 그러더라구요."

……!

나는 어지러운 머리를 숙여, 내 왼손 손금의 가장 깊은 선 하나를 오른손 검지로 파내고 있었다.

　그녀는 화랑의 문 앞까지 날 배웅했다.

　"연우씨라 그랬죠?"

　통나무를 거칠게 깎아 만든 것 같은 내 비루한 얼굴이, 그녀의 깊고 아늑한 눈동자 안에서 눈부처 되어 흔들린다.

　"난 그이가 죽었다고 믿지 않아요. 아직 누구도 그이의 시신을 발견하지 못했으니까요. 다만 그이는 보이지 않을 뿐이에요."

　"……"

　"안 그래요? 내가 틀렸어요?"

　놀랍게도 그녀는 보조개를 만들어 미소짓고 있었다.

　"그, 그렇, 군요. 맞습니다."

　나는 거리에 섰다. 이미 날은 어두워져 아까 화랑에 걸려 있던 사진 속의 그것처럼 둥근달이 먼 우주의 심장에 박혀 있다.

　양복 주머니를 뒤져보았지만 담배는 없다. 그곳에 두고 나온 것이다. 하지만 내가 무슨 용기로 저 당당한 여자 앞에 다시 설 수 있을 것인가. 지상의 밤은 언제나 아름다운 별들의 나라를 제 등에 문신으로 새겨두고 있지만, 해가 뜨면 다시 어디론가 숨어버리고 만다. 나는 이 밤으로 저 어둠 속에서 날 지켜보고 있는 누군가를 향해 무작정 걸어가고만 싶어진다.

　수많은 혜성들은 지금 은하의 어드메쯤을 날아가고들 있을까. 하얀 재가 되도록 격렬하게 타오르며 지구 근처를 헤매고 있는 햐쿠타케는 정녕 나완 아무런 상관이 없는 것일까?

길수 형, 그가 즐겨 그리던 하염없는 키 작은 숲, 그 숲 위에 가녀린 눈썹처럼 떠 있던 초승달, 파란 나비, 아, 그런 것들이 미치도록 그립다. 그러나 이제 머물러 있는 자와 떠나는 자의 차이를, 그 운명의 숭고함 정도는 이해할 수 있을 듯도 하다. 낯선 곳을 찾아가는 사람들이 있는 것처럼, 세상에는 제자리에서 미지(未知)를 관찰하는 사람들도 있다. 먼 곳을 향한 모험에 우리는 곧잘 찬사를 보내곤 하지만, 그보다 훨씬 더 먼 우주의 움직임을 발견하는 몫은 망원경을 들고 책상 앞에 앉아 있는 이들의 차지라는 것을 알기는 쉽지 않으리라.

니는 손가락만으로 호주머니 속에 들어 있는 동전을 셈하듯 은밀하게 중얼거리고 있었다. 저 지혜로운 여자도 착각하고 있는 것이 있노라고, 제 남편에 대해 나만큼도 모르는 부분이 있다고 말이다. 길수 형은 단순히 사라진 게 아니다. 지금도 하얀 얼음수염을 단 설인(雪人)이 되어 히말라야의 산중턱을 헤매고 있는 것이다. 아니지, 지금 내 가슴으로 들이닥친 이 혜성처럼, 우리 모두가 아무것도 아닌 것이 되었을 수만 년 뒤에야 다시 돌아오는지도.

나는 심한 현기증을 느끼며 도로변 가로등 아래 털썩 주저앉는다. 날벌레들이 휘휘— 가녀린 불빛을 향해 떠오르는 걸 흐려진 눈으로 바라보며.

그때였다!

갑자기 온몸이 크게 진동하며 뒤로 넓게 젖혀지고, 와이셔츠 단추들을 모두 튕겨내버릴 만한 억센 힘으로 내 가슴 한복판에서 새들이 날아간다. 순결한 유리관을 세심히 녹여 만든 것 같은, 어쩌면 소방수가 뿌려대는 거센 물줄기의 질감으로, 새의 형상들이 파드득파드득— 수십 마리씩 떼지어 여러 차례 밤하늘을 향해 날아가고 있는 것이다.

그런 3,4분가량이 지나고 다시금 평온이 찾아오자, 나는 땀에 푹 전 채로 멍멍한 귓불을 매만지고 있었고, 더이상은 예전의 내가 아니었다.

7

다시 5월 30일. 깊은 잠에서 깨어나니 애초에 혼자였던 것처럼 주위엔 아무도 없었다.

이제 햐쿠타케는 지구로부터 영영 멀어져 보이지 않는다. 오르트의 구름을 향해 갈기를 휘날리며 달려가고 있겠지. 그가 억겁(億劫)이라도 지나고 나서 다시 돌아온다면, 그래서 그 시절까지도 여기에 사람들이 살고 있다면, 세상 누군가 몸과 영혼이 함께 바뀌는 경험을 가지게 되는지 모른다.

곧 여름이 다가올 것이다. 주전자 모양의 사수자리, 오리온을 죽인 전갈자리, 십자가 모양의 백조자리, 목마인형 같은 거문고

자리, 우산처럼 생긴 독수리자리 들로 밤하늘은 제 몸을 빛내며 때론 바꾸겠지. 그리고 어디선가 낯선 혜성과 별똥별 들이 그들의 가슴에 아름다운 상처를 잠시 남기고 총총히 사라질 것이다.

인생이 비의(秘意)로 가득 찬 오지(奧地)라면, 그래서 우리 모두가 탐험가라면, 이제 나는 천공에 달려 비바크를 하는 사람으로 뭔가에 들떠 잠 못 들 준비가 되어 있다.

나는 사막에서 길을 잃은 쌍봉낙타처럼, 오늘도 도시의 허연 밤을 허귀적허귀적 핥아 걸어간다.

---

* 이 소설에서 등장하는 길수 형은 프랑스의 등산가 가스통 레뷔파를 투영한 것이다. 그가 하는 말의 대부분은 가스통 레뷔파의 저서 『별빛과 폭풍설』에서 도움받은 바크다.

그녀에게 경배하시오

⋯⋯나, 한대수 아저씨를 찾아 뉴욕으로 갈 거야. 지금 뉴욕에 살거든. 그 아
저씨를 다른 어떤 곳이 아닌, 꼭 거기서 만나보고 싶어. 진위의 도시, 뉴욕에
서 말이야. 오랜 시간이 아니라도 좋아. 다만 차 한잔 함께 마실 수 있다면 족
하다구. 살면서 누군가로부터 그런 느낌을 받은 건 처음이었다구.

1

 침침한 지하 만화방에서 꼬박 이틀을 보내고 거리로 나섰다. 편의점 유리문 앞에 쭈그리고 앉아 팩우유 500밀리리터를 정확히 네 번에 걸쳐 다 마신다. 아직 8월은 이틀이나 남았건만, 바람이 생선처럼 식어 있다는 것을 느낀다. 어머니는 집을 나서는 내게 늘 이렇게 말하곤 했다.

 "옷은 조금 무거운 듯 입고 다니도록 해라. 더우면 벗어들면 그만이지만, 추울 경우엔 몸이 상하니깐."

 정작 당신의 아들이 문밖 세상의 어드메쯤을 헤맬지 모르면서도 말이다.

 충혈되어 있을 눈알, 보람 없는 피로로 검게 타버렸을 살갗,

애써 거울을 들여다보지 않아도 몰골은 뻔했다. 나는 주머니 속에 넣고 다니는 줄 끊어진 손목시계로 저녁 일곱시를 확인했다. 그러곤 퇴근하는 사람들 사이로 태연히 비집고 들어간다. 마치 그들과 동일한 일상을 살아가고 있다는 듯이.

어머니는 옳았다. 나는 한기를 느끼고 있었고, 긴팔 남방을 입었다면 훨씬 유쾌했으리라는 생각을 했다. 침침한 지하 만화방에서 꼬박 이틀을 보내고 거리로 나섰을 때, 나는 불길하다는 아홉수의 가을과 사전 약속도 없이 마주쳤다. 게다가 천국과 지옥을 믿어본 일이 없는 나로서는, 돌아가신 어머니가 도대체 어디에 계신지 감을 잡을 수 없었다.

2

이상 기온으로, 올해는 가을이 아주 짧고 겨울이 무척 길 것이라 한다.

3

"이제껏 먹어치운 쇳덩어리가 얼마나 되지?"
"글쎄, 경비행기 한 대쯤?"

130

S는 불가사리이다. S는 지난 반년 동안 슈퍼마켓 손수레와 TV, 알루미늄 스키 세트, 아동용 자전거를 씹어 삼켰다.

"체인이 가장 맛있는 부분이야."

S는 굳이 부피가 큰 것들 말고도 면도날, 동전, 칼붙이, 머리핀, 맥주 깡통, 가위, 탄피, 볼트와 너트, 뜨개질 바늘, 시위용 쇠파이프 등 가리는 게 없다.

이러한 S의 식습관은 그 유서가 깊다. 어린 시절 S는 소아마비로 다리를 절게 되어 다른 아이들로부터 놀림을 받았다. 하여 쇠를 소화시키는 걸 과시함으로써, 자신의 존재를 주변에 확인시키려 했다는 것이다.

"그래서, 그러니까 놀리지 않더냐?"

"그냥 놀리지 않는 게 아니라, 아예 날 존경하더군. 아이들이란 원래 그래. 뭔가 신기한 것만 보여주면 되지. 그게 의미가 있건 없건 간에. 그 점에선 매스컴과 흡사해. ……비열하거든."

S는 쇠를 먹기 전 광물성 기름을 마셔 소화기관을 최대한 미끄럽게 한다. 그리고 씹는 도중에는 상당량의 물을 섭취한다. 이런 소식을 전해 들은 의학계는 S에게 각종 정밀 신체검사를 실시했다. 하지만 남달리 강력한 소화액이 금속들을 녹여버렸다는 식의 심드렁한 결론밖에는 내릴 수 없었다고 한다. 그들은 S의 위장 점막 내벽이 평균치보다 두 배나 두껍다는 사실도 발견했다. 때문에 S는 오히려 달걀이나 바나나처럼 부드러운 음식물들은 제대로 소화해내지 못한다는 것이다.

한국 기네스북에는 이미 S의 이름 석 자가 있다. 맘만 먹는다면야, 세계 기네스북에 수록되는 것쯤은 어렵지 않다. 그러나 그런 것들을 이제 와 애써 피하고 있는 쪽은 다름아닌 S 자신이었다.

"철없을 때는 관심을 가져주니까, 무작정 좋았지. 또 부모님은 내가 무슨 병이 있어 그런 줄 알고 의사들한테 맘대로 나를 맡겼지만, 이제는 그래선 안 된다는 걸 알아. 쇠를 먹는 게 무슨 자랑거리가 되겠어? 더구나, 무엇보담, 난 동물원 원숭이가 아냐."

"그러면서 왜 그랬어?"

"재밌잖아? 아냐. ……아마도, 조금은, 음, 맞아! 쓸쓸해서였을 기야."

"어린애가 쓸쓸하단 말을 알았단 말이야?"

"당연하지. 내용을 먼저 겪고 난 후에 단어를 알게 되었다 하더라도, 내가 쓸쓸했었다는 엄연한 진실은 변하지 않아. 엄살이 아니라구. 알겠어? 난 너같이 말하는 작자들이 정말 싫어. Why들 그러지? 어째서 단순무식한 애들로 지구는 폭발 직전일까? 응? Why?"

맥주를 마시는 S는, 짧게 자른 철사 조각들을 호주머니에서 꺼내 땅콩 대신 삼킨다. 술안주론 이것 이상이 없다고 하면서. 가끔 S는 내 줄 없는 손목시계마저도 그윽한 눈빛으로 바라볼 때가 있다.

아무튼, 내겐 불가사리 여자친구가 있다. 그녀는 나보다 네 살이나 어리지만 반말을 마구, 무자비하게 해댄다. 그리고 어두운 골목 귀퉁이에서 오바이트를 하며, 곧잘 이렇게 지껄인다.

"언젠간, 이 더러운 도시를 다 먹어버릴거야. 씨이—"

S와 키스하기까진 많은 용기가 필요했다. 내 혀를 씹어 삼킬 것만 같았기 때문이다. 하지만 지금은 아무렇지도 않다. 그런 일은 일어나지도 않았을뿐더러, 부드러운 것은 잘 소화하지 못한다는데, 뭐.

4

S를 처음 만난 그날 그 록카페에서, 나는 S의 직업을 단박에 알아맞혔더랬다.

"너 간호사지?"

이 말 한마디가, 서로 가까워질 필요가 전혀 없는 우리를, 순식간에 친구로 만들어주었던 것이다.

"히야! 그걸 어떻게 알았지?"

"네 몸에서 약냄새가 나거든. 아휴, 항생제가 아주 지독해."

상기된 S는, 제 겨드랑이에 코를 대고 개처럼 킁킁댔다.

"농담이고. 실은 관상이나 사주, 별점 같은 걸 좀 보지."

"그렇담, 수상(手相)이나 족상(足相)쯤은 일도 아니겠네?"

"물론."

"난 손이 예쁜 남자가 정말 좋아. 기다랗고 하얀 사내 손가락! 미치지."

나는 S의 손금을 꼼꼼히 더듬어갔다. 별난 손이었다. 아무리 오래 잡고 있어도 멀리 있는 듯 여겨지는, 그런 손이었다.

아무튼, 나는 S의 모든 과거를 용케 맞히었다. 태생이 귀하여 극진한 보살핌을 받았으나, 아버지와는 사이가 좋지 못해 떨어져 사는 팔자이며……

"대단해! 어쩜 그럴 수 있지? 가슴에 박혀 있던 못이 쑥─ 빠져나간 기분이야! ……앞으로는 어떻게 살게 되는데?"

"원래 점쟁이들은 과거만 맞히는 법이야. 미래란 노력 여하에 따라 언제든 변할 수 있는 거지. 그래서 우리 모두는 신이 점지해준 유일한 사람들이라구."

S는 넋이 나간 듯 보였다. 자주 보아온 여자들의 습성이었다. 스스로 이야기하지 않은 바를 먼저 알아낸 자에게, 쉽사리 마음의 국경을 걷어버리는 것 말이다.

한 달 전, S는 어떤 남자와 함께 서울로 올라왔다. 별다른 이유는 없었다. 안개만 우글거리는 춘천이 지겨웠고, 죽기 전에 진탕 후회 없이 놀아보고 싶어서 그랬다고 했다. 둘은 강남역 근처에 여관을 잡고, 음주가무로 돈이 바닥날 날만을 기다렸다. 그런데, 사소한 말다툼 끝에 발끈한 남자가 S를 놔두고 떠나버린 것이다. 그는 갔지만, S는 계속 남았다. 애초부터 그 남자가 목적은 아니었기 때문이다.

S는 광대뼈가 둔하게 튀어나와 있는데다가, 쌍꺼풀 없는 눈은 웃으면 축 늘어져 잘 보이지 않는다. 그러나 1미터 75센티미터가 넘는 훤칠한 몸매만큼은 상당히 근사하다.

"모델을 해도 어울릴 텐데."

"너 지금, 나 못생겼다는 말 하려는 거지?"

"아냐. 비록 내가 그 방면의 전문가는 아니지만, 개성시대라는데, 게다가 넌 아직 어리고, 충분히 가능성이 있을 것 같아서. 진심이야. 베네통 모델들 봐라. 걔들이 어디 인형처럼 곱상하디? 요컨대, 독특한 분위기가 중요한 거라구."

"병신아, 요즘엔 다리 저는 모델도 있냐? 하긴, 무대 위에서 절룩절룩거리는 것도 독특하기는 하겠다."

"……! 미안해, ……잊었더랬어."

"괜찮아, 신경쓰지 마. 내가 정말 모델을 꿈꾸던 애라면 화났겠지만."

"저어, 춘천이 그렇게 좋다며?"

"훗, 딴소리는. 뭐어야, 춘천에 와본 적이 없단 말야?"

"그렇게 됐어. 난 체질상 멀리 떠도는 걸 싫어해. 대신 늘 다니던 근처를 어슬렁거리는 편이지. 여관방에서는, 왠지 귀가 멍멍해져. 낯선 곳에서 밤을 맞으면 안절부절못한다구. 해서 꼭 술을 먹지."

"그래도 심하다, 심해. 에이, 그렇지만, 오지 않길 잘했어. 실은 볼 만한 거라곤 하나도 없어. 안개 따위를 감상하기 위해 거기로 모여드는 인간들을 예전부터 이해할 수 없었다구. 아, 맞어. 올 만한 이유가 하나 있기는 하다."

"그게 뭔데?"

"비디오 한 개 빌리는 데 백원밖에 안 한다는 것!"

"뭐? 진짜야?"

"우리 동네에선. 가게끼리 경쟁이 붙어서 그래."

"아무리 그래도 백원이라니……"

"나한테 따지지 마. 사실이니까. 내가 그런 거짓말을 너한테 Why 해? 배추이파리 한 장이면, 유호에서 나오는 성인물 시리즈 대부분을 섭렵하고도 남지. 주머니가 허전한 영화광들은 모두 춘천으로 오세요. 레오 카락스의 〈소년, 소녀를 만나다〉에서부터, 오기 조지의 〈터보레이터〉까지가 단돈 백원으로 여러분을 모십니다!"

"대체 비디오 대여점들이 얼마나 많기에 그렇다는 거야?"

"실은 숫자가 중요한 게 아니야. 몇 안 되는 가게들끼리 감정 싸움이 붙다보니까 그렇게 된 거지. 그게 바로 규정하기 힘든 실물경제의 오묘한 일면이라구. 수요와 공급을 정상적인 이론으로 계산해보면, 절대로 그 지경의 결과는 나올 수 없거든. 백원까지 가격이 하락하는 거 말이야. 사는 게 그런 것 같아. 제아무리 유식한 척 잔머리를 굴려도, 그냥 그러면 그런 거야. 같이 굶으면 굶었지, 저 새끼 잘되는 꼴은 죽어도 못 보겠다는 데 이유 있어? 주판 튕겨봤자, 웃기지. Why? 인생은 복잡한데다가, 대부분 더럽게들 돌아가니깐! 따라서, 우리 모두 따지지 말고 삽시다, 이 거지. ……나, 한대수 아저씨를 찾아 뉴욕으로 갈 거야."

"한대수?"

"몰라? 〈행복의 나라〉? 〈물 좀 주소〉?"

"아, 그, 한대수!"

"그럼 그 한대수 말고, 니가 아는 한대수가 또 있니? 장막을 걷어라, 나의 좁은 눈으로, 이 세상을 더 보자, ……가벼운 풀밭 위로 나를 걷게 해주세, 봄과 새들의 소리 듣고 싶고, 울고 웃고 싶소, 내 마음을 만져줘, 나는 행복의 나라로……"

"친척이야?"

"……아하, 나는 살겠소, 태양만 비친다면, 밤과 하늘과 바람 안에서, 비와 천둥의 소리, 이겨 춤을 추겠네……"

"가까운 사람이냐구?"

"……고개 들고서 오세, 손에 손을 잡고서, 청춘과 유혹의 뒷 장 넘기며, ……다들 행복의 나라로 갑시다! 아니다. 한 번도 본 적 없다. Why?"

"근데 그 사람은 왜 찾아가?"

"난 그의 지독한 팬이야. 지금 뉴욕에 살거든, 그 아저씨를 다른 어떤 곳이 아닌, 꼭 거기서 만나보고 싶어. 전위의 도시, 뉴 욕에서 말이야. 오랜 시간이 아니라도 좋아. 다만 차 한잔 함께 마실 수 있다면 족하다구. 자서전을 읽었지. 진짜 자유를 알고 있는 거 같았어. 살면서 누군가로부터 그런 느낌을 받은 건 처음이었다구.”

“너 되게 골때리는 애로구나! 아무리 그렇다고, 알지도 못하는 사람을 찾아 미국까지 가?”

“내가 한대수 아저씨를 Why 몰라? 나는 매일 그 사람의 음악을 듣고, 글도 읽었고, 그의 프로필과 정신도 알아. 넌 대체 누구에 대해서, 이만큼이나 알고 있어? 48년 부산 출생. 유학중이던 아버지가 실종돼 조부모 슬하에서 자람. 10세 때 집안이 잠시 미국으로 이주, 3년 뒤 다시 돌아와 경남중·고를 다님. 이 시절 친구 김형수에게서 기타를 배움. 17세 때, 아버지의 소재가 확인되어 다시 도미(渡美). 가정과 학교에 적응하지 못해 불량 서클에 가입하는 등 방황의 십대를 보내다가, 상담 교사의 도움으로 예술적 재능을 깨닫고는 시와 노래를 짓기 시작함. 고교 졸업 후엔 뉴햄프셔 대학 수의학과에 진학했으나, 적성 문제로 중퇴하고 뉴욕에서 사진학교를 다님. 더 할까?”

“됐어.”

“거기서 그는, 60년대 후반 록의 혁명과 반문화운동의 열기를 온몸으로 체험했어. 어머니의 권유로 귀국하여 본격적인 음악활동을 하다가, 박정희 정권에 의해 TV 출연을 금지당했지.”

“됐대두!”

“두번째 앨범 〈고무신〉 역시 체제 전복적 음악이라는 이유로 모두 금지곡에 처해졌어. 88년 첫 부인 명신과 이혼하고, 92년 몽골계 러시아인 옥사나와 재혼. 그의 다른 음반들로는,”

"알았어, 그만하자. 니 말이 다 맞아."

사실이 그랬다. 나는 내 주변 사람들에 대해, S가 한대수를 아는 만큼도 모르고 있었다.

"인생은 너무 비극적이어서 희극처럼 느껴진다. 하지만 일단 이 우스꽝스러운 상황을 인정하면 동네를 산책하는 즐거움, 사람들의 사랑을 기쁘게 받아들일 수 있다!"

"그것도 한대수에 관한 거야?"

"물론. 자서전에서 그가 한 말이야. 우선은 일자리를 찾을 거야. 편의점 아르바이트건 단란주점 호스티스건, 뭐든. 돈이 약간 모자라. 뉴욕에 갈 여비가 채워지자마자, 피용— 하고 나는 거지. Why? 한대수 만나러! 청춘과 유혹의 뒷장 넘기며, 라는 대목이 난 제일 좋아. 그 사람은 단순한 딴따라가 아니야. 위대한 시인이야!"

나는 심호흡을 크게 했다. 그리고 스물다섯이라는 S의 나이를 수긍키로 한다. 저맘때를 따지고 본다면야, 훨씬 황당한 일들도 마구 저지르던 내가 아니던가. 예전보다 힘이 빠지고 자신에 대한 혐오가 늘었다 해서, S란 아가씨의 저돌적인 태도를 폄하할 자격이 내겐 없었다.

게다가 S의 희망이란, 그 간절함만으로 인해 충분히 가능한 것인지도 모른다. 가령, 코끼리를 냉장고에 넣는 3단계 방법처럼 말이다(냉장고 문을 연다 + 냉장고에 코끼리를 집어넣는다 + 냉장고 문을 닫는다 = 한대수는 뉴욕에 있다 + 비행기를 타고 한대수를 찾으러 뉴욕으로 간다 + 뉴욕에서 한대수를 만난다).

　나는 문득, 근처에 밤나무가 있나 둘러본다. 말도 안 된다. 어떻게 록 카페 안에 밤나무가 자라고 있겠는가. 그러나 나는 정말 밤나무를 찾아 고개를 이리저리 휘둘렀고, 그것이 내 오랜 질병임을 또한 잘 알고 있었다.

5

　S의 거구에는 그만한 이유가 있다. S의 아버지는 다름아닌, 저 절세불멸의 프로레슬러 C인 것이다. 70년대 한국 프로레슬링의 전성기를 기억한다면, 당신은 빛나는 C의 전설을 떠올리고 있는 셈이다. 한데, 이건 아는가? 그 코브라 트위스트의 달인이, 지금은 호반의 도시 춘천에서 병든 몸으로 안개를 낚고 있다는 사실을.

　그건 그렇고, ……고백할 것이 있다. S는 간호사가 아니다. S는 귀하게 태어나 극진한 보살핌 속에서 성장하지도 않았거니와, 부친과의 사이가 나쁘지도 않다. 당연하다. 나는 이제껏 관상이나 사주, 별점, 수상, 족상 따위에 경도한 적이 없으니까. 나로 말할 것 같으면, 남의 운명은커녕, 오늘이 화요일인지 일요일인지도 구별 못 하고 사는 인간인 것이다.

　"그럼, 대체 춘천에서는 뭘 했니?"

"알고 싶어?"

"그렇다고 볼 수 있지."

"비디오 대여점."

그때 우리는 왜 그 모양이었을까?

6

일요일 이른 아침, 나는 한적한 도산공원 붉은 벤치 위에 T와 나란히 앉아 있었다. 대체 어떤 덜떨어진 작자가, 사람들이 기대어 쉬는 자리를 핏빛으로 칠해놓았을까?

T는 감색 정장에 노타이 차림으로, 사뭇 뼛속까지 수척해 보였다. 화려하기 그지없던 평소의 T가 아니었다. 맨정신을 참아낼 수 없어 연일 폭음을 일삼고 있는 것이리라. 푸석푸석한 T의 얼굴 가득히 괴롭다고 적혀 있다. 엄청나게 거만하고 교활한 만큼 대단히 소심한 위인이 바로 T인 것이다. 후훗, 나는 그것이 뛸 듯 기뻤다. 많은 걸 가진 자는, 그에 비견할 만한 한 가지를 반드시 잃어야 한다고 믿는 까닭이다. 그런 의미에서 나는, 진정한 평등주의자이다. 세상은 절대 공평하지 않지만, 누구에게나 위험하고 불안하기는 마찬가지 아닌가.

"아무래도 어렵겠다."

"역시 그렇지?"

"내가 원장이기는 해도, 아직 세세한 일들까지 아버지가 직접 간여하거든. 너도 잘 알잖냐, 우리 아버지 성격. 난 실권자가 아니라서."

T의 부친은 입시 재벌이다. 서울 시내만 하더라도, 그의 촌스런 이름을 딴 학원이 여덟 개나 된다. 나는 얼마 전 T에게 취직 자리를 부탁했고, 방금 그것을 보기 좋게 거절당한 것이다. 잘났다고 뻐기는 녀석들의 고유한 특징은, 제 꼬인 수를 남이 절대로 읽어내지 못한다고 생각하는 데 있다. T의 대답은 결국 그거였고, 나는 순순히 속아주기로 한다. 아무럼 어떠랴, 작금의 비즈니스는 따로 있는걸.

"니 간통 전과가⋯⋯"

"말 조심해."

"미안하다. ⋯⋯그 자식, 혼수 상태라더라. 겁만 주라고 했지, 너도 알다시피, 내가, 그 지경까지 바랐던 건 아니잖아."

선한 인연과 악연 사이에는, 그냥 바람직하지 못하다는 정도로밖에는 설명하기 힘든 또다른 인연이 존재한다. 이를테면 T와 내가 그러하다. 친구도 적도 아니다. 주인과 개의 주종관계도 아니다. 그러나 뭘 하든, 한쪽이 먼저 죽어 사라지기 전까지는 함께 가야 하는 것이다. 의리나 우정도 없이, 일말의 진정한 동정심도 없이.

내 탓이 아니다. 신은 세상을 학교로 만들어놓았다. 본인들의 의사는 물어보지도 않고, 1번부터 60번까지를 무조건 한 교실로 몰아 처넣은 것이다.

T처럼 아쉬울 것 없이 속된 부류는 미묘한 인간의 감정을 제대로 평가할 능력이 없다. T에게 있어 내 지난 사랑이란 그저, 2년 이하의 징역에 해당하는 친고죄(親告罪) 겸 형법 제241조일 뿐이다. 나는 유부녀를 사랑한 게 아니다. 내가 사랑해야만 하는 한 여자를 사랑했던 것이다.

"그냥 겁만 주길 바랐다고? 아닐 텐데?"

"무슨 소리야? 대체 왜 그래?"

그래, 바로 그거야! 당황해라! 겁내라구! T의 전 존재(全存在)에 금이 가는 소리가, 그 아름다운 음악이 귓가에 향긋하다. T는 이런 방식으로라도 삶의 통증을 배워야 한다. 왜냐면, 여기는 학교니까. T는 키 작은 1번, 나는 맨날 졸기만 하는 꺽다리 60번.

"나도 첨엔 그랬지. 겁만 주려고 그랬다구. 근데, 그 치와와처럼 삐쩍 말라 눈만 튀어나온 새끼가 글쎄, 오호라, 너도 호모새끼니? 걔가 니 애인인가보지? 이상하다? 전번에는 딴 놈이던데? 아아, 맞아. 너희들은 원래 돌려가면서 먹지? 그러더라구. 그래서 내가 점잖게 이랬지. 왜 너랑 관계없는 사람을 괴롭히려 하지? 그러니까 치와와가 또 이르길, 시끄러 씹새끼야. 돈만 받으면 그걸로 끝이야. 아무 일 없다구. 알았어? 가서 전해, 일주일 내로 해결하지 않으면, 동네방네, 물고 빠는 커다란 사진이 박힌, 그 호모새끼 광고를 낼 거라고, 엉?"

"으."

"그러니 난들 어째? 내 소중한 친구를 그런 식으로 협박하는데, 그냥 둬서 쓰겠어? 때려주려고 했더니, 되레 날 마구 때리더라구. 하지만 불쌍한 치와와는 미처 몰랐던 거야, 내가 허리춤에 몽키스패너를 감추고 있었다는 사실을. 이봐, ……넌 치와와가 죽길 바랐어. 상상 속에서 수천 번도 더 참수시켰겠지. 왜 자신을 속이고 그래? 난 너 대신 치와와를 혼내준 것뿐이라구."

"……당분간은 내 근처에 안 나타나는 게 좋을 것 같아. 경찰이 찾아올지도 몰라."

나는 세상 어느 곳에서건 정액 냄새를 맡을 수 있다. 신성한 자작나무숲 한가운데 누워 있다 해도, 사정은 마찬가지였을 것이다. 나는 명동 한복판에서도, 가끔씩 주위에 밤나무가 있나 두리번거리곤 한다.

그날 밤 두 손 가득 꿀꿀이죽 같은 치와와의 피를 묻히며, 나는 대충 다음의 두 가지를 깨달았다. 첫째, 큰 충격이 가해진 사람은 예상외로 저항이 없다. 그냥 무슨 물건 넘어지듯 픽, 하고 쓰러진다. 따라서 보통의 공포영화를 가득 메우고 있는 온갖 비명들은, 그 횟수 측면에서 리얼리티가 빈약하다. 둘째, 내게 대드는 놈을 거세시킨 뒤에 태우는 담배 맛은 기막히다는 점. 하여 이제부터는, 독재자―중앙아프리카의 황제 장 베델 보카사는 1979년 유니폼 착용에 불평하는 이백여 명의 학생들을 무참히 학살했으며, 반정부 인사들은 목만 내놓은 채 땅에 파묻고는 탱크로 밀어버렸다. 예컨대, 그의 화끈한 통치 방법이란 이랬다.

144

세 번 도둑질한 사람은 오른팔 절단, 네번째는 사형. 보카사는 열일곱 명의 부인에게서 모두 쉰다섯 명의 자녀를 두었다. 아아— 비록 악마였으되, 과연 황제처럼 살긴 살았던 것이다—들을 이해하기로 하자!

"이거 얼마 안 돼."

"뭐지?"

"어디 적당한 곳으로 피해 있어. 외국이면 더 좋구. 너 여권 있지?"

돈이라, 돈……

나는 치와와의 깨진 대갈통에 왼발을 올려놓고, 그윽한 포즈로 담배에 불을 붙였다. 연기를 내뿜으며 밤하늘을 올려다봤다. 밤꽃잎들이 첫눈처럼 흩날리고 있었다. 그렇다면, 저 어두운 어디쯤에 밤나무가? 난 내가 원하던 생은 이런 게 아니라고 생각했다. 하지만 특별히 염두에 둔 생이 따로 있던 것도 아니잖은가?

모두가 밤나무, 평소엔 꼭꼭 숨어 있다가 불현듯 나타나고는 하는 저 밤나무들의 짓이다. 내 진실한 사랑을 철창에 가두고 멋대로 재판한 것도, 뭐든 속이고 노략질하지 않으면 낙오자가 되는 이 세계도. ……오, 누가 심었을까?

"너 말이야, ……차라리 주변에 알리고 편하게 사는 거 어때?"

"분명히 말해두지만, 이번 일은 나완 상관없어. 어긋나면 너만 들어가는 거야. 난 그러라고 널 사주하지 않았으니까. 그냥, 다만, 약간의 도의적인 책임감을 느낄 뿐이지."

"그거 말고, 니가 게이라는 거. 그거 꼭 감춰야 하는 거냐고? 넌 너잖아? 치와와가 없어져도, 니가 그런 식으로 널 감추고 지내는 이상은, 또다른 치와와들이 끝없이 나타나 괴롭힐 거다. 불독이나 셰퍼드는 어때?"

"건방진 새끼."

T는 서둘러 자리를 뜬다. 아직 내겐 할 말이 많이 남았는데도. 늘 똑같은 버르장머리다.

여하간, 멍청한 붉은 벤치에는 나만 홀로 남게 되었다. 두 시간쯤 그렇게 가만히 있으려니, 이런저런 사람들이 슬슬 모여들기 시작한다. 초록색 유모차를 끌며 환하게 웃는 젊은 부부, 깡충깡충 뛰어다니는 어린 손자의 손목을 애써 잡으려는 할아버지의 모습은 아름다웠다. 이런 데서는 솜사탕이나 풍선도 좀 팔고 그러면 괜찮을 텐데.

갑자기 S가 보고 싶다. S와 함께라면, 밤꽃 내음을 맡아도 슬프지 않다.

그런데, 혹시, ……난, 오늘로서, 드디어, T의 완전한 적이 된 건 아닐까?

7

"……그럼요, 건강해요. 선배 언니가 얼마나 잘해주는데요. 날이 쌀쌀해지는데, 너무 오래 밖에 나가 계시지 마세요. 안개 많을 때는 강둑에서 조심하시구요. ……어머! 정말이에요? 가게가 나갔어요? 그럼 그 돈으로 집수리하면 되겠네! ……알았어요. 시간 나면, 평창동 아저씨도 찾아뵐게요. ……저두요, 사랑해요. 아빠, 근데, 지금 뒤에 기다리고 있는 사람들이 무척 많거든. 예, 자주 전화할게요. ……에이, 걱정 마시라니깐요. 내가 누구 딸인데. 까부는 애들은 박치기로 그냥 콱— 하하! ……예, 예에. 그럼 아빠, 안녕."

나는 창이 깨진 공중전화 부스 옆에 쭈그리고 있다. 이 깊은 밤에, 전화 걸 사람들이 줄지어 있다는 말을 C는 믿는 것일까? 거인족은 가족애가 남다른 것 같다.

검은 허공중에서, 달 곁에 묻은 알 수 없는 희미한 무늬를 본다. C는 알아야 하지 않을까? 뉴욕, 한대수, 청춘과 유혹의 뒷장, 다음주 수요일이면 S가 태평양 건너편에 있게 되리란 것, 그리고,

"야!"

S의 운동화가 내 허벅지를 건드린다.

"왜?"

"거기 찌그러져서 뭘 생각해? Why 철학하니? 어서 일어나,

술 더 먹으러 가자."

우리는 모두, 거인족 여인들을 조심해야 한다.

8

치와와의 죽음을 알리는 T의 목소리는 한마디로, 웃겼다. 마치 꼬마 때 옆집 동무가, "우리 이모 임신했대. 시집가지도 않았는데 말이야"라며 귀에 대고 속삭이는 듯했다.

이어 T는, 여태 어디로든 숨지 않은 나를 심하게 추궁했다. 다시는 전화하지 말라는 명령 같은 당부도 잊지 않았다. 아니다. 그것은 가소롭게도 명령이었다. 그래서 나도 T에게, 온라인으로 돈을 한몫 더 부치라고 명령했다. T는 분노했다. 하지만 멕시코쯤으로 가서 다시는 돌아오지 않을 거라고 하자, 좀 누그러드는 눈치였다.

사실 난 돈이 필요해서 그랬던 것이 아니다. 누군가 지상에서 사라지면, 다른 사람이 그의 못다 한 일을 이어받아야 한다고 생각했기 때문이다. 치와와도 내 행동을 저승에서나마 칭찬하고 있을 것이다. 내가 T에게 저 대신 복수를 해준 셈이니까. 그러나 치와와와 나는, 이렇게, 어떤 식으로든 영원한 원수지간이 되었다. S의 탁월한 지적처럼, 인생은 복잡하고 대부분 더럽게들 돌아가나보다.

S는 국기원 내리막길, 네 평 남짓한 인형 가게의 하나뿐인 점원으로 일하고 있었다. 나는 거의 매일 밤 캄캄한 골목 귀퉁이에서, 불빛이 가득 찬 인형 가게 안의 S를 구경하곤 했다. 그건 참으로 기분좋은 경험이었다. S의 몸짓은 고요했지만 맘껏 즐거워 보였고, 나는 난생처음으로 하고 싶은 공부를 하고 있다는 느낌이 들었다. 만약 S가 단란주점 호스티스 따위를 하고 있었더라면, 나는 어쩌면 S의 목을 졸라버렸을지도 모른다. 저렇듯 아름다움이란 아름다운 자리에서, 반드시 아름다워야 마땅하기에.

"남편 사업이 쫄딱 망했대. 그래서 생각다 못해 인형 가게를 시작한 거지."

"돈 벌려면 다른 장사를 해야지, 왜 하필 인형 가게야?"

"우리 주인 아줌마, 유명한 인형 수집가거든. ……서른여섯인데, 결혼 후 10년 동안이나 아이가 없었대. 지금은 쌍둥이 남매를 두고 있지만. 우연히 친구 집에 놀러 갔다가, 러시아 인형을 하나 얻은 게 계기였다나봐. 아이가 없으니 인형에 맘을 붙인 거지. ……이집트, 터키, 프랑스, 일본, 러시아, 네덜란드, 스페인, 아무튼 전 세계의 인형이란 인형은 다 있어. 재질도 플라스틱, 나무, 도자기를 비롯해 다양하지. …… 전통 의상을 입고 있는 인형들을 찬찬히 들여다보고 있노라면, 가보지도 않은 그 나라 사람들이 내 앞에 와 있는 듯해. 절대 싸구려들이 아니야. 지금 사가는 사람들은, 완전히 공짜로 가져가는 거라구."

"안됐다, 그 아줌마. 애지중지하던 소장품들을 팔아치워야 한다니. 우표 수집을 해본 경험이 있어서, 난 그 기분 충분히 이해할 수 있어. 우표를 사기 위해 돈을 훔치기도 했지. 그땐 누우면 천장이 커다란 기념 우표로 보이곤 했어."

"무심코 일하다보면, 가끔씩 이상해. 인형들이 울고 있거든. 아줌마도 너무 불쌍하구."

S는 진심으로 동정하고 있었다. 그 마음이, 이루 말할 수 없이 따뜻했다.

"너 인형을 수집할 때, 가장 명심해야 할 점이 뭔지 알아?"

"글쎄."

"바로, 장난감과 인형을 혼동하지 않는 거야."

"장난감과 인형을, 혼동하지 않는다?"

"물론 다른 수칙들도 많지. 외국 전통 민예품 가게에서 사면 종류도 다양하고 값도 싸다거나, 될 수 있으면 그 나라 고유의 의상이나 색깔이 뚜렷한 인형을 골라야 하고, 국내 백화점에서 열리는 해외 토산물전이라면 놓치지 않고 활용해야 하는 등. 또 소재(素材)별로 모아 단조로움을 피하는 것도 중요하지. 하지만 아줌마 말로는 무엇보담, 장난감과 인형을 혼동하지 말아야 한다는 거야."

"대체 장난감과 인형이 뭐가 다른데?"

"Why 그걸 꼭 내 입으로 구차하게 설명해야 하냐? 엉? 장난감은 가지고 놀다 부서지면 그뿐이지만, 인형은 그 사람의 곁에 영원히 남아 있는 거라구. 인형을 그냥 장난감 정도로 알고 사

150

가는 사람을, 아줌만 한눈에 알아볼 수 있대. 그치만 가슴이 찢어지는 것 같아도, 팔려고 내놓았으니 할 수 없는 거지. 사실 인형은 모으는 것보다는, 보관하고 관리하기가 힘들거든. 보통의 생각과는 달리, 인형이란 자주 손이 가지 않으면 당장 표시가 나. 먼지가 낀 채로 병드는 거지."

"인형을 어떻게 다스려? ……병들어?"

"이 등신아. 오래 간직하면, 인형에도 영혼이 깃든다고 아줌만 믿는단 말야. 그러니 그 맘이 오죽하겠냐고, 이 장난감 같은 자식아!"

"듣고 보니, 그럴 수도 있겠군."

그렇다면 나는 S에게, 너는 내게 있어, 어떠한 악조건 속에서도 절대로 팔아치울 수 없는 무엇이라고 말해주고 싶었다. 제아무리 고귀한 영혼이 깃든다 해도, 어디까지나 인형은 빌어먹을 인형에 불과한 것이다.

"내일모렌가? 떠나는 거 말이야."

"응. 가게는 내일 그만둬."

"돈이 모자랄 텐데."

"애초에 춘천 뜰 때 챙겨온 돈만으로도, 비행기표는 충분히 살 수 있었어. 일단은 날아가보는 거야. 그다음의 문제들은, 거기서 맨몸으로 부딪쳐 해결하는 수밖에."

"저 말이야, 저,"

"뭐?"

"으음, 누가 만약 널 죽인다면, 그러니까, 그 여행 떠나지 못하게 죽인다면, 어떻겠니?"

"날 죽여? 누가?"

"글쎄, 누구든."

황당한 질문에 휘둥그레진 S는, 나를 똑바로 바라본다. 그리고 잠깐의 썰렁한 침묵을 지나, 천천히 오른손의 가운뎃손가락을 치켜들며 이렇게 말한다.

"이거나 먹으라 그래. 어느 겁대가리 없는 새끼가 감히 날, 내가 죽여버리고 말지."

오늘은 진짜로 기념할 만하다. 우선은 내가 살인자로 산 첫날이고, 하마터면 S에게 맞아 죽을 뻔한 날이기도 하니까.

9

나는 헉헉거리며 뒤도 돌아보지 않고 뛰었다. 내가 묵고 있는 고시원 입구에, 스포츠형 머리의 덩치 큰 사내 서넛이 서성이고 있었던 것이다. 사복 경찰일까? 아마도 그럴 터였다.

모범택시를 잡아타고 시내를 한 바퀴 돌았다. 그리고 어두워져서야 S에게로 갔다. S를 만난 뒤에는 서둘러 기차를 탈 요량이었다. 바닷가로 갈 것이다. 낯선 곳에서 나는 또 잠 못 이루겠지. 술을 마시고, 그래도 불안하면 여자를 사고, ……뻔했다.

마침 S는 인형 가게의 문을 닫고 나오는 참이었다. 주인 아줌마는 길가 먼발치에서 S와 나의 이야기가 끝나기를 기다렸다. S는 오늘 밤을 그녀와 함께 보낼 것이라 했다.

내겐 시간이 없었다. 나는 줄 끊어진 손목시계를 S에게 건넸다.

"너 이거 가져. 이별의 선물이야. 케첩을 쳐서 먹는다 하더라도, 상관없어."

"이제 보니 예쁘네."

"평소에도 탐냈잖아."

"아니, 그거 말고. 니 손이. 하얗고 길어."

"그래? 그럼 다행이고."

"아냐, 진짜야. 있잖아, ……오빠라고 불러줄까?"

"Why, 새삼?"

"어쭈. 남의 말투 따라하지 마. 너도 개발해. ……그냥, 그러고 싶어서. 지금 헤어지면 언제 또 만날지 모르잖아."

"닭살 돋아, 관둬. 이제 와 어색해지는 건 싫어. 대신, 옷은 조금 무거운 듯 입고 다녀. 알았지? 더우면 벗어들면 그만이지만, 추울 경우엔 몸이 상하니까. 게다가 올해는 가을이 짧고 겨울이 길대."

"눈물나는데. 근데, 어쩌지? 난 여기에 없답니다. 뉴욕은 지금쯤 날씨가 어떠려나?"

"알면서도 깜박했군. 하지만 어느 때 어디서건 그러라는 거야, 내 말은."

　S는 째깍거리는 동그라미를 꼭 쥔다. 그리고 눈을 감는다.

　"두근두근 뛰고 있어, 시계가. 이거 누가 준 거야?"

　"넌 쇳덩이가 무슨 생물처럼 느껴지나봐?"

　"그러는 너는, 다른 사람을 무생물로 여긴 적 없어? 누가 준 거냐니까?"

　"예전에 내가 사랑했던 어떤 여자가."

　"근데 내가 가져도 돼? 지금은 사랑하지 않아?"

　"이젠 잊었어. 그렇다고 그 시계가 소중하지 않다는 말은 아니야. 이 일 저 일 겪다보니, 시곗줄도 나가버리고 흠집도 여러 군데 생겼지만서도. 그렇기 때문에 더욱 네게 주고 싶어. 음, 그리고, 이거."

　"웬 봉투? 뭐야?"

　"돈. 여행하는 데 필요할 거야."

　"내가 Why 이딴 걸 받아야 되지?"

　"제발 따지지 말고, 응? 난 여행을 좋아하지 않는다고 전에 말했지? 곰곰이 생각해봤는데, 여행을 좋아하지 않는 게 아니라 못 하고 있는 거더라구. 솔직히 지금은 여행을 해보고 싶기도 해. 아주 길고 졸린 그런 여행, 가도가도 끝이 없는. 하지만 선뜻 용기가 나질 않아. 그래서 나 대신 니가 이 돈으로 오래오래 재미있는 여행을 해줬음 해. 정말이야. 다른 뜻은 전혀 없어. 부탁이라구."

154

"부자야?"

"응. 아버지가 입시 재벌이지. 서울에만 학원을 여덟 개나 가지고 있어."

"에이, 아닌 것 같은데?"

"교육을 그렇게 받고 자랐어. 돈 있는 거 평소엔 티내지 말도록. 니가 몰라서 그렇지, 진짜 잘사는 집들은 원래 좀 그래. 그러니, 제발!"

"어째 너 좀 수상하다?"

"한대수를 만나면, 이 돈으로 멋진 저녁을 한턱내라고. 나랑 지냈던 얘기도 들려준다면 영광이겠어. 그리고, 꼭 멀고 근사한 여행을 떠나야 해. 알았지? 알래스카나 프라하에 가라구. 맞어, 파리도. 거긴 에펠탑이 있을 테니, 음식이 입맛에 안 맞을 걱정은 없겠네."

억지로 S의 가슴팍에 봉투를 떠맡긴 나는, 아까 스포츠형 머리에 덩치 큰 사내들로부터 달아날 때 그러했던 것처럼, 뒤도 돌아보지 않고 전력을 다해 뛰었다. 바다에는 밤나무가 없겠지. 그래, 밤꽃잎들이 더이상은 시큼하게 흩날리지 않으리라.

근데, S의 이런 외침이 들려왔다.

"야아―, 이 새끼야! 너 되게 웃긴다아!"

10

모든 구름은 물로 이루어져 있다. 그 수증기 입자가 작으면 하얀 새털구름, 빗방울을 만들 정도의 크기가 되면 먹구름이다. 간단한 이치이다. 작은 수증기 입자들은 빛을 반사해 밝게 보이고, 무겁고 큰 경우엔 빛을 흡수하여 어두워지는 것이다. 먹구름은 빨아들인 빛에너지 때문에, 우리의 평소 생각과는 달리, 새털구름보다 오히려 따뜻하다.

이 시각 S를 태운 비행기가 어떤 구름 속을 지나고 있다면, 나는 그 구름이 따뜻한 먹구름이었음 좋겠다는 생각을 했다.

혹시 S는, 스튜어디스에게 이러고 있는 건 아닐까?

"저어, 여기는 Why 쇠컵이 없나요?"

"……기내에서는 쇠컵을 쓰지 않고 있습니다, 손님."

"어머나, 그래요? 좆 같네요."

날아라, S야. 아주아주 멀리 날아라. 청춘과 유혹의 뒷장 넘기며, 행복의 나라로!

11

식당 안으로 들어선다. 비좁은 이곳에 불황이란 없어 보인다. 바야흐로, 몸집이 작고 알찬 것들만이 살아남는 시대인 것이다.

괜스레 눈물 몇 스푼이 고이며, 가슴 한켠이 얼얼하다. 차려진 밥상이, 그 한 공기 모락모락 피어오르는 흰 쌀밥의 따뜻함이, 꼭 누군가 내게 무상으로 들려주던 타이름 같아서이다. 어머니는 죽었고, 나는 천국과 지옥을 믿어볼 기회를 상실했기에, 지금 그녀가 어디서 무얼 하고 있는지 감을 잡을 수 없다. 하지만 옷이란 늘 조금 무겁게 입고 다니라 했던 어머니의 말뜻을, 이제야 어렴풋이 알 듯하다. 그녀는 아들이 세상의 길을 가다 무작정 쓰러져 잠들 것을 염려했던 것이다.

나로 말하자면, 예를 들어 스무 살 무렵보다는 틀림없이 아는 게 많고, 그만큼 주변에 상처받아 낙심하지도 않는다. 그러나 스물아홉에 생이 어쩐지 노숙처럼만 여겨지는 것은 어쩔 수 없다.

S가 떠난 지도 일주일이 넘는다. 급격히 고요해진 하루하루가, S의 부재를 잘 풀린 수학 문제처럼 증명하고 있다. 그러나 여전히 S가 그립다. 장난감도, 인형도 아닌, 나만의 S가. 바로,

그때였다. 나는 뭔가가 석연치 않아 고개를 쳐들었다. 천장에 붙어 있는 TV에서는, 분명 낯익은 목소리가 흘러나오고 있었다.

가수 노사연이 묻는다.

"아, 진짜 놀랍네요. 그럼 전부 해서, 얼마큼의 쇳덩이를 드셨다고 본인은 생각하세요?"

"글쎄요, 경비행기 한 대쯤?"

"쇠를 드시지 않으면 허전하신가요?"

"그럼요. 밥만 먹어선, 속이 쓰려 못 살아요."

연신 입을 다물지 못하던 공동 MC인 개그맨 정재환은 목청을 높인다.

"이제껏 저희 MBC 〈기인열전〉에 많은 분들이 나오셨더랬지만, 이건 정말 대단하군요! 여러분, 여기 서 있는 인간 불가사리에게, 큰 박수 한번 보내주시죠!"

화면 가득 S의 얼굴이 클로즈업되고, 방청객들은 환호한다. 어느 밤엔가 내게, 이 도시를 다 먹어치우겠노라 호언장담하던 여자에게 말이다.

나는 결코 S를 비난할 수 없을 것 같았다. 앞으로도, 그리고 내가 더이상은 나 자신이 아닐 그때까지, 영원히.

이미 어둠의 계보를
알고 있었다

우린 이제 선인장 같아. 몸통은 온통 날카로운 가시로 치장되어 있고, 물기란 물기는 모두 안으로 숨어버린. 선인장은 어떤 모양의 화분에 담아두어도 사막에 사는 셈이지. 그러니 이젠 차라리 사막으로 가야 속이 편한 거야. 더는 거짓으로 버틸 여력이 남지 않은 거라구.

1

나는 수영이 샤워하는 소리를 반수면(半睡眠) 상태로 듣다가, 오히려 더 질기고 촘촘한 어둠의 장막에 휩싸이곤 한다. 수영이 머물다 간 날은 아주 먼 곳에서, 그리고 내게서 이상한 냄새가 난다. 향기도 악취도 아닌 그것은 꿈꿀 때조차 반복해 맡아도 늘 퀭하니 낯선 느낌을 준다.

이윽고 깨어나 몸을 일으킨 나는, 냉장고에서 생수를 꺼내 마시다 말고 욕실 쪽을 바라보며 이렇게 말한다.

"우리 말이야, 다음부터는……!"

그제야 나는 수영의 부재(不在)를 맨살에 얼음이 닿은 것처럼 아리게 깨닫는다. 하지만 이제는 더이상 이런 순간을 쓸쓸히 여겨서는 안 된다. 다시는 그럴 일이 없을 것이기 때문이다. 우리가 어울려 걸어가던 저 뫼비우스의 띠같이 지루한 길은 이미 끊어졌다.

간밤 수영은 겨울비에 젖은 채로 나를 찾아왔다. 언제나 그랬듯 전화 한 통도 없이, 그 조막만한 손으로 육중한 아파트 철문을 쾅쾅 두드려대면서.

"운전을 배울 거야!"

목욕 타월로 대충 물기를 털어낸 수영은 제 몸보다 턱없이 커다란 내 셔츠를 옷장에서 꺼내 걸쳐입는다. 곱고 앙증맞은 두 다리가 그대로 희게 드러나 보이고, 웨이브파마 머릿결에 남은 물방울의 분자들이 거실 조명 아래서 요정처럼 반짝반짝거린다.

"넌 운전하는 거 싫어하잖아. 술 못 먹는다고."

"나 이달 말에 미니애폴리스로 가. 미네소타 주(州)에 있는데 말이야. 프로야구 팀으론 미네소타 트윈스가 있긴 하지만, 아직까지 NBA 농구팀은 없어. 주립대학을 다닐 작정이야. 경제학을 전공하고 싶어. 자동차 따위엔 여전히 관심없지만, 거긴 연중 대부분이 겨울인데다가 대중교통수단이 별로 없거든. 눈보라 속을 걸어다닐 순 없는 일이잖아. 그러니 어쩌겠어, 몰아야지 뭐. 눈이 많이 내린다면 좋겠어. 아주 펑펑. 물론 그렇겠지만."

"왜 그런 중요한 얘길 내게 진작 하지 않았지?"

"섭섭하라구."

수영은 무색의 테킬라를 붉은 혀 위에 털어넣으며 쓰게 찡그린다.

"어쩐다, 별로 섭섭하지 않아서."

"그럼 운이 좋은 거구."

"그 나이에 대학을 또 다닌단 말이야? 무슨 영화(榮華)를 누리겠다고! 그럴 돈과 정력으로 실컷 노는 편이 더 낫겠다."

"스무 살로 다시 돌아가는 거지. 처음부터 다시 시작하는 거야. 알겠어? 다시 출발선에 서서 신호를 기다리다가, 새로운 기록을 재는 거야. 땅! 하면, 앞만 보고 뛰어가는 거지. 미네소타는 다른 도시들에 비해 한국 사람들이 별로 없는 편이야. 하긴 미국인들도 촌동네로 여기니까. 너 〈베벌리힐스의 아이들〉이란 TV 드라마 본 적 있지? 거기 나오는 애 가운데 하나가 미네소타 출신인데, 왜, 걔가 제 고향에 대해 얘기할 땐 늘 춥고 외진 곳이라고 투덜대잖디. 졸업 후에는 아예 자리잡고 살 수 있었으면 해. 결혼도 하구. 미국인과 말이야. 고상하고 지적인 흑인을 만나 사랑에 빠지고 싶어. 난 굉장히 멋지게 생긴 튀기를 낳을 거야."

"가능해."

"정말?"

"응."

"고마워."

왼쪽 볼에만 상처 같은 보조개를 그리는 수영의 낯빛이, 정말 고마워 웃는 건지 아니면 불쾌해 찡그리는 건지 분간이 안 간다.

절대로 친구가 될 수 없고, 그렇다고 애인은 더더욱 불가능한 남녀가 있다고 치자. 그들이 오직 세상에 관한 우울과 두려움의 동질감만으로 만나고 있다면, 아마도 그것은 수영과 나일 터이다. 때로 진실한 사랑이란 사람들을 헤어지게 만든다. 도리어 그 이외의 경우들이, 모여 있어선 안 되는 이들을 마주 보며 살아가게 하는 것이다.

　"넌 어떡할 생각이야?"

　"뭘?"

　"앞으로."

　"그런 거 신경 안 써. 네가 뭘 물어보는지 정확히는 모르겠지만, 나 그저께, 드디어 복학했어."

　"그럼 너, 여태 사돈 남말 하고 있었구나. 아무튼 뜻밖인데…… 너희 집에서 싫어하지 않니? 네가 사업하길 바란다고 그랬잖아."

　"돈 버는 일은 내게 어울리지 않아. 그렇다고 학교가 내게 어울린다는 말은 절대 아니지만. ……모르겠어. 어쨌든 네가 떠난다니, 우리의 톰과 제리 놀이도 이젠 끝이구나. 넌 똑똑하니까, 뭘 새로 시작하든 나보단 훨씬 잘해낼 거야. 축하해."

　"욕이니, 칭찬이니?"

　"그 중간쯤이겠지."

　수영은 한여름 동물원의 북극곰처럼 냉소적인 표정을 짓는다. 그러나 그런 무언(無言)의 야유래봤자, 나는 충분히 익숙해질

대로 익숙해진 참이다.

불현듯, 일주일 전에 만났던 내 형이 생각난다. 형은 내게 모욕감이라기보다는 차라리 무관심을 일깨워준 사람이다. 나는 그로부터, 세상이 내게 던질 수 있는 온갖 부정적인 시선의 사례들을 마스터한 지 오래다. 더이상 무엇이 두려울 것인가. 차디찬 외면과 짜증스런 경멸만이 남았다.

형은 평소답지 않게, 제법 고독하고 피로한 목소리를 흉내내고 있었다.

"너는 말이야, 근본적으로 사고방식을 바꿔야 해. 사회는 장난이 아니라구. 너 승자와 패자의 차이점이 뭔 줄 아니? 내가 보기에, 그건 바로 생각을 조금 바꿀 수 있었느냐와, 그렇지 못했느냐란 말씀이야. 요즘 옷 장사가 불황 중에도 가장 불황이라는 건 삼척동자 빼놓고는 다 알아. 하지만 난 부도 직전의 여성복 브랜드를 인수해 불과 5년 반 만에 연간 매출 천억의 흑자 기업으로 뒤바꿔놓았어. 물론 첨엔 모든 사람들이 반대했다. 아버님조차 그러셨으니까 말 다한 거지. 그러나 나는 애초의 내 계획대로 밀고 나갔어. 왜냐고? 그 회사를 그 지경으로 만들었던 엉터리 사업가들과는 차원이 다른 아이템에 자신이 있었던 거야. 어떻게 가능했겠니? 알고 보면 간단해. 탄력적인 경영과 돋보이는 기획력의 확보, 그리고 독립 사업부제를 채택하여 패션 시장에서 가장 필요한 기동력과 순발력을 살렸던 거지. 어디 그뿐인가? 단품 위주로 생산해, 소비자 각자가 나름대로 자유롭게 코

디할 수 있도록 한 소량 다품종 전략이 성공을 거둔 거야. 그제야 주변에서는 날 다르게 보기 시작했고. 지난해 우리 무원그룹이 대기업으로 진입하는 데에 결정적인 공을 세운 사람이 누구냐는 질문은 이제 뉴스로선 아무런 가치가 없어. 이런 걸 두고 바로 생각을, 조금, 바꾼 거라고, 말하는 것이라, 이거야! 난 이겨낸 거다. 알겠니? 너도 형처럼, 세상을 지배하고 있는 힘의 원칙을 꿰뚫어보란 소리야. 그냥 놀고먹으려는 거지의 논리를 그만 폐기 처분하라구. 너 망가지는 거 잠깐이다."

그 시점에서, 형은 앞에 놓인 물컵을 들어 벌컥벌컥 마셔댔다. 아마도 자기가 한 말에 스스로 감동해 쏠리는 갈증인 것 같았고, 낯빛은 그걸 증명이라도 하려는 듯 몹시 상기되어 있었다. 순간, 나는 내가 아무리 인정하지 않으려 기를 써봤자, 형이란 작자는 그 더러운 욕망을 이룰 수 있으리란 기분 나쁜 확신에 사로잡히고 말았다. 기실 삶이란 악마와 천사의 구분 없이도, 오직 자신감을 보유하고 있는 자들의 것이 아니던가. 그런 의미에서, 내가 패배자의 사고방식을 가지고 있다는 형의 설교는, 억울하지만, 어느 정도 타당했다.

가장 참기 힘든 감정이란 뭘까? 아마도 그건 내가 혐오하는 사람으로부터 도리어 혐오를 받을 때이고, 그보다 더 지독한 경험은 바로 나를 바라보는 형의 눈빛처럼, 그 혐오에 약간의 애정이 서려 있는 경우이다. 오로지 가족이라는 동물적인 본능만으로 주변의 것들을 제 영역 안으로 끌어들이려는 저 상스러운 완력이 나는 싫다.

이윽고 장광설이 결론에 다다랐음인지, 형은 한결 부드럽고 차분하게 말을 이어나갔다.

"너도 낼모레면 서른 아니냐. 이제 형 곁에 붙어 진득하니 사업을 배우고, 결혼도 하고, 그래서 부모님께도 그만 걱정 끼쳐드려야지. 종교학? 그 무슨 낮도깨비가 오뉴월에 얼어죽을 소리냐. ……종교도 따지고 보면 다 사업이야. 인마, 너 강남 큰 교회에서 일요일 단 하루에 벌어들이는 헌금이 얼만지나 알고 있어? 그건 세금도 없다구. ……그래, 기왕 들어갔던 대학원, 마저 다니는 거까진 반대 않겠다. 학벌은 어디까지나 학벌이니까. 하지만 그 이후부터는 형 말을 들어. 아버님께도 그렇게 말씀드렸다."

예전과는 달리 내가 고개를 푹 숙이고 한마디 대꾸도 하지 않는 걸 형은 무슨 뼈아픈 반성의 태도쯤으로나 여겼나보다. 사장실 밖까지 뚱뚱한 몸을 이끌고 친히 배웅을 나와, 엘리베이터 문이 닫히는 그 순간에도 입가에 가득 번진 인자한 웃음을 지우지 못하고 있었으니까.

나는 얼마간의 침묵을 깨고, 떨구었던 시선을 수영에게로 옮긴다.

"너 말이야, 한 가지만 물어봐도 될까?"

"뭘?"

"아무거라도 돼?"

"그래."

"준기랑 잤을 때와 나랑 잘 때, 뭐가 달라?"

수영은 금방이라도 들쥐에게 물린 것 같은 얼굴이 된다.

"지금 시비 거는 거야? 나, 갈까? 그걸 바래?"

"그게 아냐. 화나게 하고 싶은 맘은 결코 없었어."

"이미 죽은 애야. 죽으면 끝이라구. 알았어?"

왼손으로 칼 모양을 만들어 목에 대고 그으며, 수영은 그토록 단호하게 말한다. 죽으면 끝이라고.

"일부러 널 아프게 하려는 게 아니야. 어차피 안 될 걸 억지로 밀어붙이려는 네 포즈가 안타까울 뿐이야. 나는 네가 나만큼은, 아니, 오히려 나보다 훨씬 더 녀석의 죽음에 관해 신경쓰고 있다는 거 다 알아. 우리, 그러니까 준기까지 포함해서의 우리. 그래, 그 셋이었던 우리가 어울려 돌아다닐 적에는, 이렇게 서로가 이해도 못 하는 소릴 주고받진 않았는데…… 못된 짓들, 참 많이 하고 돌아다녔지만, 적어도 지금처럼 안개 속을 헤매진 않았다구. 수영아, 너도 그때가 그립지 않니? 나는 가끔 꿈까지 꾸곤 해."

"……"

"넌 근사한 여자였어. 유치한 고백 하나 할까? 너도 느꼈겠지만, 나는 첨 보는 순간부터 너를 좋아할 수밖에 없었어. 곧 준기와 네가 가까워지고, 그래서 나로선 결코 접근할 수 없는 투명한 경계선을 지정받았을 때도, 난 항상 마음속으로나마 너를 특별하게 생각했지. 그건 괴롭기도 했지만, 근본적으로는 즐겁고 행복한 경험이었다. 그럴 수 있었던 건, 아마도 내가 너희 두 사람 모두를 귀중히 여겼기 때문이 아니었던가 해. 근데, ……준기가, 그렇게 황당하게 죽고 나서, 난 더이상 널 사랑할 수 없었어."

"다행이네."

"우린 이제 선인장 같아."

"선인장?"

"맞아, 선인장. 몸통은 온통 날카로운 가시로 치장되어 있고, 물기란 물기는 모두 안으로 숨어버린. 선인장은 어띤 모양의 화분에 담아두어도 사막에 사는 셈이지. 그러니 이젠 차라리 사막으로 가야 속이 편한 거야. 더는 거짓으로 버틸 여력이 남지 않은 거라구. 그래, 그래서 기껏 생각해낸 사막이, 눈 오는 미네소타였냐?"

"잘난 척하지 마, 병신아. 난 예전과 똑같아. 누가 죽든 그건 마찬가지였을 거야. 물론 준기는 특별했지. 솔직히 그립기도 해. 하지만 그뿐이야. 가끔은 이런 생각도 해보지. 만약 준기가 살아 있었더라면 나와 결혼했을까, 하는. 그랬다면 내 미래가 지금처럼 불안하진 않았겠지만. 내 느낌을 한번 솔직하게 말해볼까? 너와 죽은 준기는 똑같은 놈들이야. 어느 쪽도 한 여자를 두고두고 오래 사랑할 만큼 희망적인 족속들이 아니라구."

"그래서?"

"그저 그렇다는 말이야. 어디까지나 나는 나일 뿐이고, 죽은 준기는 준기고, 내 눈앞에 있는 띨띨한 넌, 너라구. 네가 그렇게 죽었어도 결과는 엇비슷했을 거야."

"그런 식으로, 그 시절의 우리 셋 모두를 비참하게 말하지 마. 준기가 살아 있을 때, 너는 적어도 아무하고나 자진 않았어."

"당연하지, 준기는 멋졌으니까."

"그래, 좋다. 넌 그렇다고 치자. 난 말이다, 갑자기 죽음이 무서워졌어. 죽은 자가 그리운 건, 순전히 그다음의 문제라구. 굳이 공포라고 표현해야 적합할 거야. 누구나 각자의 미래엔 어쩔 수 없이 겪을 일이라 해도, 내 눈으로 목격한 그 검은 그림자에 나는 아직도 치가 떨려. 지금이라도 이 자리에서 함께 맥주를 마실 수 있을 것만 같은 녀석이, 깜깜한 땅속에서 배설물처럼 썩어가고 있다는 그 사실 자체가 소름끼친단 말이다."

"그럼 넌 영원히 살아보렴."

"너는 준기가 죽는 걸 보지 못했어! 내게 그렇게 말할 자격이 없단 말이다!"

"……"

"……어렸을 적에 말이야, 보통의 애들은, 유원지에서 제가 쥐고 있던 풍선이 날아가버리면 잡으려고 안간힘을 쓰거든. 그런데 난, 그런 경우에도 절대 다른 애들처럼 떼를 쓰지 않았어. 왠 줄 알아? 새로 사면 그만이라고 여겼던 거야. 간단했지, 까짓거 수소 풍선이야 또 부풀려서 띄우면 된다고 생각했던 거야. 애치곤 꽤 영악했던 셈이지. 요즘 마치 제가 회장이기라도 한

양 까불거리는 내 형은 어땠을 것 같아? 나보다 네 살이나 많았는데도, 그 자식 병신처럼 질질 짜고 그랬다구. 걔 꼬마 때는 정말 멍청하기 그지없었지. 물론 지금도 그렇지만 말이야. 나는 형이란 인간이 어째서 만날 착한 눈을 가진 뱀의 우스꽝스러운 몰골로 날 염려해주는 척하는지를 알아. 그건 나한테 꿀리는 게 많다고 생각하기 때문이지. 형도 나처럼 한때 막나갈 수 있었다면 분명 그랬을 거야. 한데 형은 그런 능력이 없었거든. 등신이 놀고 싶어도 못 노는 거야. 선천적으로 사람들에게 인기도 전혀 없고. 그래도 뒤늦게나마 돈 버는 데서 제 적성을 찾았으니 다행이지. 아무튼 나는 그랬어. 그런데, 지금은 다르단 말이야. 하늘로 날아가버린 그 풍선을 꼭 잡고만 싶고, 아아, 저걸 놓치면 이 공원에 남은 풍선이라곤 하나도 없어, 그런다구. 여분의 수소 풍선도 없고, 풍선 불어주는 아저씨도 일찌감치 장사 접고 집에 가버린 거야. ……내가 여타 논다는 애들과 스스로를 다르다고 자부했던 점이 뭔 줄 아니?"

"……"

"배짱이었어. 배짱. 나중에야 어떻게 되든, 지금밖엔 누릴 시간이 없다는 가진 놈의 허무감. 하긴, 준기 그 녀석은 아예 나보다 한술 더 뜨는 놈이었지만. 그런데, 요즘은 전혀 그렇지가 않아. 이전엔 그냥 아무 생각 없이 무시해버릴 수 있던 것들이, 어느새 도무지 이해할 수 없고 대적할 수도 없는 괴물로 변해 등 뒤에 버티고 있다구."

"재수없는 얘기 집어치워. 나 정말 갈까?"

"나는 순식간에 심각해진 내가 싫어. 잠들고 깨어나는 일조차 혼란스럽다구. 관상 자체가 심드렁하게 변해버리더니, 고작 미국으로 튄다는 너도 웃기고."

"놀고 있네, 미친 새끼."

수영은 급기야 자리에서 벌떡 일어선다. 철조망처럼 가늘고 뾰족한 손끝들이 부르르 떨리고 있다.

"그래, 그만하자. 볼 날이 얼마 없을 것 같다는 생각에, 불현듯 일방적으로 멀리 간다니 섭섭해서, 그래, 그런 맘에서, 그냥 떠들어본 거다. 됐니?"

"다시 한번 분명히 말하지만, 죽으면 끝이야. 끝! 그 이후엔 아무것도 없다고. 산 사람은 용케 아직도 살아 있는 사람이고, 죽은 사람은 이미 말라비틀어진 시체야. 흙이고 먼지라구. 자꾸 존재하지도 않는 허깨비에다 내 인생을 연관시키지 마!"

"……"

"대답해!"

"그래, 네 말이 맞아. 죽으면 끝이야……"

나는 푹신한 소파 위에 드러누워 몇 개비의 담배를 고요히 공기중으로 날려보낸다. 어느 만큼의 길이와, 역시 얼마 만큼의 무게가 있던 것들이 덧없이 재로 변하고 있다. 재떨이 하나에도 죽음의 법률이 서려 있는 것이다.

이렇게 벨벳 언더그라운드의 〈Candy Says〉를 턴테이블에 걸고 줄담배에 몰입하노라면, 언제나 양손이 방금 살인한 피로 흥건해진 듯하다. 동성애자라서가 아니라, 마약을 하든 안 하든 간에, 타인에게 이런 감정을 불러일으키는 음악을 만들었다는 이유만으로도, 저 앨범 재킷 사진 속의 사나이는 특별하다.

침실에서 나오기 직전, 수영은 내게 짧고 형식적인 키스를 해주었다. 나는 그때 직감적으로, 수영이 다시는 날 찾아오지 않으리란 걸 알았다. 우리는 우리의 마지막 밤에, 서로의 욕망을 접은 채로 소년과 소녀가 되었다. 이제부터는 아무것도 건네거나 받아들여선 안 된다는 헤어짐의 묵계를 덤덤하게 지켰다.

대신 수영은 이렇게 말했다.

"미네소타에 가면 시보레를 몰까? 아니면 페라리? 트라이엄프? 아냐. 아무래도 포르셰가 좋겠어."

너는 내게 인사도 없이, 저 눈 내리는 나라로 이민가버릴 터이다. 그리고 거기서도 누군가의 침대에 누워, 다시금 흑백영화 같은 꿈속을 배회하겠지. 그 남자가 비록 뿔 달린 도깨비라 할지라도, 지금의 나보다는 훨씬 위로가 될 것이 분명할 테지만.

왜 그랬을까? 오늘은 몹쓸 말을, 결코 너에게만은 하지 않았어야 했던 잔인한 말들을, 너무 많이 내뱉었다. 사랑할 필요가 없었음에도, 사랑할 수밖에 없었던 내 사랑. ……새벽 두시. 네가 울고 있다. 그 거칠고 서러운 호흡은 문틈으로, 벽을 뚫고, 내게 전해진다. 눈물의 바다 한복판에 내 침대가 둥둥 떠 있다.

……새벽 세시. 기어이 슬픔의 파동이 그친다. 울다가 잠든 것인지, 꿈결에 흐느낀 것인지를 분간할 수 없다. 그래, 어디로든 가라. 가서 아주 오지 마라. ……시간은 축축한 미궁을 향해 사라지고 있다. 바라지 않아도 새로운 날이 터올 것이다. 하지만 이것 하나만은 네게 얘기해주고 싶어. 나는 다만 구분하고 싶었다. 불가능한 사랑과 난해한 일상의 차이를. 혹은 잠시 헤어지는 것과 영원한 이별의 경계를 말이다. 무슨 특별하고 위대한 일을 치르려 했던 게 아닌데도, 대충 버티기만 하려는데도, 이제는 청춘의 전부를 바쳐야 할 판이야. 난 가끔씩 내가 살고 있는 공간만 특별하다는 생각을 떨쳐버릴 수가 없어. 예를 들어 거기엔 영롱한 자갈로 이루어진 평원이 가도가도 끝없고, 하늘에선 두 개의 태양이 수시로 번갈아가며 파란 새벽과 항아리빛 노을을 부지런히 직조해내고 있는 거야. 완전한 외계라구. 상상해봐, 예리하고 건조한 공기와 나사못 같은 땅덩어리. 어떤 때는 정말 내가, 그런 곳의 허공에 매달려 예수 그리스도처럼 피흘리고 있는 것만 같아.

나는 몸을 일으켜 거실을 둘러본다. 그리고 이렇게 중얼거린다.

그건 그렇다 치고, 제기랄, 대체 우리 말고는, 다들 어디로 간 거니?

2

모든 것이 궁금했지만 무엇 하나 제대로 이해할 수 없던 그 무렵, 수취인 불명으로 반송돼온 내 편지 한구석에는 이런 문장이 적혀 있다.

'인간은 여름에 제 인생을 즐기고, 가을에 가장 인간다워지며, 겨울엔 인간다움으로 인해 고뇌하다가, 봄에 그 인간됨을 잃는다.'

지금 읽어도, 훗날 세상이 나를 기념하지 않을까봐 불안해하는 표정이 역력하다. 구차한 변명이 아니라, 그때는 저런 건방진 소리라도 끄적이지 않으면 도무지 잠을 이룰 수 없었다.

그러나 나는 이제 나에 관한 일체의 기념을 거부한다. 내 무덤의 비문 따위라면 아무래도 좋다. 오직 내가 살아 있는 당장의 현실과 새로이 찾아갈 죽음의 저편이 궁금할 뿐이다.

어제는 하루 종일 레바논에 산다는 한 소녀를 생각했다. 이름은 하시나 무술마니. 그녀는 매일 왼쪽 눈으로 콩알만한 크기의 유리눈물을 흘리고 있다. 그곳 사람들은 우유를 마시는 힌두 신이나 피눈물을 흘리는 성모상과 마찬가지로 신의 계시라며 호들갑이지만, 막상 그 소식을 접한 내 가슴은 칠흑의 터널을 막 빠져나와 밤하늘에 그어지는 섬광 한 줄기를 발견했을 때처럼 아려왔다.

유리로 된 눈물을 흘리는 눈동자는 대체 얼마나 빛나고 있는 것일까? 어쩌면 그건 아름답기보다는 잔뜩 충혈된 고통의 눈동자일지도 모른다.

유일한 경험을 하고 있는 그런 사람들이 있듯, 모든 이에게는 분명 특별히 진지했던 시기가 따로 존재함을 나는 믿는다. 전 생애를 통해 누려야 할 분량의 위안과 분노를 단 한순간에도 충분히 경험할 수 있던 그런 시절들 말이다.

그때 적어도 나는 내가 겪고 있는 불행에 대해, 어째서 하필 내게? 라고 물어볼 만한 용기가 있었다. 유리눈물을 흘리는 사람들을 보았다.

3

오늘도 비가 내리고 있다. 아침부터는 제법 때깔이 짙고 힘차다. 누군가 하이힐을 신고 어두운 복도를 또각또각 걸어간다. 그 소리가 빗소리에 뒤섞여 서투른 타악기 합주처럼 들린다. 나는 무작정 하얀색 구두일 거라고 단정해버린다. 왠지 그래야만 할 것 같은 기분이 드는 것이다.

그리고 그 순간, 기타 줄 하나가 끊어졌다. 3번 줄이다. 나는 스탠리 마이어스의 〈Cavatina〉를 연주중이었다. 너무 유명해진 나머지 좀 김이 빠져버린 감이 있긴 하지만, 분명 생명의 경이로움이 느껴지는 영적인 곡이다. 나는 이 곡을 어루만질 때마다 늘, '피아노의 노래는 이야기이며, 첼로의 노래는 비가(悲歌)이고, 기타의 노래는……노래다'라고 했던 외제니오 도르스의 멋진 말이 생각난다.

나는 낙서로 가득한 회벽 모서리에 기타를 살며시 기대어 놓는다. 줄이 끊어진 기타를 물끄러미 바라보고 있노라면, 처연하기보다는 오히려 마음이 한없이 편안해진다. 그 모습이 꼭 아이에게 동화를 읽어주다가 제풀에 잠들어버린 어머니 같기 때문이다.

"넌 말야, 사람이 죽으면 뭐가 된다고 생각하냐?"

내가 나무의자에 쭈그리고 앉아 라디오를 고치고 있는 미오에게 묻는다. 미오는 벌써 두 시간째 저러고 있다. 미오는 뭐든지 고친다. 어떤 고물이라도 일단 미오의 손에 걸리기만 하면 새것처럼 말짱해진다. 마술이 따로 없다.

"사람이 죽으면 어떻게 된다고 생각하냐구!"

미오는 드라이버로 이런저런 나사를 조이며 대답한다.

"몸은 흙으로. 영혼은 바람으로."

"인디언처럼 말하네."

"인디언들이 그렇게 생각한대?"

"글쎄. 잘 기억나지는 않지만, 언젠가 본 영화에서 그 비슷한 대사가 나왔던 것 같아."

변화는 서서히 일어나지 않는다. 거기엔 반드시 어떤 절체절명의 순간이 기여한다. 사랑과 환희, 슬픔과 외로움, 그 모두가 찰나에 왔다가는, 우리가 미처 감상해보기도 전에 사라진다. 심지어는 태어남과 죽음까지도. 하지만 몸이 흙이 된다는 건 그렇다 치더라도, 영혼이 바람으로 변한다는 말은 너무 쓸쓸하다.

"난 그런 영화 본 적 없어."

"죽지 않는 것은 정말 하나도 없나?"

미오는 푸르고 붉은 전선 여러 가닥을 세심하게 집어올린다. 미오의 저런 모습은 내게 외과 전문의의 수술 장면을 연상시킨다.

"모든 건 다 죽어. 병균조차 그렇지. 천연두균 말이야, 지금은 예방접종으로 박멸됐다고는 하지만, 아직도 미국과 러시아의 세균 보관소에는 연구 목적으로 남겨둔 것들이 있대. 99년 12월 31일, 그걸 두 나라에서 동시에 화형시킨다더군. 공기가 차단된 무균실에서. 기가 막힌 일이지, 불과 30년 전만 하더라도, 해마다 백만 명의 목숨을 앗아가던 무서운 질병이었는데 말이야. 마마 귀신도 씨가 마르게 된 거야. 사람도 아닌 귀신이 영원히 사라지는 거라구. 우습지?"

내가 다시 학교로 돌아와 대학원실 문을 열었을 때도 미오는 열심히 뭔가(아마도 그것은 가습기였을 것이다)를 고치고 있었다. 나는 벽시계, 오디오, 전기난로, TV에 비디오, 심지어는 컴

178

퓨터까지 마련되어 있는 대학원실을 보고는 놀라지 않을 수 없었다. 원래 외진 곳인데다가, 이용하는 사람이 없어 텅 빈 창고와 다름없던 예전의 형편을 생각한다면, 그런 내 반응은 지극히 당연한 것이었다. 때문에 오랜만에 재회한 우리는 이런 어처구니없는 인사말을 나눌 수밖에 없었다.

"이거 모두 네가 한 짓이냐?"

"다음엔 냉장고도 하나 놔야지."

미오는 정말 일주일쯤 뒤 어디선가 고물 소형 냉장고를 주워와서는 역시 말짱하게 고쳐 세면대 곁에 세워놓았다. 다시 만난 미오의 얼굴에는 긴 시간을 홀로 견뎌낸 사람 고유의 무관심이 서려 있었는데, 나중에야 사무 조교를 통해 들은 얘기를 참고삼아 대충 정리해본 요즘 대학에서의 비인기 학과가 처한 딱한 현실은 이러했다. 그나마 총원이 넷뿐이던 종교학과 대학원생들 중 하나는 엉뚱하게도 사법고시를 준비한다며 휴학을 해 이제껏 깜깜무소식이고, 다른 둘은 아예 전공을 바꿔 미국과 독일로 유학을 가버렸다. 그리하여 내가 이런저런 우여곡절 끝에 두 해 만에 복학하고 보니, 그 동안 미오가 입학해 고독하게 대학원실을 지키고 있었던 것이다. 미오는 이미 '장례를 통해 바라본 인간의 죽음과 종교성'이라는 괴상한 제목의 석사 논문을 쓰고 있었다.

미오는 계속 말을 이어갔다.

"그뿐인 줄 아냐? 언어학자들의 말에 따르면, 21세기 안에

현존 언어의 75퍼센트가 사멸한다더라. 사실 전체 언어의 90퍼센트는 오천 명 미만의 소수 집단이 사용하는 것들이거든. 예를 들어 아프리카, 아시아 및 호주의 소수 인종들이 사용하는 언어들."

"한국어는 어떻게 될까? 천 년 후에."

"죽음의 안타까움이, 온전히 죽은 자들에게만 해당되는 건 아닌가 봐. 사라지는 거, 그래서 이제는 더이상 더불어 얘기할 기회가 없는 이별고(離別苦). 이스라엘에서는 어떤 남매가, 어머니의 시체를 냉동 보관할 수 있도록 허용해달라는 신청서를 법원에 제출했대. 과학자들이 언젠가는 죽은 자를 회생시킬 방법을 고안해낼지도 모른다면서. 알래스카의 빙하 속 매장 방안도 검토중이라더군."

"이미 죽은 사람을 또 얼려 죽여?"

"부질없지. 옛 선승들은 죽음을 예감하면, 볕이 잘 드는 산중의 잔디밭이나 숲으로 들어가 홀연히 앉은 채로 숨을 거두었다구. 그래서 바랑 하나 둘러멘 채 지팡이 짚고 산길을 행각하던 운수납자(雲水衲子)들은, 유난히 우거진 풀숲을 만나면 선대 선승들의 묘소로 간주하고 합장을 했다더라. 그들에게 죽음이라는 건 공포가 아니었어. 불교에서는 인체가 지(地), 수(水), 화(火), 풍(風), 이 4대 원소로 구성되어 있다고 보지. 죽으면 뼈는 썩어 흙으로, 살은 물로, 호흡은 바람으로 돌아간다고 생각해. 그러니까 선승들은 죽음을 본래면목(本來面目)의 자연스러운 과정으로 받아들였다고나 할까."

나는 가만히 턱을 괴고 창밖으로 시선을 옮긴다. 비 오는 지구는 그렇지 않은 날과는 너무도 다르다. 그렇게 지겹던 방구석도 장마철만 되면 꼭 내가 있어야만 할 자리처럼 느껴지는 것은 왜일까?

눈을 감는다. 함박눈은 눈(目)으로 봐야 하지만, 비는 먼저 소리로 다가온다. 아침에 일어나 커튼을 걷어봐야만 비로소 폭설이 내렸다는 사실을 알 수 있는 것과는 달리, 우리는 빗소리에 잠이 깨어 새벽녘을 알 수 없는 감회로 서성인다. 만일 누군가 내게 어쩔 수 없이 눈 오는 세상과 비 오는 세상 둘 중에 하나를 택하라고 한다면, 나는 잠결에도 계속 지붕이 젖고 강이 불어남을 짐작할 수 있는, 그런 비만 내리는 나라에서 살고 싶다는 생각을 한다.

"난 죽었다 깨어나도 종교인은 될 수 없을 거야."

나는 앓듯이 그렇게 중얼거리며, 대학교의 이니셜이 새겨진 연필꽂이에서 송곳을 꺼낸다.

"그게, 어디…… 있더라…… 아!"

미오는 탁자 위에 즐비한 연장을 휘둘러보다가, 이윽고 전기 인두를 집어든다.

긴 얼굴에 턱이 좁고 뾰족한 미오의 얼굴은, 언젠가 백과사전을 뒤적이다 보았던 처용의 초상과 무척 닮아 있다. 제 마누라가 역신(疫神)에게 강간을 당하는데도 노래를 지어 부르고 춤을

췄다는, 신라 헌강왕 때의 설화에 등장하는 그 이해하기 힘든 사나이 말이다.

미오는 항상 헐렁한 면바지에, 제 몸보다 두 사이즈쯤은 더 커다란 흰 와이셔츠 여러 벌을 고집스럽게 번갈아 입고 다닌다. 그래서 비쩍 마른 체구와 훤칠한 키를 가진 미오가 그 특유의 불규칙한 걸음걸이로 멀리서 다가오는 걸 보고 있으면, 흡사 빨래를 입혀놓은 대나무가 바람에 휘청이는 것 같다.

미오는 바알갛게 달궈진 전기인두를 속이 다 드러난 라디오의 한 부분에 댄다. 그러자 납 타는 냄새가 공기중에 낯선 영혼이 슬며시 끼어들 듯 좁은 대학원실 가득 번진다. 나는 쥐고 있던 송곳으로 애꿎은 책상 위를 하릴없이 파내며 말한다.

"사람 살 타는 냄새 같아."

"뭐가?"

"전기인두에 납 타는 냄새 말이야."

"사람이 타는 냄새 맡아본 일이나 있어?"

"없어."

"근데 어떻게 그런 말을 하지?"

"그냥. 너도 언제나 직접 보고 들은 것만을 얘기하는 건 아니잖아."

"비싸."

"무슨 소리야?"

"화장이 너무 비싸서, 아무나 불에 탈 수 없는 나라도 있다구."

"어디가?"

"티베트."

"……"

"검은 산이 있고, 흰 제단이 있고, 하늘에는 독수리가 까맣게 날고 있는 광경을 상상해봐. 티베트엔 천장(天葬)이라는 게 있어."

"천장?"

"거기선 자토라고 해. 티베트어로 새에게 먹인다는 뜻이야."

"새들이 날아와 시신을 쪼아먹는다는 말이지? 풍장(風葬)에 관해선 들은 일이 있지만……"

"우선 조자바라는 전문 장의사가 사흘 또는 닷새 동안 집 안에서 조문을 받은 시신을 장지까지 짊어지고 가. 하지만 가족들은 도우토우, 즉 천장터 입구에서 고인의 명복을 빌며 기다릴 뿐, 그 안까지는 결코 따라갈 수 없어. 티베트인들마저도 천장 치르는 걸 목격하면 몸서리를 치기 때문이야. 도우토우는 대개 절이 내려다보이는 산중턱에 위치하지. 라마승은 독수리들을 불러들이기 위해 사람 뼈로 만든 퉁소인 강당을 불거나, 볶은 보릿가루인 참파를 뿌린 소나무에 불을 붙여서 연기를 내. 이때 조자바는 칼과 도끼로 시체를 토막냄은 물론, 장기와 골수도 참파에 버무려 독수리들에게 나눠주고."

"끔찍해."

나는 머릿속에 그려지는 엽기적인 장면 때문에 등골이 오싹해졌다.

"날개를 퍼덕이며 활공하던 독수리들이 마침내 시체로 달려들어 말끔히 쪼아먹고 날아가면, 유가족은 그들이 죽은 이를 데리고 하늘로 올라간 것으로 여기지."

"그 부분은 멋지군. 인간의 영혼이 수백 마리의 새들에 나뉘어 하늘로 간다는 거."

"천장은 인건비를 비롯한 여타 비용이 많이 들기 때문에 웬만큼 부유하지 않으면 엄두도 못 내. 그래서 사정이 여의치 않은 사람들은 천장과 견장(犬葬)을 함께 하는 절충형의 장례를 지내지. 살점만 독수리나 까마귀에게 나눠주고 뼈와 뼈에 남은 살점은 개에게 던져주는 형식적인 천장이라구."

"왜 그런 짓을 할까, 그 사람들."

"천장의 관습은 중근동 지역의 조로아스터교나 인도 남부의 자이나 교도들 사이에서도 행해지고 있어. 인더스 문명의 유적지에서 천장의 흔적은 자주 발견되지. 티베트에서 천장이 성행하게 된 까닭은 새에게 보시(布施)해 저승길을 편히 가기 위한 음조(陰助)를 얻으려는 라마 불교적 믿음과, 티베트인들이 이상적인 장의 방법으로 여기는 화장에 쓰일 땔감이 부족하기 때문이야."

"땔감? 그냥 산에서 나무를 베어다 쓰면 되잖아?"

"티베트는 1년 중 8개월 이상이 눈으로 뒤덮이는 동토(凍土)야. 겨울을 지나 만물이 소생하는 봄철에도 들판엔 끾해야 풀뿐이라구. 그래서 유목민들조차 가축의 똥을 말려 연료로 사용한단 말야. 때문에 화장은 보통의 티베트인들에게는 사치스러운 것일 수밖에 없어. 티베트에서 최상으로 치는 장례는 영장(靈葬)인데, 국왕인 달라이라마나 왕의 스승인 림포체의 시신을 미라로 만들어 탑에 모시는 이른바 왕장(王葬)이야. 그 다음이 바로 화장이지. 그러나 말했듯이, 일반인은 엄두를 못 내는 큰 부자나 고승 들의 전유물이라구. 값비싼 땔감도 문제지만, 화장을 진행할 장소인 화장용 불탑(佛塔)도 건립해야 하거든. 게다가 장의 기간도 사십구 일씩이나 돼. 그러니 결국 천장이 대부분의 티베트인들이 원하는 가장 현실적인 방법이지."

미오는 라디오를 원래대로 재조립한다. 다 고친 모양이다. 나사를 조이는 미오의 하얗고 긴 손가락들은 신체의 다른 어떤 부분들보다도 많은 걸 시사해준다. 뭐랄까. 예술가의 것이라고 하기엔 고뇌가 부족하고, 기술자의 것이라고 하기엔 목적이 거세되어 있다. 미오의 손은 지상의 문제들과는 너무 멀리 떨어져 있는 것이다. 눈빛이라면 또 몰라도 손이 명상하고 있다는 느낌을 주는 이를, 나는 여태껏 미오 외에는 만나보지 못하였다. 뜻 없는 반복만이 깃든 구도자의 손! 거창하지만, 대충이라도 그렇게 부를밖에 별다른 도리가 없다.

기실 미오와 나는 이렇게 대학원실에서 함께 생활하기 전까지만 해도 그다지 친하다고는 말할 수 없는 사이였다. 언제나 매사에 이리 치이고 저리 깨지며 사뭇 분주하게 살아왔던 나의 과거사와는 달리, 미오는 어떤 상황에서도 좀처럼 제 의견을 개진한다거나 문제를 만들지 않는 편이었다. 그 시절의 내가 나를 포함한 세상 전체에 대해 터무니없는 애정을 가지고 있었던 것에 반해, 내 눈에 비친 미오는 늘 자기 자신을 제외시킨 채로, 어떤 명확하지 않은 하나에 몰두하는 사람이었다. 그러니 아무리 대학 동기라 해도 서로간의 성품과 행동 반경이 전혀 다른 우리가 격조했다는 건 어쩌면 당연한 귀결이었는지도 모른다.

더구나 불의의 사고로 육군 병원에 한동안 누워 있다가 비교적 이른 제대를 하고 돌아온 나는, 미오가 얼마 전 입대해 전방 철책의 초병으로 근무하고 있다는 소릴 들었다. 내가 1학년만 마치고 군에 가 있는 동안에도, 미오는 계속 학교에 남아 있었던 거였다. 그러니까 우리가 학교에서 마주치며 지낸 시간이라곤 신입생으로서의 1년이 채 못 되는 기간과, 서로가 예비역 복학생으로 만난 반년 정도뿐이었다.

"거기나 여기나 돈 없는 놈들은 편안히 죽지도 못하는군!"

"꼭 그런 것만은 아니야. 장의 방식은 라마승이 사망자의 행적을 토대로 결정해. 생전에 믿음이 독실해야만 천장을 치를 수 있는 거지. 종교적 수행이 부족한 사람이거나 어린이가 죽으면, 살점을 잘라 강물에 버려 물고기 밥이 되게 하는 수장(水葬)을 하게 돼."

"걔들 왜 그렇게 살벌하냐?"

나는 담배를 피워물며 CD 플레이어를 튼다. 20세기 초의 가장 탁월한 피아니스트이자 낭만파의 마지막 작곡가 세르게이 라흐마니노프다. 훌륭한 음악가는, 그중에서도 특히 마성적인 음악가들에게는, 이처럼 그에 합당하는 이름이 있어야 한다고 나는 늘 생각해왔다. 예를 들어 바그너라든가, 에릭 사티 같은 사람들. 그런 고유명사에서는 어쩐지 아름다운 우수와 선병질적인 고독의 냄새가 풍긴다.

나는 일부러 소리내어본다. 라흐마니노프, 역시 멋지게 들린다.

"흙에 묻는 건 조금만 파도 바위층이 드러나는 티베트의 토질 때문에 여간 어려운 게 아니야. 그건 전염병 환자나 범죄자 전용의 장례법으로 누구나 기피하지. 왜냐하면 망자의 영혼이 시신으로 다시 들어가려 한다고 믿기 때문이야. 그렇게 되면 시체에 악령이 깃든단 말이지. 관념의 차이지만, 티베트인들은 죽음을 별로 두려워하지 않아. 사람이 죽으면 혼은 더이상 몸에 머물지 않는다고 생각하거든. 그들에게 죽음이란 육체로부터 의식체를 완전히 분리하는 한 과정일 뿐이야. 이때의 의식체를 티베트에서는 바르도 체라고 하는데, 생과 사후세계의 중간 상태인 바르도에 머물러 있을 때 갖는 몸을 일컫는 말이야. 티베트인들은 적어도 천장을 지낼 만큼 성실하게 살아온 인간이라면 49일 안에 환생한다 해서, 시신을 집에서 옮긴 뒤에도 사자(死者)의 초상물을 그대로 두고 바르도의 49일이 끝나기까지 계속 음식을 차려두지. 환생을 빨리 하고 못 하고는 어떤 방식으로 장례를 치르느냐와 밀접한 관련이 있어. 결국 그들의 장례의식은 다시 이 세상에 태어나는 새로운 삶을 목표로 하고 있는 거야."

"암만 그래도…… 그거 어디 서양애들이 들으면 가당키나 한 일이냐. 도끼로 시체를 토막내서……"

"절대 이해 못 하지. 심지어는 청 왕조도 천장 풍습에 대해 금지령을 내렸을 정도니까. 금세기 들어서는 처참한 천장의 현장이 사진을 통해 바깥세상에 낱낱이 알려져 급기야 천하의 몹쓸 야만 집단으로 매도됐지. 하지만 더욱 베일 속으로 숨어버릴 뿐이었어."

"그거 다 고쳤니?"

"응. 틀어볼까."

라디오에 건전지를 끼워넣는다. 거기서 터져나오는 일본곡 표절투성이의 랩 가요가 순식간에 피아노 콘체르토를 꿀꺽 삼켜버린다.

"야 야, 그만. 시끄러워."

내 짜증에 미오는 라디오를 끈다.

"대체 뭐 하러 만날 쓰레기들은 주워다가 고쳐대는 거야? 필요도 없으면서."

"심심하니까."

"넌 시골 마을 전파사 주인이 됐어야 했어."

"요즘은 애프터서비스가 너무 좋아서, 그런 동네 전파사들은 다 망한다더라."

"놀고 있네."

"쓰레기종량제 이후론 어디서 주워올 만한 것도 없어. 예전에 학교 쓰레기장에 가보면 정말 쓸 만한 것들 천지였는데."

"관두자."

"비가 그쳤나보네?"

나는 자리에서 일어나 창가로 다가간다.

"아니야. 아직 아주 가늘게 내리고 있어. 그만 왔으면 좋겠다. 어쩐지 기분이 우중충해."

저 멀리 파란 기왓장이 얹혀진 박물관 뒤편으로, 앙상한 잿빛 아카시아나무들이 가녀리게 떨고 있다. 대학 병원으로 이어진 좁은 비포장 산책로가 보이고, 어느 작고 시인의 시비(詩碑)가 물빛에 물들어 죽음처럼 검다. 그는 오래 전 이곳에서 국문학을 강의했다고 한다.

삶이 아무리 나약한 것일지라도, 살아 있다는 건 그 자체만으로도 엄청난 기적이 아닐까. 대만에선 개장에 넣어 키운 흰토끼가 양배추를 마다하고 돼지고기와 오리고기를 게걸스럽게 먹어치우고, 그것도 모자라 주인이 다가오면 개처럼 걸어가 앞발을 들고 혀를 내민다지만, 또 인도의 야생 코끼리는 밀주 제조장에서 새어나온 냄새에 취해 행인들을 마구 밟아 죽였으며, 한 해 동안 무려 팔천육백오십육 명의 모스크바 시민들이 떨어지는 고드름에 맞아 부상당했다지만, 내가 숨쉬고 있다는 이 사실에 비한다면 그다지 놀랄 만한 일이 아닐지도 모른다.

"집에는 언제 내려가?"

"학기나 끝나고 나서 잠깐 다녀와야지 뭐. 모내기나 며칠하고. 논문 때문에……"

"계속 공부할 생각이냐?"

"한의사 될 거야."

"뭐?"

나는 내 귀를 의심했다.

"사실은 얼마 전부터 한의대 편입 시험 준비하고 있어."

"무슨 소리야?"

"대학원 졸업 후에 한의대로 편입할 거라고."

"그게 실현 가능한 얘기냐? 우린 인문 계열이잖아."

"내가 알아봤거든. 전국에 다 합쳐 아홉 개 한의대가 있는데, 그중에서 인문 계열 전공자도 지원 가능한 곳이 딱 한 군데 있더라. 종합대학은 아니고, 전라도에 소재한 전문 한의대야. 우리 집 근처지."

"결국 너도 그렇게 되는구나. 난 솔직히 너라도 이 길에 끝까지 남아 있어주길 내심 바랐는데. 교수님들 실망이 크겠다."

"어째서?"

"순수를 지키는 사람이 하나도 없을 것 같아서."

"종교학으로 박사 학위를 받아서, 혹시라도 운좋게 교수가 된다면 그게 순수냐? 너도 학교에 돌아왔잖아."

"나는 너완 근본적으로 달라. 난 그저 잠시 쉬고 싶었을 뿐이야. 너무 방탕하게만 살다보니, 어느 날 문득, 무작정 학교가 그

190

리워지더라. 그닥 갈 만한 곳도, 또 더이상 숨을 구석도 없고 해
서……"

"어차피 요즘 같은 세태에 종교학을 전공한다는 건 누구에게
라도 막막한 일이야. 난 말이지, 조선시대 유학자들이 시를 짓
고 읊듯, 그냥 그렇게 평생 두고두고 공부하고 싶어. 게다가 한
의사는 내 적성에도 맞는 것 같고. 실은 어려서부터 꿈꿨던 일
이라구."

"편입 시험은 자신…… 있니?"

"과목은 영어와 한문뿐이야. 한자야 지금껏 내 분야가 동양
쪽이었으니 별 무린 없을 것 같고. 문제는 영어인데, 해봐야
지 뭐."

"넌 말이야,"

"응?"

"너는 정말, 아무리 뚫어지게 관찰해도 속을 알 수 없는 놈이
야."

"설마 그럴라구."

"미오야."

"응?"

"내가 중이나 신부, 아니면 목사가 된다면, 세상이 좀 달라 보
일까?"

"이 사람아, 종교가 어떤 목적이나 결과를 중요시 여기면 이
미 그 순간부터 타락한 거라네. 무던히 기다려보시게나, 그럼 언

젠간 자네에게도 시절인연(時節因緣)이 찾아들겠지."

"시절인연?"

"열반경(涅槃經)에 나오는 소리야. 시간의 비밀을 마음으로 알아냈을 때야 비로소 불성을 얻을 수 있다 설명하고 있지. 병아리가 부화하려고 알 속에서 쭉쭉 빠는 소리를 낼 적에 어미 닭은 이를 감지하고 밖에서 껍질을 쪼아주거든. 줄탁동기(啐啄同機), 곧 시운이 맞아떨어지는 천시(天時)지. 임제종 3세인 남원혜옹 선사의 상당 설법에서 유래된 말인데, 남원줄탁(南院啐啄)이라는 화두가 돼 선림(禪林)에 널리 회자됐어. 노장적 천명관이 물씬 풍기지. 시절인연과 함께 선가의 전용어야. 선사들의 개오(開悟)는 시절인연이 무르익었을 때야 가능하다는 게 그 바닥의 불문율이라구. 참선 수좌들의 견성(見性)도 병아리가 안에서 쪼고 어미 닭이 밖에서 껍질을 쪼아주어야 되듯, 제자가 깨우침의 외마디 소리를 터뜨리고자 할 때 스승이 한마디를 던져 문을 열어주어야 한다는 게야."

"또 도사 같은 말씀이구먼. 내게도 스승이 필요하다는 거냐?"

"그 말뜻을 스승이란 거짓 화두에 가두지 마. 그저 훗날 네게도 귀한 시절인연이 도래할 수 있도록 노력하란 거다. 억지로 네가 갇혀 있는 알을 까주려다가 오히려 부화하려는 널 죽이고 마는 어리석음이 아니라, 꼭 네가 필요한 정도로만 도와줄 수 있는 무엇, 그런 인연 말이야."

"시절인연이라. 거 듣기엔 그럴듯하구만. 그래, 그러시는 도사님의 시절인연은 가까웠는지요?"

"글쎄다. 새가 공중을 날아도 자취를 남기지 않는 것처럼, 모오든 공명심과 공리심을 버리고 다만 만물의 법칙이 하나로 돌아가는 그 시점을 기다릴 뿐이라네."

"미친 놈."

그러나 그깟 시절인연 억지로 기다리지 않아도 시간이란 목선(木船)은 나를 태워 미지(未知)를 향해 제멋대로 항해하고 이 우주엔 별의별 일들이 다 생겨난다. 공교롭게도 바로 다음날, 한반도에는 금세기 마지막 일식이 지나갔던 것이다.

나는 대학원실에서 미오와 밤새 술을 마시고 정오가 넘어서야 깨어났는데, 용케도 그 사실을 미리 알고 있었던 미오는 인문대 옥상으로 올라가 그을린 유리 조각을 통해 남산 쪽을 바라보았다고 했다. 아침 여섯시를 넘기면서 물안개가 서서히 걷히고 흐린 날씨가 말끔히 개더니, 달은 급기야 절반 이상이나 태양을 먹어들어가며 기괴하고 불길한 광경을 연출했단다.

며칠 후에 있은 미오의 부연 설명에 따르자면, 같은 시각 중국 북경으로부터 2,500킬로미터 떨어진 모혜 현에서는 개기일식 뒤 태양 주변에 타오르는 코로나와 그 옆으로 길게 꼬리를 끌며 지나가는 헤일 밥 혜성이 관찰됐다고. 그리고 '헤븐스 게이트'라는 인터넷 홈페이지를 사용하던 한 사교 집단이 미국 샌디에이고 랜초 산타페의 한 대저택에서 서른일곱 구의 시체로 발견되었는데, 헤일 밥 혜성의 꼬리에 UFO가 달려 있다고 굳게 믿었던 그들의 얼굴에는 예수의 죽음과 부활을 상징하는 보라색 보자기가 씌워져 있었다. 그네들은 UFO에 승선해 천국으로 가려 했다는 것이다.

한때 텍사스 주 휴스턴의 성 토머스 음대 교수로 재직한 바 있는 교주 마셜 애플화이트는 자살 직전 녹화한 비디오테이프에서 이렇게 밝혔다.

"지금은 우리에게 매우 흥분되는 시간이다. 우리가 누구냐고? 나는 창시자 도(칠음계의 첫 음)다!"

나는 속을 풀기 위해 라면을 아주 맵게 끓였다. 그걸 꾸역꾸역 입에 처넣고 있는 쾨쾨한 나를 향해 미오는 말했다.

"안됐다, 중생아. 이제 2001년 12월 14일에나 부분일식을, 2035년에야 개기일식을 볼 수 있을 텐데. 사소한 게으름 탓에 진귀한 구경거리를 놓치다니. 그건 이 세기의 마지막 기회였다구."

"그런 게 어디 한두 가진가. 그렇게 볼 만한 거면 왜 깨우지 않았니?"

미오는 어림없다는 투로,

"네가 그럴 자격이 없는 놈 같아서."

나는 아랫배를 어루만지며 당당히 대꾸했다.

"내 라면이 불어터지고 있어. 당장 이걸 먹어치우는 게 내 시절인연이야."

4

　나와 준기는 때묻고 시든 도시의 우울한 거리들을 응시하고 있었다. 차창 밖에서 우리가 이미 지나온 곳을 향해 달려가고 있는 가로수들은 몹시 피로해 보였다. 아직도 서로의 몸 구석구석에는 지난밤 마셨던 여러 종류의 술 냄새와 낯선 여자애들의 느낌이 은밀하게 남아 있었다.

　그날 우리는 결단이라고 하기에는 너무 장난스럽고 우연한, 그러나 어쩔 수 없이 운명으로 받아들어야만 할 길을 겁없이 가고 있었다. 얼마 지나지 않아 그 사소한 발걸음이 우리 둘의 앞날을 송두리째 전복시켜놓으리란 것도 모르고.

　그러나 좀더 솔직 담백하게 표현하자면 그건, 생에 흔히 널려져 있기 마련인 여러 속된 길들 중 하나에 지나지 않았다. 적어도 그 시점에서 만큼은 그랬을 것이다.

　호텔에서 나와 막바로 운전대를 잡은 준기는, 나로선 전혀 가늠할 수 없는 곳으로 차를 몰아가고 있었다.

　"어디 가는 거야?"

　"점치러."

　"뭐?"

　"점 보러 무당 찾아간다구. 왜, 너 첨이냐?"

　"넌 요즘 세상에 그런 걸 믿냐?"

　"내가 나를 못 믿는데, 남을 신뢰하지 못할 이유가 어딨겠냐?"

준기는 검은색 야구 모자를 바짝 눌러쓰면서 말했다. 녀석의
은목걸이가 비껴든 햇살에 번득였다.

"그 반대가 아니라?"

"나는 나에 대해 전혀 모르기 때문에, 더더욱 다른 사람들의 평
판이나 견해에 귀를 기울이지. 실은 점 보는 거 나도 처음이야."

"그건 그렇다 치고, 하필 지금 갈 건 또 뭐야."

"진탕 원없이 놀고 난 다음이면, 난 항상 내가 이담에 뭐가 될
지 몹시 궁금해지더라. 유치한 자괴심이 아니라, 그냥 막연히 씁
쓸해지곤 해. 넌 그렇지 않디?"

"글쎄……"

일요일 정오를 조금 넘긴 시간, 서울 시내의 도로는 평일과는
달리, 어서 가라, 어서 가라는 식으로 뚫리고 있었다. 나는 그런
길의 소리없는 전언이 어쩐지 불안하였다. 나는 버릇대로 엄지
손톱의 주변을 조금씩 물어뜯고 있었다.

우리는 아주 어려서부터 어울렸다. 국회의원인 준기의 부친과
제법 건실한(?) 사업가인 내 아버지가 절친한 친구인 탓에, 성
씨가 다른 두 집안은 친형제지간보다도 훨씬 왕래가 잦았다. 준
기와 나는 모태우정을 공유하고 이 세상에 태어났던 것이다.

준기는 어딘가 좀 엉뚱하달 뿐, 영리한 두뇌와 깊이 있는 마
음을 가진 우수한 녀석이었다. 모든 면에서 보통을 약간 앞서고
마는 나와는 달리 학업 성적도 최상위권이었고, 외모나 사람들
을 대하는 매너에 있어서도 귀공자 타입의 제 아버지를 닮아 탁

196

월했다.

그러던 준기가 대학교에 진학하지 않았다. 밴드를 만들어 록 음악을 시작한 거였다. 당연히 제 부모와는 계속 사이가 악화돼, 따로 나와 살기 시작한 지 어언 서너 해를 넘기고 있었다. 막상 녀석은 변변한 악기 하나 제대로 다루지 못하는 형편이었지만, 누가 들어도 지독히 높은 음역을 구사하는 싱어이자 아름답고 전위적인 가사로 가득 채워진 노래를 부르고 싶어하는 시인이었다.

오히려 평소 음악에 소질을 보였던 건 나였다. 나는 어려서부터 피아노와 클래식 기타를 쳤다. 그러나 나중에야 안 일이지만, 그건 타인을 감동시키는 음악이 아니라 단순히 칭찬받을 수 있을 정도의 기능에 불과했다. 자못 예술이란 것이 어떤 독특하고 신비로운 에너지에 의해 이끌리는 무엇이라면, 분명 준기는 내게는 없는 그것을 가지고 있었다.

"얼마 전 연극하는 선배에게서 지금 우리가 찾아가고 있는 무당에 관한 얘길 들었어. 원래는 독실한 기독교 집안에서 성장했대. 큰아버지가 전 국무총리 아무개란다. 다만 어려서부터 자주 앓았달 뿐 남부러울 게 없이 자라며 연극 배우가 되길 소망하던 평범한 소녀가 어느 날부터인가 헛것을 보기 시작했다더라."

"헛것을?"

"수시로 백발 할아버지의 얼굴과 희한한 동물 형상이 나타났다는 거야."

"으스스한데."

"병원과 기도원을 다녀봤지만, 별 소용이 없었대. 결국 어찌어찌해서 찾아간 점집에서, 이 아인 신이 들렸으니 내림굿을 받아야 한다는 말을 들었어. 운명을 이기기 위해 신학대학에 입학했고, 극단에도 들어가 연기 공부도 병행하는 등 안간힘을 다했지. 연극 배우의 삶으로 신의 부름을 뿌리치려 했던 거야. 그러나 역부족이었다더라. 기이한 일들이 자꾸 일어나서……"

"어떤?"

"도리어 헛것이 점점 심해지고, 엎친 데 덮친 격으로 피부병에 시달리게 된 거지. 그래서 결국엔 무형문화재 기능 보유자에게서 내림굿을 받고 말았어. 그녀가 처음으로 작두를 탈 때 공교롭게도 그 장면이 TV에 나왔는데, 우연히 방송을 봤던 부친도 왜 쓸데없이 그런 연극에 출연하느냐고 핀잔을 줬다더라. 나중에야 실제 상황이었음을 알고는 통곡했다지만. 그러나 이후에 병은 거짓말처럼 나았고, 얼마 가지 않아 가족도 딸의 운명을 받아들였대."

"그 여자, 시집은 다 갔군."

"웬걸, 남편도 있고, 애도 둘씩이나 있어. 하지만 신당(神堂)에서 자야 하기 때문에 남편과는 잠자리를 할 수가 없대. 어쩌다 신당 돌보기를 소홀히 하면 몸이 아파오거든. 그렇게 신통하다더라. 사주 같은 것도 필요없대. 그냥 척 보면 안다더라구. 내게 그곳을 소개시켜준 형, 일러받은 대로 연극 때려치우고 인형 장사해서 요새 돈 엄청나게 번다. 하긴 내가 보기에도 그 형, 연기에는 재능이 전혀 없었지만."

내일모레쯤이면 꼭 스무 살 생일을 맞을 듯싶어 보이는 사내
아이가 문을 열어주었다. 내 과대망상이었을까. 그가 반기며 지
어 보이는 웃음엔, 웃음이 아닌 다른 어떤 불순물이 섞여 있었
다. 이를테면 서글픔이라든가 체념…… 뭐 그런 것들.

거실 벽 한쪽을 꽉 채우고 있는 커다란 만(卍)자를 제외한다
면 겉보기론 여느 평범한 아파트와 별반 다를 게 없었다. 우리
는 사내아이의 지시에 따라 자리를 잡았다. 마루에는 우리 말고
도 세 명의 손님들이 대기하고 있었다. 한 젊고 아름다운 여자
와 노부부 한 쌍이 그들이었다. 노부부는 점심으로 자장면을 시
켜다 먹는 중이었고, 젊고 아름다운 여자는 검은 스타킹을 신은
늘씬한 다리를 꼬고 앉아 여성 잡지를 뒤적이고 있었다.

호흡기 질환 같은 얼마간의 시간이 흘렀다. 불현듯 정적을 깨
는 문소리가 나더니, 선녀복을 입은 무당이 모습을 드러냈다. 그
녀는 화장실 쪽으로 걸어가다 무심히 멈춰 섰다. 그러곤 대뜸
날 쏘아보며 이렇게 말하는 거였다.

"거, 참, 허송세월이네."

"예?"

나는 내게로 다가오는 무당의 위엄 어린 눈빛에 잔뜩 질려버
렸다.

"거어, 참, 허송세월이 따로 없네."

무당은 그렇게 같은 말만을 한 번 더 반복하고는, 화장실을 거쳤다가 다시금 제 방으로 표표히 들어가버렸다.

"저 여자, 방금 나더러 뭐라고 그런 거야?"

나는 기분이 언짢았다.

"허송세월이라잖아."

"뭐가?"

"뭐긴 뭐야, 너지."

"에이, 씨발, 기분 나빠. 야, 나가자."

"무슨 소리야, 이제 와서. 대체 어떤 허송세월인지는 들어봐야 할 것 아니야."

노부부가 저들의 차례를 마친 후 돌아가고 나서야, 준기와 나는 젊은 여자와 함께 무당의 방으로 안내되었다. 말로만 듣던 신당이었다. 천지신명의 금상(金像)과 초상이 다섯 평 남짓한 방 안 가득 섬뜩한 귀기(鬼氣)를 뿜어댔다. 무당은 아까 내게 허송세월이 어쩌구 하며 읊조릴 때와는 전혀 다른 목소리를 내고 있었다. 공부를 너무 많이 해서 돌아버린 어린아이의 음성이 있다면 꼭 그럴 것이었다. 더욱이 그건 여자아이가 아니라, 사내아이의 목소리였다!

준기가 내 귀에 대고 속삭였다.

"동자신(童子神)이 찾아왔나봐."

먼저 젊은 여자에게 대뜸 말한다.

"남자 때문에 왔구나."

"전 남자 없는데요."

"유부남이 보이는데?"

"……"

"부인한테 봉변당하기 싫으면 내년까진 헤어져. 어차피 당분간 화류계 생활 청산은 힘들 테니까, 그냥 몇 달 더 도움받는 건 괜찮아."

"부인은 죽었대요."

"아냐, 안 죽었어. 사나워. 그 남자도 결국엔 널 떠날 거야. 그러니까 괜히 고생하지 말고 헤어져. 알았지?"

몇 마디를 더 들은 여자는, 그렁그렁하게 차오르는 눈시울을 닦으며 고개 숙여 인사하고는 방에서 나갔다.

그 다음은 나였다.

"작가야?"

"아뇨."

"그림 그려?"

"아닌데요."

"이상한데, 책상 같은 게 있고, 네가 거기서 뭘 자꾸 끄적거리고 있어. 그 뒤론 번개가 치고. 칠판도 하나 걸려 있는 것 같은데."

"칠판이요?"

"그래, 너 뭐 가르치니? 학원 강사야?"

"아니에요."

"무우슨, 맞는데. 아무튼 넌 허송세월이야."

어안이 벙벙해진 나 대신 준기가 나서서 물었다.

"그게 무슨 뜻입니까?"

"분주하긴 한데 얻는 건 별로 없다는 말이야. 서른다섯까진 계속 그렇겠어. 하지만 서른다섯부터는 일이 풀려. 만사가 고달 프고 어렵다는 말은 아니야. 평생 먹을 만큼은 먹고, 입을 만큼 은 입겠어. 다만 보통 사람들과는 좀 다른 일을 하면서 살 거야. 눈에 보이지 않는 것들에 너만 죽어라고 매달려서 살아. 남들 눈엔 그게 허송세월이지."

"……"

"너 정말 뭐 쓰는 애 아니야?"

"아니라니까요."

"너는 뭔갈 쓰면서 살게 될 거야."

무당은 준기에게 눈길을 돌린다.

"애야, 너 그 모자 좀 벗어보거라."

준기는 아, 예, 그러며 검은 야구 모자를 벗었다. 길고 스산한 침묵이 흘렀다. 무당의 눈초리는 더욱 가늘고 날카로워져, 푸르 고 서늘한 빛을 우리의 움츠린 마음을 향해 쏘아대고 있었다.

"너는 이미 없는 놈이 왜 왔어?"

"……"

우리는 당황해할 뿐, 우리가 처한 상황을 제대로 해석할 수 없었다.

순간, 무당이 방바닥을 짚으며, 녹슨 금속의 표면이 벽돌에 갈리는 소리를 낸다.

"그만 가거라. 어서 너희들 갈 길로 가!"

5

수영으로부터 엽서가 날아왔다. 포르셰는커녕 1990년산 폴크스바겐을 밤이면 있는 대로 밟고 다닌다고 한다. 아무렴 어떠랴, 다 같은 독일제인데.

올해는 강설량이 예년보다 적은 편이라고들 해 속이 상한다고도 썼다. 하지만 언젠가는 이 지구를 하나의 거대한 눈덩이로 만들어버릴 백의의 천군천사들이 펑펑 내리리라고. 또한 주소를 일부러 비워둔다는 걸 명확히 했다.

마지막 부분은 이렇게 채워져 있었다.

'저 메마른 겨울밤에 떠 있는 수억의 얼음별들은 내 어두운 과거처럼 순결해. 나는 이제야 그걸 깨달았고, 이상하게도 너에게만은 이 사실을 꼭 전해주고 싶었어. 그럼 이젠 정말 안녕.'

나는 강연회 도중에 나와 세미나실 발코니에 서서 그 엽서를 읽었고, 내가 살아서 두고두고 슬퍼할 일이 생겼다는 걸 알 수 있었다.

6

강연회는 이례적으로 연 이틀간 이어졌다. 차양 틈새로 스며든 태양의 혈색이 합동 강의실 한구석에 고여, 흡사 긴 병치레 끝에 죽은 노인처럼 썩어가고 있었다. 그 하찮고 평범한 햇살의 잔여물이, 어째서 그 순간 내게 그런 비감한 감흥을 불러일으켰는가에 대해선 논리적인 해명이 불가능하다. 다만 내가 사물을 그런 식으로 바라본 것이 아니라, 사물이 절대적으로 내게 그렇게 다가왔기 때문이라는 어설픈 핑계밖에는 성립되지 않을 것이었다. 나는 그저 쉬고 싶었다. 할 수만 있다면 내 심장과 두뇌를 어딘가에 헐값으로 팔아넘기고 싶은 심정으로 지쳐 있었다.

강사는 흑판 위에 우파니샤드, 라고 쓸 때를 제외하곤, 일절 등을 보여주지 않으며 이야기를 풀어나갔다. 그다지 달변이라고 여겨지지는 않았으나, 아무런 향료나 방부제 첨가 없이 방금 구워낸 보리빵 같은 그녀의 언어는, 나로선 꽤나 오랜만에 느껴보는 진지함을 가지고 있었다.

한 여자가 있다. 그녀는 인도어로 석사 학위를 받은 뒤 인도 중앙 힌디 연구소의 장학생으로 선발되었다. 그렇게 인도로 건너간 그녀는 정작 평범한 인도말은 제쳐두고, 그곳 사람들조차 어려워하는 산스크리트어를 델리 대학에서 공부했다. 그리고 현재까지 정해진 것만 해도 이백여 가지나 된다는 우파니샤드 가운데서, 가장 핵심적인 열여덟 가지를 선정해 번역하기로 결심

한다. 그 오묘하고 무궁무진한 은유와 상징을 이해하기 위해, 그녀에게 우파니샤드의 가르침대로 사는 하루하루란 필수적이었다. 사원이나 명상센터를 찾아가 승려들의 설법을 듣거나 가부좌를 틀고 명상하는 도중에 시간이 몸 안에서 멈추는 경이로운 경험을 했다는 그 여자.

"우주는 거울과 같아요. 내가 원하고 추구하는 바를 비춰주죠. 환상을 요구하는 사람에게는 환상이 나타납니다. 모든 가능성이 우리 안에 존재하기에 그래요. 우주는 우리의 하이셀프(high-self)인 겁니다. 우주는 영적 시스템이지 물질적 시스템이 아닌 까닭에, 물질문명만 발전해서는 반드시 파멸에 이르게 됩니다. ……전, 세상의 진리는 하나라는 생각에 이르게 됐어요. 우리를 포함한 만물, 우주는 이미 하나의 엄연한 생명체이므로, 그것이 여러 양상으로 보여질 뿐, 그러니까 우주의 입장에서 생각한다면 표현이라고 해야 하겠지만, 그 기쁨과 슬픔의 본질은 유일하게 귀결됩니다. 그러한 진리를 깨닫기 위해서는 과연 어떻게 살아가야 하는가를 확인시키는 것이 바로 우파니샤드의 가르침이죠. 착하고 열심히 사는 삶 속에서 진리가 터득된다는 열정과 의지, 그것입니다."

그녀는 요즘 인도 고대 법전인 마누 법전의 번역에 매달려 있다고도 했다.

한 여학생이, 결혼은 하셨어요? 라고 묻자,

"남편은 같은 대학 아프리카어과에 다니던 사람이에요. 제가 인도에 가 있는 동안에도 줄곧 편지를 주고받았는데, 갑자기 잠시만 귀국해달라고 하더니 결혼하자고 붙잡더라구요. 결국엔 남편도 함께 인도로 건너가게 됐죠. 남편은 거기서 인류학을 공부했구요. 저는 지난해 박사 과정을 마치고 보따리 장수 강사로 서울과 부산을 오가고 있지만, 그이는 지금 남아프리카 줄루 족 부락에 들어가 살고 있습니다."

그 대목에서 좌중은 기가 막힌다는 듯 탄성을 질렀다. 나 역시 정말 희한한 인생도 다 있다는 생각을 했다. 여자로선 중키에 깡마른 체구, 투박하게 올린 생머리와 허름한 정장 차림. 과연 무엇이 저 아무것도 아닌 것 같은 여자를 탱크처럼 강하게 만든 것일까? 왜 저 여자의 낮고 차분한 음성 안에는 절절한 고함의 도가니가 들끓는가?

행사를 주최한 장본인인 내 지도교수님은 그녀와 나를 데리고 교수 식당에서 점심을 샀다. 나는 알루미늄 식판을 들고 두 사람의 꽁무니를 졸졸 따라 자리를 잡는다.

나는 그녀에게 물어보고 싶었다. 혹시 당신이 지금 이 학교를 빠져나가다가 차에 치여 죽는다면, 그건 그 잘난 우파니샤드와 어떤 관계가 있는 겁니까? 죄송합니다. 제 질문이 너무 불한당 같군요.

그럼 이건 어떻습니까? 당신이 아이를, 물론 지금은 아이가 없으시지만, 만약에 예쁜 딸아이를 낳으셨다면, 그래서 그 아이를 어느 날 절친한 친구 집에 잠시 맡겨놓으셨는데, 미안하기도

206

하고 걱정이 되기도 해서 전화를 걸었단 말이에요. 당신이 친구에게,

"곧 갈 수 있을 거야. 방금 일이 끝났어. 애가 떼는 안 쓰던? 잘 있지?"

그러니까 친구 왈,

"그럼, 잘 익고 있지" 했다면,

그때 당신의 신주단지 우파니샤드는 어떤 구원의 역할을 해줄 수 있나요?

그러나 나는 연신 스테이크만 자르고 있을 뿐 차마 아무 말도 꺼낼 수 없었다. 왜냐하면 그녀의 모습은 어딘지 지나치게 학문적이었고, 너무나도 견고한 용기를 지닌 나머지 타인이 들어갈 문까지 걸어잠근 듯했으며, 궁극적으로 내게는 내가 앓고 있는 이 짙은 허무감을 마땅한 질문으로 양식화할 만한 능력이 없었다.

교수님은 식사 도중 내게 미오의 행방을 물었다. 이런 좋은 기회를 미오가 놓치다니 안타깝다고 했다.

나는 또 말하고 싶었다. 교수님, 교수님의 수제자 서미오군은 한의사가 될 거라던데요? 이젠 교수님 걱정이나 하세요. 이런 식으로 나가면 종교학과는 문을 닫고, 교수님은 고등학교에서 윤리를 가르치게 될지도 모른다고요.

"문군. 서군을 오늘중으로 찾아서 내 연구실에 꼭 들르라고 하게."

"알겠습니다."

미오는 정말 지난 이틀간 잠적중이었다. 대답은 그렇게 했지만, 나는 누구보다 잘 알고 있었다. 미오는 사라지면 스스로 나타나기까지 기다려야만 하는 녀석이라는 걸.

식사를 마치고 셋은 교수식당이 있는 가정대 건물을 빠져나왔다. 그 앞 주차장에서 나는 인사를 꾸벅 하고는 서둘러 그들과 헤어졌다.

어느덧 여름이 진록의 육감적인 근육을 자랑하고 있었다. 나는 일부러 좀 먼 코스를 선택해 걸음을 옮겼다. 유독 나무 그늘만을 걷고 싶은 이유에서였다. 잠시 뒤돌아 그녀의 등을, 그 당당한 세계의 이면을 훔쳐볼까도 했지만, 감히 그러지 못했다. 내가 잘 이해할 수 없다는 이유만으로, 어려운 일을 해낸 이에게 최소한의 예의를 지키지 않는다는 건 너무 추하기에.

어차피 나는 나를 둘러싼 모호함을 수긍하며 늙어갈 수밖에 없을 것이고, 그녀는 그녀가 믿고 있는 진리를 꼼꼼히 해석하며 각주(脚註)의 나라를 여행할 거였다.

누군가 내 얼굴을 톡톡 건드리고 있다. 눈을 뜨자 나는, 딱딱한 나무 의자들을 붙여놓고 그 위에 누워 있었다. 나도 모르는 사이 잠이 들었던가보다. 긴 시간 오른손등으로 눈 주위를 누르고 있었던 탓에, 처음엔 흐릿한 시야 속의 피사체를 제대로 파악할 수가 없었다.

미오는 차라리 걸레에 가깝다고 해야 할 목장갑 한 벌을 손에 쥐고 있다. 기름때가 옷 여기저기와 콧잔등에 난잡하고, 바닥에는 은빛 공구통이 덩그러니 놓여져 있다.

"그 동안 어디서 뭐 했어?"

"오토바이 만들었다."

"오토바이?"

"오토바이."

"그럼, 여태껏 그거 뚱땅거리느라고 안 보였던 거냐?"

"이십만원에 청계천 중고상에서 샀지. 고치느라 고생했어."

"교수님이 얼마나 찾았는지 알아? 그간 강연회도 있었다는 거 알아?"

미오는 내 추궁엔 아랑곳하지도 않는다. 그저 흐트러진 자기 책상 주변을 정리하다가,

"어, 이거 뭐야?"

"너 의료보험카드 나왔더라. 신청했었니?"

"야아……"

"왜, 좋으냐?"

"흠, 이제 의료보험카드도 생겼으니, 다시 모험을 시작해도 되겠군."

나는 어이가 없었다.

"찬물로 세수해. 우리 시운전하러 가자."

정말 학생회관 광장에는 오토바이 한 대가 놓여져 있었다. 겉보기론 전혀 중고 같지 않고 말짱했다.

"기종이 뭐냐? 그럴듯한데."

"효성 스즈키 감마. 125cc. 한데 사실은 엔진이랑 겉껍데기만 그렇고, 나머지 부속들은 내가 여기저기서 갖다 붙여서 딱히 뭐라 부르기가 그래."

미오는 시동을 건다. 그런데, 몇 차례 부르릉거리기만 할 뿐 영 맥을 못 춘다.

"어, 이거 왜 이러지? 야, 너 일단 좀 내려봐."

"왜?"

"내려서 밀어."

"야아, 어디서 순 고물을 끌고 와가지고선! 갖다 버려 자식아."

"웃기지 마. 하숙집에서 여기까지 씽씽 날아온 거란 말야. 아직 부속끼리 길이 안 들어서 그래. 글쎄, 잠깐만 밀라니까 그러네."

"니가 밀어."

"너 오토바이 몰 줄 알아?"

"아니."

"어서 내려."

나는 어쩔 수 없이 내리고 말았다. 그리고 삐질삐질 땀 흘려가며 서너 차례 밀어댄 끝에 요행히 시동은 걸렸지만, 튀어나가는 오토바이 때문에 아스팔트 바닥에 대자(大字)로 나자빠져야만 했다.

미오는 광장의 외곽을 한 바퀴 휘돌아 넘어져 있는 내 곁에

선다.

"오케이. 타!"

막상 시동이 걸리니 새것처럼 잘 달린다. 사실 나로선 난생처음 타보는 오토바이였다. 속도감과 스릴이 자동차와는 아주 딴판이었다.

불어오는 초여름의 푸른 바람과, 빠르게 스쳐가는 캠퍼스의 전경이 상쾌했다.

간호대 부근에서 한 아가씨를 발견한 미오는 갑자기 오토바이를 멈춘다.

"안녕하세요!"

"어머, 미오씨 아녜요! 웬 오토바이예요?"

"제 거예요."

나는 미오의 귓불에 입을 대고 누구냐고 물었다.

"정아씨, 인사해요. 함께 대학원 다니고 있는 내 친구 문희구예요. 희구야, 여기는 철학과 조교 정아씨고."

우리는 서로 가볍게 목례를 했다. 단발머리에 전형적인 붕어눈을 가진 아담하고 예쁜 아가씨다. 눈동자를 가리키는 것이 아니고, 눈 전체의 모양이 붕어 형상이라는 것이다. 타원형의 둥그스름한 꼴로 동자도 비교적 크고 검은 편이다. 본시 저런 눈은 감정이 풍부하고 눈물이 많은 법이다. 정열적이며 고집이 무척 센데다가 예능면에 소질이 많고, 또……

"미오씨, 나도 오토바이 타고 싶은데."

"그럼, 타요."

"정말요?"

"희구 뒤에 타면 되겠네. 세 명쯤은 문제없어요."

"야, 인마, 서미오!"

황당해진 나는 엉겁결에 소리를 지르고 말았다. 타겠다는 여자나 태우겠다는 놈이나, 도무지 정상이 아니잖은가. 그런데 이게 어떻게 진행되는 상황인지, 여자는 벌써 오토바이에 올라타 내 허리에 제 양팔을 꼭 감아버리는 것이다.

"실례해요. 하하. 신난다! 미오씨, 사고나도 좋으니까, 광속으로 달려줘요!"

"물론이죠!"

무지막지한 일이지만, 한 오토바이에 두 명의 남자 대학원생과 한 명의 여자 조교가(그것도 그중 한 여자와 한 남자는 만난 지 불과 채 2, 3분도 안 되었는데) 줄사탕처럼 얽혀, 성스러운 상아탑의 이런저런 길들과 높고 낮은 언덕들을 마구 쏘다닌다. 정신 나간 미오는 계단도 무자비하게 내려간다. 나는 아찔해 눈을 질끈 감고 벌벌 떠는데, 둘은 환호성을 지르며 신난다고 난리다.

후문으로 빠져나와 잠시 한강변을 달리던 우리는, 여자 전문대 건너편 샛강에 이르러서야 광란의 질주를 접는다. 뜻밖에도 거기엔 아주 오래된 듯해 보이는 돌다리가 웅크리고 있었다.

"어머, 이 근처에 이런 게 다 있었네."

"살곶이 다리예요. 이게 조선 시대 최대 석교(石橋)라던데?"

아니나 다를까, 안내판이 서 있다.

　세종 2년(1420) 5월에 처음으로 조교를 명하여 영의정 유정현(柳廷顯)과 공조판서 박자청(朴子靑)으로 하여금 공사를 감독케 했으나 세종 때는 완성되지 못하고 성종 14년(1483)에 완성된 이 다리는 행인이 평지를 밟는 형상이어서 제반교(濟盤橋)라고도 불림. 이 석교는 네모의 돌기둥으로 이루어진 교각과 그 위의 횡량(橫樑)을 놓고 다시 종량(縱樑)을 걸어 교판석(橋板石)을 깔아 만든 것이다. ……다리가 종횡으로 곡면을 이루어 잘 조화되어 있고 면밀히 구축되어 있으며 각부 석재가 장대하고 질박하여 호쾌한 느낌을 준다. 다리 길이는 76미터, 폭은 6미터, 1972년에 서울시가 무너진 다리를 원래 모습대로 복원하였다.

그러나 정작 다리의 삼분의 이쯤 되는 부분부터는 별개의 콘크리트 교량으로 보수되어 있었고, 전철이 지나가는 터널로 이어진 곳은 흙더미에 묻혀 있었다. 만약 현존하는 조선시대 최대 석교라는 미오의 말이 사실이라면, 그건 어떤 면으로든 조선 왕조에 대한 모욕일 수밖에 없을 것 같았다.

우리는 오토바이에서 내려 석교 위를 천천히 걷는다. 얕은 강물은 악취를 풍기며 수풀 사이를 검은빛으로 흐르는 둥 마는 둥

한다.

우리는 다리 중간에 섰다. 해는 너무 뜨거워 정면으로 바라볼 수 없었다.

"강이 죽었군."

"전쟁으로 무너져서 이렇게 됐을 거야. 조선시대의 모습은 웅장했을 거예요."

"우리나라 사람들이 하는 일이란 게 다 그렇지. 문화재 하나 제대로 간수 못 하고…… 차라리 밤에 왔다면 더 좋았을걸."

"별이라도 보이면 다행이게요? 강이 죽었는데, 하늘인들 살아 있겠어요?"

정아는 아예 석교 바닥에 주저앉는다. 미오가 돌멩이를 죽은 강으로 던지며 말한다.

"있잖아요, 한 사나이가 있었는데 말이에요. 그는 경비행기 조종사였거든. 그런데 어느 날 술을 마시고 음주 비행을 한 거야. 그것도 야간에. 하늘 높이 떠서 기분좋게 항로를 바꾸고 있는데, 갑자기 눈앞에 너무나 아름다운 별무리가 펼쳐지는 게 아니겠어? 자기가 어릴 적 시골에서 보았던 그런 무궁한 별무리 말이야. 그래서 그는 그 황홀한 별무리를 향해 힘껏 날아갔대요."

"좋았겠네요, 별나라로 가서."

"다음날 아침 신문 1면에 대서특필되기를, 경비행기 명동 한복판에 추락!…… 밤하늘에는 별이 없어서, 술에 취한 비행사의 눈에는 도시의 불야성이 은하수로 보였던 거죠."

"슬프다. 하늘의 별들이 모두 땅에 추락해 있다니!"

"정아씨는 범신론자인가봐? 그런 표현을 다 쓰고?"

"모든 것에 영혼이 있다고 믿는 사람들은 외로운 법이죠."

둘의 대화를 잠자코 듣고만 있던 나는, 저 정아란 여자도 말하는 품으로 보아 행복하게 살기는 글러먹었다는 생각을 한다. 하지만 미오가 들려준 이야기는 실지로 일어날 개연성이 충분한 것이었다. 그만큼 우리가 살아가는 모든 공간은 병들어 썩어가고 있으니까. 그리고 정말 만물에 생명이 깃들어 있다면, 온 세상은 말하고 말 못 하는 그 모든 것들의 절규 그 자체일 터였다.

"미오씨, 인간의 창조물들 중에서 좋은 것 세 가지와, 맘에 안 드는 것 세 가지를 들어보세요."

"왜요?"

"성격 테스트예요."

"뭐가 있을까? 음, 먼저 잘 만든 것, 음악, 장례식, 기도(祈禱). 못 만든 것으로는, 사형, 돈, 정치."

"그럴듯한데요. 희구씨는요?"

"그, 글쎄요. 난 그런 것엔 별로 관심이 없는데."

"에이, 어서요. 노력해봐요."

나는 당황하고 있었다. 인간의 창조물들 중에서 좋은 것 세 가지와 맘에 안 드는 것 세 가지라니. 이 여자는 어째서 이런 쓸데없는 질문을 던지는 것일까?

"아무래도, 전…… 잘 떠오르지 않는데요. 그러는 정아씨는요?"

"맘에 안 드는 것, 무기, 국가, 술. 좋은 것, 역시 술, 책, 화장실."

"멋지군."

미오가 말했다.

"희구씨는 아직도 생각 못 해냈어요?"

"전 모르겠어요. 너무 많거나 너무 적어요."

"그런 것에 대해 확실하게 얘기 못 하는 걸 보면, 희구씨는 민주주의자인가봐요?"

어떤 의미로 민주주의자라는 것일까? 나는 그냥 대답한다.

"아마도 그렇겠죠?"

"정아씨, 세 가지가 아니라 굳이 하나씩만 대라면?"

미오는 말장난의 범위를 좁힌다. 그러나 이번에도 그녀는 주저함이 없다.

"술과 술이요. 술이 없다면 이 갑갑한 세상이 훨씬 더 갑갑했을 것이고, 술이 있어서 사람들이 병들고 추해지니깐. 난 세상에 술처럼 이중적인 게 없다고 생각해요. 마실 땐 사랑하지만 깨고 나면 증오하게 되잖아요. 그러곤 다시 사랑하고."

"장례식과 사형."

"이유는?"

"만일 장례식이 없다면 우리가 죽는다는 것에 대해 이만큼이라도 경건하거나 태연한 척하면서 살아갈 수 없었을 테니까요. 장례식에는 인간의 삶에 관한 온갖 미학이 다 담겨 있어요. 그만큼 처절한 시(詩)는 따로 없죠. ······ 우주장(宇宙葬)이란 게 있대요. 독일에선 유골을 우주선에 싣고 올라가 외계로 쏘아버리는 이른바 우주장과, 우주장을 치르는 데 필요한 비용 지급을 위한 보험이 인기를 끌고 있다더군요. 영화 〈스타트렉〉의 창안자 진 로든베리가 우주장을 치른 가장 유명한 고객이라던데."

"우주장, 죽어서 우주 공간을 떠돈다? 그거 멋진데. ······ 우주는 어떨까요?"

"고독하겠죠."

나는 내 시체가 토성 근처를 배회하고 있는 걸 상상해본다. 항성과 항성 사이를 지나 시커먼 시간의 아가리를 벌리고 선 블랙홀 속으로······

"프랑스 최초의 여성 우주인은, 우주는 아름답고 경이로워 다시 돌아가고 싶다고 말했다더라."

간만에 입을 연 나를 미오가 힐끔 쳐다본다.

"사형은 죽음을, 비인간적인 형식 속에 가두어 죽음이 아닌 어떤 것으로 변질시켜. 하나의 생명체, 또는 그 생명체들이 모여 이룬 집단이 다른 생명체를 말살할 권리가 있다고 믿는 건, 인간의 마성을 이성이라는 외피로 위장한 데 불과하지 않을까? 더구나 자기가 죽을 때를 미리 알고 살아가야 하는 사형수를 생각하면 난 무지무지, 모옵시 불쾌해. 그건 저마다에게 영원히 비밀

이어야 하는 거 아냐?"

미오는 보이지 않는 누군가를 향해 화를 내고 있는 듯했다.

"장례식이 없어지면 네 논문이 위태로워져서가 아니라?"

"내가 쓰고 있는 건 논문이 아니야. 어둠의 계보라구."

"어둠의 계보? 호! 어둠의 계보라……"

아니야. 죽음은 누구에게나 공평하다. 결코 죽음이 죽음 이상이거나 그 이하일 수는 없는 거야. 어디에서 어떤 방법으로 죽건 간에, 죽음의 멀고 먼 의미와 아픔은 한 치의 오차도 허락하지 않는다. 미오야, 네가 생각하는 죽음이란 일종의 사치스런 고급 관념에 지나지 않아. 너는 죽음으로 인해 사랑하는 사람을 잃어봤니? 그가 숭고한 혁명이 아니라 기껏해야 심심파적 카드놀이 정도의 동기와 정황 속에서 죽어갔다면, 대체 너는 그이의 죽음을 네가 쓰고 있다는 어둠의 계보 어디쯤에 적어둘 참이냐?

……그날도 준기와 나는, 어느 록 카페에서 하릴없이 시간만 죽여대고 있었지. 무당을 만나고 온 뒤로 꼬박 3일째 그러는 중이었어. ……허송세월이니, 이미 없는 놈이니 하는 말 따윈 감히 꺼내지 못하고 있었지. 어느 쪽에서라도 먼저 입에 담아버리고 나면, 그 순간으로 우리 둘이 동시에 설탕가루가 되어 흘러내릴 것만 같았던 거야. 무엇이 두려워 그랬던 것일까? 그저 불쾌하고 우울했다는 것밖에는 분명히 기억나는 게 하나도 없어. 우린 그냥 썰렁한 농담에도 배꼽이 떨어져나갈 듯 웃다가, 이내 무표정

이 되는 헛짓만을 번갈아 할 뿐이었지. ……화장실에 갔는데 심한 구토를 느꼈어. 한참을 고통스럽게 게워내야 했지. 나중엔 내장마저 뱉어내는 줄 알았으니까. 찬물로 얼굴을 씻으니 그제야 정신이 좀 들더군. 나는 위태롭게 계단을 내려와 다시 가게 안으로 들어왔어. ……그래, 맞아. 바로 그때, 우레 소리로 시작되는 P. P. 아놀드의 〈The Witch〉가 흘렀지. ……준기는 테이블에 고개를 깊숙이 처박고 있었어. 너 벌써 취한 거냐고 내가 막 뭐라 그랬지. 어, 그런데도 꼼짝하지를 않는 거야. 주량이라면 타의 추종을 불허하는 놈인데, 살다보니 참 별일도 다 있다 싶었어. 어휴, 자식아! 나는 준기의 늘어진 어깨를 밀쳤지. 깨우려고 말이야. 그런데, 그런데, 맥없이 바닥으로 굴러떨어져서는 움직이지 않더라구. ……녀석의 자리 뒤편 벽면에는, 가죽바지를 입은 짐 모리슨이 스탠드 마이크를 오른손에 움켜쥐고 왼쪽으로 돌아보는 커다란 패널 사진이 걸려 있었고, 그 밑에는 이런 문구가 새겨져 있었어.

JIM MORRISON, AN AMERICAN POET.

그게 다야. 준기는 그렇게 죽었어.

문득 시원한 바람 한 줄기가 어디선가 불어와 내 뜨거워진 눈가를 식힌다. ……정아는 바지를 털고 일어나며 이렇게 말한다.

"여기, 비린내가 나고 더럽지만, 왠지 참 아늑하게 느껴지네요. 혹시 내가 전생에 행복을 누리던 곳이 아닐까요?"

7

세상이란, 유배지같이 조용하지 않으면 전쟁터처럼 아수라장이어야만 하는 것일까?

경찰은 학교의 모든 통로를 차단하고 있었고, 그에 맞서는 학생들은 연일 강도 높은 시위를 해댔다. 곤봉과 페퍼포그, 투석과 화염병이 어우러진 시대의 썩은내가 이성의 오감을 마비시키고 있었다.

진압해오는 전경들을 한데 몰아 제압할 수 있다는 지리적 조건 때문에, 끔찍한 일이지만, 대학원실 복도 끝에는 한총련 지도부가 설치됐다. 경상도에서 올라온 듯한 어투의 여학생은 출력이 어마어마한 대형 스피커로 온종일 거리를 향해 떠들어댔다. 귀란 선택의 여지 없이 열려 있는 것이기에 학교의 어디로 숨어도 그 소리는 따라다녔다. 나는 어두컴컴한 화장실에 쭈그리고 앉아 그 여자가 한 문장에 주어를 일곱 개씩이나 써대는 걸 무심히 세어보기도 했다.

그날 밤, 나는 미오와 비상 근무를 교대하였다. 학교 측은 바로 한 해 전 출범식이 개최되었던 타 대학에서의 불행한 사태가 반복될까봐 걱정하고 있었다. 하여, 조교들과 몇몇 대학원생들이 각 과의 사무실을 지켜야 했던 것이다.

뉴스는 서울 시내 곳곳에서 우리 학교로 진입하려는 학생들과 이를 막는 전경들 사이의 치열한 공방전을 보도하고 있었지만,

정작 교내의 분위기란 지난 며칠간 이어진 그것과 별반 다르지 않았다.

그러나 나는 곧, 폭풍 전야라는 말이 결코 사어(死語)가 아님을 실감하고 만다. 건물 전체를 진동시키는 함성에 놀라 밖을 내다보니, 인문대 건물부터 공대까지 이미 엄청난 수의 학생들이 빽빽이 들어차 있는 것이다. 그들은 경찰의 저지선을 뚫고 들어온 것을 자축하며 노래를 부르거나 구호를 외치고 있었다. 나는 급작스런 상황의 반전에 아연실색하며, 등이 넓은 깃발들이 휘날리는 것을 맹하게 바라볼 뿐이었다.

학생들은 종이박스를 강의실 바닥에 깔고 잠자리를 마련했다. 게다가 그릇이 없어, 뜯었던 봉지에 익은 라면을 도로 담아 늦은 저녁식사로 대신하고들 있었다.

의외로 아주 앳된 신입생들이 눈에 많이 띄었다. 나는 발에서 피를 많이 흘리고 있는 여자아이 하나를 발견했다. 밀어닥치는 전경을 피하는 도중 신발마저 잃어버린 듯했다. 내가 그 아이 곁에 서 있는 쇠파이프를 든 남학생에게 어째서 그냥 두냐고 묻자, 학생회관에 설치된 의무실로 데려가야 하는데 너무 멀어 난감하다고 했다. 나는 내 신분을 밝히고, 대학원실에 간단한 치료약과 남는 운동화가 있으니 따라오라고 하였다.

나는 서투른 솜씨로나마 응급처치를 끝내고 붕대를 감아주었다. 그리고 아이에게 비누와 수건을 건네주며 세면대에서 좀 씻으라고 권했다. 그때 교문 쪽에서 위급한 상황이 발생했다는 내용의 방송이 들렸다. 남학생은 내게 아이를 원래 위치까지 데려다줄 수 없겠느냐고 했다. 나는 그러겠다고 했다. 그 말이 떨어지자마자, 그는 흡사 일제시대의 독립군처럼 비장한 뒷모습을 보이며 어둠 속으로 총총히 사라졌다.

나는 그제야 여유를 갖고 여자아이의 생김새를 살펴볼 수 있었다. 통통한 몸매에 넓은 이마, 턱이 둥글고 호박볼로써 크면 사람이 많이 따르겠다. 하지만 안광(眼光)이 지나치게 젖어 있다. 슬픈 일이 생기려나? 양(羊)의 눈처럼 사람을 직시하는 자는 고독한 법이다.

"새내기구나."

"예."

"어디서 왔니?"

"대구라예."

"꼭 이 고생을 하면서 출범식을 해야 하니?"

"오빠야, 이건 출범식이 아닙니더. 축제라꼬예!"

"……."

"무신 대학원실이 낙서투성인교? 정말 없는 게 없십니더."

"나랑 여길 함께 쓰는 녀석이 낙서를 시작했어. 그래서 나도 시작했지. 그러다보니 이렇게 된 거야. 상관없어. 우리 둘밖에 없거든. 그리고 내 친구는 뭐든 주워다가 고치는 버릇이 있어. ……여기, 이거 신어봐. 좀 크겠지만, 급한데 어쩌겠니?"

나는 캐비닛에서 미오의 운동화를 꺼내주었다.

222

"누구 건데예?"

"응, 방금 말한 그 친구 거. 걔네 집이 신발 가게를 하거든. 그러니 부담 갖지 않아도 돼."

"고맙시입니더. 그 오빠께도 고맙다고 전해주시고예."

"그러지."

"오빠는 뭘 공부하시는데예?"

"종교학."

"종교학이라꼬예? 그게 뭐 하는 겁니꺼?"

"나도 몰라. 너는?"

"경영학과에 다닙니더."

"그건 뭐 하는 덴데?"

"지도 몰라예."

우리는 한참을 함께 웃었다. 그렇게 웃는 사이. 아이는 본래의 얼굴을 찾아가는 것 같았다.

"너 커피 마실래?"

"아니라예. 그만 내려가봐야겠어예."

"왜? 좀더 쉬었다 가도 돼."

"아닙니더. 동지들이 고생하는데, 지라고 여기 있으면 안 되지예. 투쟁하러 왔지, 놀러온 게 아니잖습니꺼. 그라모……"

"내가 데려다줄게."

"괜찮시입니더. 바로 밑인데예. 그냥 앉아 계이소."

아이는 절룩이며 살며시 문을 닫고 나간다. 나는 다시금 혼자 남은 것이다. 가만히 의자에 앉아, 멀리서 요란한 폭음을 듣는다. 그것들은 내 가슴 깊은 곳에, 뿌연 최루의 안개들을 마구 풀어놓고 있었다.

나는 내가 저 아이를 친절로 치료해준 것이 아님을 깨닫는다. 그 깨달음이 시리고 아프다. 나는 외로운 것이다. 그래서 낯선이에게 약을 발라주고, 붕대를 묶어주고, 수건과 비누를 건네주었다.

제 고통을 감내하고 있는 저 철없는 아이는, 행동의 근거와는 상관없이, 나보다 용감하다. 결국엔 후회가 남고, 그 나머지인 좌절이 한동안 너를 괴롭히겠지. 그러나 아무와도 피 터지게 싸워본 적 없는 나와는 비교될 수 없을 것이다.

그래, 나는 다시, 혼자 남았다.

상스럽고 드센 여름이, 그나마 가리고 있던 속옷마저 벗어던지고 있었다. 학생들은 창녀 같은 태양 아래서 눅눅해진 옷가지들을 입은 채로 말렸다. 소모임을 가지며 연설을 하거나 춤추는 그들은, 내게 책이나 영화에서 접했던 지리산의 빨치산을 연상시켰다.

나는 과연 어떤 에너지가, 고향을 떠나온 지 일주일이 넘도록 제대로 씻지도 못하고 눕지도 못한 채 공권력과 싸우고 있는 저 지친 육체들을 지탱케 하는가에 대해 궁금해하지 않을 수 없었다. 미오는 내게 말했다.

"방법의 문제를 떠나, 신념이겠지. 그것만은 분명해."

그러나 그것이 진정 신념이라면, 이 나라는 너무 막대한 손실을 보고 있는 셈이었다. 우선, 어른들의 책임이 컸다. 그들은 불과 스무 살 안팎의 아이들을 빨갱이 이상으로는 간주하고 있지 않았다. 또한 학생들에게는 가장 중요한 핵이 결여되어 있었다. 그것은 아무리 훌륭한 대의를 위해서라도, 절대로 타인에게 대여하거나 다음 기회로 미뤄져서는 안 될 인간애였다. 누가 우리를 이렇게 만들었을까? 나는 언제나 이 한심한 양비론과 양가론의 감옥에서 놓여나 자유로울 것인가?

전경이 학교 안으로 들어오진 않았다. 대신 그보다 더 큰 불행이 너무도 가까운 곳에서, 그러나 나와는 전혀 상관없다는 듯 태연히 일어났다. 죽음의 손끝이 슬며시 다가와 두 사람을 데리고 갔다. 전경이 페퍼포그 차에 깔려 죽고, 무고한 시민이 프락치로 몰려 학생들에게 맞아 죽은 것이다. 출범식은 다른 대학교에서 약식으로 치러졌다고 했다. 학생들은 밤을 틈타 뿔뿔이 흩어져 빠져나가거나 체포되었다. 나는 이제 다시는 나 같은 허무주의자와, 지나치게 순수해 확신으로 가득 찬 아가씨가 그런 식으로 만나는 일이 없기를 빌 뿐이었다.

과 사무실 문에서 '출입 금지 지역'이라고 적힌 종이를 떼어내는데, 그 아이의 목소리가 들리는 듯하다.

"지도 몰라예."

8

어제 오후 세시경, 미오는 갑작스런 어머니의 부음을 들었다. 내가 이처럼 정확한 시각을 기억할 수 있는 건, 그때 우리가 함께 슐라이어마허의 『종교론』 원서 강독 수업을 막 마치고 나온 참이었기 때문이다. 미오는 날카로운 쇠꼬챙이에 찔린 사람처럼 양미간을 있는 힘껏 찡그려 끙, 하고 신음하였다.

담뱃불을 붙여주며 나는 내일 뒤따라 내려가마 했고, 미오는 초인적인 침착함으로 전주역에서 내려 어떻게 찾아가야 하는지를 일러주었다.

밤이 왔지만 나는 잠을 이룰 수 없었다. 놀랍게도 그것은 절친한 친구의 불행에 대한 걱정이라든가 동정이 아니라, 일종의 설렘이었다. 참으로 이해하기 힘든 감정이었다.

이슬비가 내리고 있었다. 나는 길고 긴 어둠을 지나 살곶이 다리까지 걸어갔다. 얼마 전 셋이서 이야기를 나누던 그 자리에 주저앉았다. 밤에 보는 물빛은 제 더러움을 감춘 채 너무도 황홀했으며, 응당 있어야 할 악취조차 풍기지 않았다. 죽은 강에서 뿜어져나오는 죽음의 향기 탓이리라. 더구나 물안개는 자우룩이 피어오르고 있어, 이 폐허의 돌다리가 공중에 떠 있다는 착각을 불러일으킨다. 어지러워, 별이 없는 밤하늘을 올려다본다.

준기야, 내가 죽으면 우주장을 치를까? 다녀온 우주가 너무 아름다웠노라고 말한 어떤 씩씩한 여자같이, 언젠가는 나도 광

226

활한 고독을 영원한 휴식으로 받아들이고 싶어.

믿을 수 없지만, 나는 울고 있었다. 그 눈물 속에는 내가 오래 전 포기했어야만 했던 운명과, 절대로 포기해선 안 될 희망이 모두 담겨져 있었다.

미오 너도 울고 있니? 아니면 이미 허망한 어둠의 계보쯤은 알고 있다며 속으론 쓴웃음을 짓고 있는 거니?

지금 나는 교수님께 입관까지 보고 오겠노라 말씀드린 뒤, 교문으로 이어진 가파른 언덕을 내려가고 있다.

그런데, 저기 막 교문을 통과해 걸어오고 있는 한 여자가 보인다. 정아다. 희한한 일이다. 내게로 다가오는 여인이 저처럼 특별해 보인 적은 없었던 것 같다. 생을 거슬러오르는 유선형의 물고기. 생명이고, 생명을 낳을 수 있는 또다른 생명. 곧 여자는 내가 전할 소식에 몹시 놀랄 것이고, 나와 함께 미오가 당한 슬픔을 나눌 게 분명하다. 하지만 그것은 죽음에 대한 난해한 관념이나 막연한 공포가 아니라, 아직 살아남은 자들에 관한 위로일 터이다. 그리고 나는, 어처구니없게도, 그 몇 마디를 나누는 사이에, 새로운 사랑을 시작할 수도 있을 것이다. 저 여자에게 내가 겪게 될 허송세월을 더불어 이겨내달라고 조를지도 모른다.

살다보면, 많은 사람들 가운데서 오직 한 사람이 떠난 것일 뿐인데도, 마치 전 세계가 송두리째 상실된 듯한 기분이 드는 때가 있다. 그러나 뿌듯한 사랑은 반드시 찾아오고, 나는 그 불꽃스런 힘을 이 순간 느낀다.

상복을 입은 미오의 모습은 또 얼마나 아름다울 것인가.
어서 가서 그를 만나야겠다.

---

* 이 소설에서 무당이 주인공에게 "네 인생은 허송세월"이라고 말하는 장면은, 시인 유하의 시집 『세운상가 키드의 사랑』에 수록된 시 「阿庚正傳, 또는 허송세월」의 내용에서 모티프를 얻어 변용, 확장하였음을 밝힌다. 허락해준 유하 형께 깊이 감사드린다.

지평선에서 헤어지다

소년과 소녀는 같은 날 같은 시각에 지평선의 한 지점에서 제각기 길을 떠나
요. 소년은 남극으로, 소녀는 북극을 향해. 그 무모한 길을 떠났던 몇 안 되는
다른 아이들처럼, 어디선가 실종돼 영영 헤어질지도 모르는 이별을 했던 거죠.
그러나 그들은 분명히 믿고 소망했어요. 꼭 최초의 성숙한 남녀로 돌아와 사랑
하리라고.

1

"……서현씨 말이야, 임서현, 뒤셀도르프에서 피아노 전공하던 사람. 그 여자 결혼식이 내일 서초동에서 있대. 나도 황형한테서 방금 연락받은 거야."

진석 형으로부터 뜻밖의 전화가 온 것은, 잡지 마감으로 꼬박 밤을 새운 다음날인 토요일 오전이었다. 대부분 새벽녘에 퇴근한 사무실 안은, 지독한 돌림병이 쓸고 지나간 마을처럼 고요하고 또 음산하기조차 했다.

애초부터 한국사회에서 남성 전용 잡지라는 것은 씨가 먹히지 않는 소린지도 몰랐다. 백화점에서 손수 넥타이를 고르고, 요리가 취미라고 공공연히 떠벌리며, 즐겨 쓰는 외제 향수 하나쯤은 자랑으로 여기는 신세대 남성들의 등장에 기대어, 기껏해야 시사지와 성인지만으로 양분되어오던 남성 잡지 시장과 변별된 콘셉트를 가진 남성지들의 창간 붐이 한창이던 게 불과 1년 전의 일이다. 그러나 서너 달 전부터인가, 저희들끼리 신나게 경쟁하던 그 부류의 잡지들이 속속들이 폐간의 길을 걷고 있었다.

몰락의 가장 큰 원인은 광고 시장에 있다. 대부분의 잡지들이란 광고 수익으로 운영되기 마련인데, 여성지 중심의 잡지 광고 시장에서 남성 잡지는 광고주가 보기에 전혀 매력적이지 못하다는 것이다. 그들은 여성이 소비의 주체라고 생각한다. 때문에 남자 속옷 광고도 여성지에 주지 남성지에는 잘 실으려고 하지 않는다. 아직 자신을 위한 소비에 익숙하지 않은 우리나라 남성들을 감안한다면, 비교적 정확하고 현명한 판단일 것이다. 하긴 남성 잡지의 패션이나 생활정보 따위는 여성지에도 상세히 나오는 것 아닌가. 그러니 독자들은 특별히 남성지를 봐야 할 필요를 느끼지 않는다. 엎친 데 덮친 격으로, 시사지와는 또다른 심층적인 기사를 원하는 사람들의 욕구도 채워주지 못하고 있는 서글픈 형편이다. 낚시나 테니스, 골프 같은 레저 스포츠 잡지들이 분명한 독자층을 가지고 있는 것에 비해 남성 생활 잡지는 정확한 독자층을 잡기 어렵고, 따라서 그 내용에 있어서도 여성지와 별반 다를 바가 없는 것이다. 그리고 무엇보다, 정치나 사회적인 문제 이외에 관심사라고 할 수 있는 것이 딱히 없는 우리의 단조로운 남성 문화가 근본적인 딜레마일 터이다.

내가 허울좋은 편집장으로 몸담고 있는 이 어벌쩡한 잡지도 몇 달 더 버티지 못할 듯싶다. 이십대 중반에서 삼십대 초반으로 잡았던 독자의 연령층을 고심 끝에 이십대 초·중반으로 낮춰보기도 했으나, 그간 오히려 혼란과 불황만 가중될 뿐 아무런 차도도 없었으니 말이다.

그럼 난 어떻게 되나? 다시 본업인 실업으로 돌아가겠지 뭐. 그래, 겨우 그 정도일 것이다. 늦잠을 늘어지게 자고 일어나 라디오를 켜면 〈두시의 데이트〉 시그널이 흘러나온다든가, 곤드레만드레 취해 집으로 돌아오는 한밤의 발걸음에도 아무런 부담과 후회가 없겠지. 적어도 한동안 세상은 그처럼 게으른 나를 중심으로 평화롭게 진행될 것이다. 그리고 무엇보다 명확한 사실은, '당신의 변태지수는?' 따위가 이달의 특집 제목인 이깟 거지 같은 잡지 하나 지구상에서 사라졌다고 해서, 머리를 쥐어뜯으며 슬퍼하거나 나중에 두고 보잔 식으로 노여워할 만한 얼간이는 없다는 것이다.

나는 침침한 눈가를 애써 비벼대며, 설탕과 프림의 비율이 지독히 엉망인 쓰디쓴 자판기 커피를 홀짝홀짝 마신다. 어젯밤 줄기차게 피워댔던 담배 탓도 있으려니와, 감기 기운이 도졌는지, 한 모금씩 뜨거운 느낌이 목울대를 넘어갈 때마다 따가웠다. 아까부터 창밖으로는 아가의 실핏줄보다 가느다란 봄비가 시나브로 내리고 있다. 바야흐로 저마다 육신을 앓고 마음을 바꾸는 환절기인 것이다. 나는 내가 곧 몸져누우리라는 불길한 예감에 사로잡히고 있었다. 언제쯤이나 흔적과 얼룩만이라도 무늬되어 사무치는 생을 살아갈 수 있으려나.

"언제 귀국했대?"

"자세한 건 잘 모르겠어. 결혼식 올리고 신랑이랑 다시 독일로 돌아갈지, 아니면 아예 여기 눌러앉을 건지는. 의사라지 아마? 남자는 재혼이라더라. 그 여자 나이도 지금쯤이면 만만치 않잖아? 물론 그때도 그랬지만 말이야, 헤헤. 어때, 바쁘지 않으면 가보는 게 좋지 않겠어? 너 오랫동안 모임에도 나오지 않았잖아. 그리구, 이제껏 연락이 끊겼던 사람들을 만날 수 있을지 모르고 말이야."

나는 장소와 시간만을 간단히 메모하고는 지금 정신없이 바쁘다는 거짓 핑계를 들어, 그가 애완견 사료 수출인가 뭔가 하는 자신의 새로운 사업 얘기를 막 꺼내려 할 즈음, 일찌감치 수화기를 내려놓았다. 내가 알고 있는 것만 해도 그는 한국에 돌아와 벌써 두 번이나 직업을 바꾸었던 것이다. 맨 처음 재회했을 적에는 자동차 세일즈맨이더니만, 불과 6개월 후에 만났을 땐 건축자재를 납품하고 있었다. 그러더니 맙소사! 이제는 애완견 사료? 그러나 그건, 그가 국가대표 아이스하키 선수였다는 사실에 비한다면 별로 놀랄 만한 일이 아니었다.

우리는 독일에서 만났더랬다. 그때까지만 해도 그의 목표는 그곳에서 사회체육 지도자 자격증을 따겠다는 거였고, 내게 있어 인생의 목표라곤 아무것도 없었다.

진석 형이 말했던 모임이라는 것은, 우리가 함께했던 한인 감리교회의 유학생들 중 한국으로 돌아온 사람들의 친목회를 뜻함이었다. 보통의 경우, 목사님께서 1년에 한 차례 정도 국내 교회의 부흥회로부터 초빙을 받으실 적에 이루어지는 경우가 많았다. 어쨌거나, 나는 예의 진석 형의 장광설을 듣고 있기엔 너무 피곤한 상태였고, 더욱이 그가 전해준 소식으로 인해 조금은 예민해져 있었다.

내가 스스로의 인생을 예상과는 많이 빗나간 것으로 여길 수밖에 없는 지금에, 대체 그녀는 얼마큼이나 변한 모습으로 어드메쯤 서 있는 것일까? 그대는 겨우 이제야 그 진눈깨비의 나라 국경을 넘어 이 무의미한 곳으로 망명했는가. 그런가?

나는 내 책상 뒤편에 놓인 넓고 두꺼운 방음창을 열어젖히고, 폭풍이 지나간 숲속의 소심한 토끼처럼 고개를 내밀었다. 왠지 전혀 맥없이 들리는 주말 도심의 자동차 경적들 사이로, 성수(聖水) 같은 산성비가 내 머리에서 물방울로 하얗게 피어오르고 있다.

생미나리 씹는 향기와 질감의 추억이, 다만 저 멀리 보이는 신문사 건물 위 습기찬 잿빛 상공으로부터, 귀에 익은 듯한 어떤 피아노 선율이 되어 잔잔히 내 가슴속을 향해 스며들고 있을 뿐이었다.

2

유람선을 타고 유유히 코블렌츠에서 북쪽으로 거슬러올라가노라면, 베토벤의 출생지이자 마르크스와 하이네를 배출한 대학이 있는 본에서부터 강변의 경치가 확연히 달라진다. 고성(古城)과 포도밭이 그려진 한가로운 주변의 풍경이 어느덧 신기루인 양 사라지며, 오가는 대형 화물선들이 "바로 여기서부터가 독일 공업의 중심을 이루는 루르 공업 지대야"라고 살며시 속삭이는 것이다. 그러나 아무리 꼼꼼히 둘러본다 하여도, 멀고 가까운 어딘가에서 공장의 검은 연기가 피어오르는 일이란 없다. 잘 정리정돈된 모습이 아니면 타인에게 드러내기를 꺼리는, 독일은 여러모로 그런 나라이다.

이제 며칠만 마저 채우면 이십대의 아홉수를 맞이하는 서늘한 가슴의 나는, 지금으로부터 대략 6년 전, 햇살 한 줌 쉽사리 손에 잡히지 않고 흐린 비만 자주 흩뿌리는 독일의 그 중부 도시에서 꼬박 한 해를 보냈다. 나는 기억한다. 깊이를 모르겠던 강물 따라 흘러가던 무료한 시간의 유형(流刑), 참혹하리만큼 고요하던 저 허송세월의 일기장 서너 권을. 나는 거기에 어떤 부질없는 말들을 채워넣고 있었던가?

도심 한복판에는 높이 157미터, 폭 86미터, 1248년에 착공해서 1880년에 완성됐다는 고딕 양식의 대성당이, 우주의 피뢰침으로 쓰이기 위한 것 같은 거대한 위용을 자랑하며 날카롭게 천공을 찌르고 있었다. 제2차 세계대전중 연합군 전투기 편대가 도시의 정확한 위치를 확인하는 등대로 삼고자 그 주변만을 폭격했다는 일화가 전설처럼 회자되었는데, 어느 날 나는 기념품 가게에 진열된 엽서 속에서 정말 대성당만 멀쩡한 채 새까맣게 박살나버린 당시의 시가지 사진을 발견하고는 경탄을 금치 못하였더랬다. 오히려 적의 눈에 잘 뜨인 탓에 무사할 수 있었다는 삶의 기막힌 아이러니. 독일인들은 그 위대한 건축물을 그냥 간단히 돔(Dom)이라 줄여 부르고 있었다.

유구한 세월에 때묻은 돔 대리석 표면이 주변의 조명으로 인해 사위가 어두워질수록 푸른빛을 띠는 게 너무나 경이로워, 나는 자주 라인 강을 가로지르는 다리 위에서 해질 무렵까지 멍하니 서 있다 그냥 돌아오곤 했는데, 아마도 그때의 나는 제 이십대 초반의 후회와 이유 없는 아픔, 모멸, 패배감 따위를 주목하고 있었는지도 모를 일이다.

나는 무작정 어서어서 서른 살이 되고 싶은, 왠지 그쯤이면 포기할 만한 것들은 다 포기되어, 내 온갖 추한 번뇌와 욕망이 고승의 염주알처럼 매끈하고 단아해지리란 기대에 막연히 사로잡혀 있던, 주눅든 청춘에 다름아니었다.

부끄럽지만, 그건 엄밀히 말해 유학생활을 가장한 사치스런 유람이자 먼 곳으로의 정처없는 도피생활, 한편으로는 치기 어린 유랑이었을 뿐이다. 대학의 어학 코스에 적을 두고 있기는 했으나, 애초부터 언감생심 학위를 따겠다는 목표 따위는 없었고, 어디에서건 아무렴 지금 여기보다는 낫지 않겠나, 하는 심정이었던 것이다.

그 이전 서울에서의 내가 뭘 하고 있었던가에 관해 자세한 이야기는 하지 않기로 한다. 아무리 훌륭한 말주변으로 늘어놓는다 한들, 결코 그 뜻을 제대로 전달할 수 없는 수수께끼의 몇 계절이 사람의 한살이 중에 엄연히 존재한다는 것을 나는 비교적 믿는 편이기 때문이다. 물음표로만 존재하는 시간들이 이제껏 우리에게 얼마나 빈번했던가를 곰곰이 따져본다면야 그다지 억지만도 아닐 터이다.

다만 나는 늘 뭔가 창조적인, 나 자신의 내면을 타인에게 표현할 수 있는 어떤 일에 매달려보고 싶었고, 그래서 여기저기 눈자위를 파랗게 곤두세우며 기웃거리기도 참 많이 했다. 내 깐엔 천재인 양 시를 쓴다 소설을 써본다 온갖 주접과 치기를 떨었고, 대학로에 소재한 한 작은 극단에서는 단역 배우로나마 무대에 서기도 했으나, 재능이 없어서인지 운이 따르지 않아서인지 모든 게 여러모로 잘 풀리지 않았다. 게다가 적성에 맞지 않는 학과엔 이미 태업을 넘어선 파업을 선언한 지 오래여서, 어느덧 아무런 대책 없는 두번째 일반휴학에 접어들어 있었다. 때론 자포자기하는 심정으로, 혹은 무슨 구원의 길이라도 될 것처럼 군대에 가고 싶기도 했지만, 왼쪽 눈이 상상을 초월하는 난시라 그마저 자격상실을 선고받은 딱한 처지였다.

생활이란 고귀한 만큼 두려운 것이기에, 평소 무시하고 하찮게 여기던 서너 가지가 모여 곧잘 멀쩡한 사람을 폐인으로 만든다. 한데 그 당시의 나란 과연 나 아닌 것들엔 전혀 관심 없었으니, 폭음의 어지럽고 메스꺼운 끝자락으로 이어지던 매일매일의 지지리도 못난 자학과, 나병에 걸린 듯 뭉개질 대로 뭉개지고만 일상에 대해 지금도 끔찍해 차마 설명하기가 괴롭다. 그래도 제 젊은 날에 대한 일말의 자존심과 애정 같은 것들은 남아 있었던지, 숨 끊어지기 직전의 환자가 마지막으로 용을 쓰고 잠시 정신이 맑아지는 현상처럼, 어느 날 갑자기, 이러다 영영 인간쓰레기로 전락하고 말지도 모른다는 위기감, 그리고 이런 생각을 하고 있는 판단 능력조차도 곧 상실하게 되는 건 아닌가, 하는 공포가 일순 엄습해왔다. 그래서, 그래서? 과연 그걸 두고 '그래서'란 인과관계의 접속사를 쓸 수 있을까? 어쨌건 그래서 나는 독일, 독일 가운데서도 그 도시로 향했던 것이다. 저 기상천외한 탈출 계획을 주도한 것은 뜻밖에도 가족들이었다. 그들도 내심으론 나에 대한 희망의 근거조차 흔들리고 있었겠으나, 피붙이가 뭔지, 보다 넓은 세상에 내보내면 나름대로 시야가 트이고 정신을 차릴지도 모른다는 한 가닥 기대를 저버리지 못한 탓이었다.

프랑크푸르트에서 루프트한자 국내선으로 갈아타고 그 도시의 공항에 도착해 난생처음으로 독일의 밤하늘을 올려다보았을 때, 곤충의 각막처럼 냉정하게 생겨먹은 싸락눈들이 내 침침한 눈동자를 향해 우우ー 소리지르며 내리고 있었고, 괜스레 그런

지평선에서 헤어지다 239

눈송이들의 모양새가 무서워 고개를 숙이자, 눅눅하고 거뭇한 코피가 입술과 턱을 가로질러 아스팔트 바닥으로 떨어졌다. 며칠이 지나도 잘 멈추지 않아 물어물어 병원에 찾아갔더니, 배가 집채만큼 나온 독일 의사 왈, 동양권에서 온 사람들의 경우 기압 차이로 인해 이러는 경우가 허다하다며 커피를 진하게 타서 자주 마시라고 권하는 거였다.

세상에, 기압차라니! 나는 그제야 비로소 내가 만리타향에 와 있음을 실감할 수 있었으며, 즐겨 읽던 이성복의 한 구절처럼 '그레고르 잠자의 家族들이 埋葬을 끝내고 소풍갈 준비를 하는 것'을 어설피나마 이해하게 되었다.

숙소는 학교에서 소개받은 독일인 가정집으로, 또다른 외국인과 기거하는 2인 1실이었다. 나는 오래 머무는 쪽이었고, 그들은 길게는 3개월 짧게는 보름씩도 묵어 가는 했다. 나는 처음 방을 함께 쓰며 친하게 지낸 스위스인 엔지니어가 제 고향으로 돌아가고 나서 며칠간 지독히 마음을 앓고 난 뒤로는 룸메이트와 정드는 걸 최대한 삼갔다. 어쩔 수 없는 일이었다. 그들은 철새처럼 훌쩍 떠날 테고, 계속 남아 내 것 건너편의 빈 침대를 바라보는 건 어디까지나 나의 몫이었으니까.

나는 수업에는 별 관심도 없이, 그 도시와 인근 유럽의 여기저기를 돌아다니며 하루하루를 허비하였다. 나보다 먼저 거쳐갔을 누군가가 날카로운 송곳 같은 것으로 삼각형을 새겨놓은 육중한 미닫이창 밖으로는 송전탑이 허깨비처럼 서 있었는데, 나는 그것이 괴괴해 잠이 오지 않는 밤이면 길 건너에 있는 터키 상점에서 은박지에 싸주는 돼지고기 요리와 맥주를 사들고 와 잠이 올 때까지 마셔대며, 내가 한국에서 느꼈던 어떤 감정은 진정한 의미의 외로움이 아닌 엄살이었노라 확신하게 되었다. 저 부질없는 삼각형을 공들여 창문에 새겨놓은 이는 또 얼마나 쓸쓸하고 심심했던 것일까? 그런 그의 얼굴 모르겠는 창가의 실루엣을 떠올리노라면, 심장 근처까지 뻑뻑하게 짜디짠 눈물이 고여왔다. 좀 우습게 표현하자면, 이리 누워도 벽, 저리 누워도 벽. 도무지 전화 한 통 걸거나 받아줄 만한 이가 아무도 없었던 것이다. 고독을 두고 이가 시리다는 표현을 쓰는 게 바로 이런 경우가 아닌가 싶었다. 반면 그 고달픈 공허감 속에서 얼마간 만족을 느끼기도 했는데, 그건 만약 지난날 내가 진정 외로웠던 게 아니라 뭔가에 광분하고 들떠 있어 늘 영육간에 주변과 부딪히며 상처받았던 게 맞다면, 나는 지금 어떤 의미에서건 천천히 치유받고 있는 중이라는, 그래서 점점 강해지고 있는 거라고 스스로를 위로할 즈음이었다.

어느 날부터인가는 작은 선인장을 스승 삼아 키우기 시작했다. 어딘들 사막만큼, 저 작은 화분 속만큼 고독하겠는가. 누군들 선인장처럼 목마름을 오래 참아낼 수 있겠는가, 하며.

다만 일요일에는 우연한 기회로 알게 된 한인 감리교회에 출석했고, 거기서 만난 유학생들과 함께 축구를 하였다. 그때만은 우리말로 이야기할 수 있었고, 또 운이 좋으면 한국음식을 조금이나마 맛볼 수 있었던 것이다. 나는 대단한 장발이었다. 미장원에 가서 서툰 독일어로 어디를 어떻게 깎아주세요, 라는 말을 하기가 뭣해서, 앞머리는 대충 거울을 보며 직접 손질하고, 뒷머리는 그냥 놔둔 탓이었다. 시간이 더 흘러 목을 다 덮고 어깨까지 치렁치렁 내려왔을 땐 고무줄로 대충 묶고 다녔다. 한인 교회 신도들은 그런 나를 무슨 팔자 편한 보헤미안쯤으로 여겼다.

그곳 생활에 차츰 눈이 떠가자, 나는 겉으론 자존심으로 바싹 말라 엄숙해 보이는 유학생들 이면의 그림자를 읽어낼 수 있었는데, 우선, 그들 모두가 공부를 하고 있는 것은 아니었다. 독일 대학교의 과정이란 게 워낙 난공불락인지라 이미 학업을 포기한 지 오래인데도, 학생에 대한 대우가 좋고 아이를 낳으면 나라에서 돈까지 나오니, 취직할 수 있는 나이를 넘겨버린 사내들, 혼기를 놓친 여자들이 그냥 하릴없이 타성에 젖어 머물러 있는 경우가 허다했다. 이룬 것 없이 지나버린 5,6년 길게는 10년 동안, 자신들도 모르는 사이 고국이 낯설고 두려운 곳으로 둔갑한 것이다. 쉽게 말해, 그들 중 독일 유학생과 장기 해외체류자라는 두 가지 상반된 운명의 기로에서, 이러다 어디에도 제대로 뿌리박지 못한 진짜 이방인이 되어버릴지도 모른다는 불안감으로부터 자유로운 이는 거의 없었다.

그리고 무엇보다 학교나 거리, 혹은 교회에서 문득 만났을 적에, 간밤 그리움으로 누렇게 떠버린 서로의 얼굴을 외면하려 안간힘을 쓰는 신경질적인 반사행동들은, 깨끗하게 다려 입은 겉

옷 안에 감춰진 그들의 낡고 젖은 제복이었다. 그건 싫어하는 서로가 상대의 거울이 되어버렸을 때 나타나는 증오였을 게다. 극도로 외로운 자들끼리의 만남이란 골초의 흡연처럼 진정한 위로가 아니었다. 얼음들이 모이면 얼음창고가 되고 마는 것과 같은 이치였다.

3

　그대, 나는 지금 몹시 난감한 심경 한가운데에 덩그러니 놓여 있다. 그 시절의 무엇 하나를 말하자니 또다른 이미지와 사건들이 두서없이 몰려들어 머릿속을 엉망으로 만든다. 때문에 이제부터 나는, 오직 그대와 나의 짧은 과거에 대해서만 성실히 수록하고자 한다.

　이를테면 그대는 평평한 나뭇결을 깎아내리는 조각칼이고, 그러면 자연히 그대가 지나간 자리와 주변엔, 그 무렵 전체의 영상이 그려질 것이기 때문이다. 더욱이 서투르고 어색한, 그러나 결국엔 그런 채로라도 내 나머지 삶에 영원히 남을 것이 분명한 이 회상으로의 여행은, 어쩌면 내 것이 아니라 온전히 그대의 것이므로. 나는 몰래 훔친 물건을 주인에게 되돌려주고, 이제는 제자리로 돌아가고픈 것이다.

　그 밤, 나는 함께 방을 쓰고 있던 동갑내기의 이탈리아노와

한 3, 4일 예정으로 프라하에 다녀올 참이었다. 당연히 돈이 필요했고, 그래서 한인 교회의 한 집사님이 경영하고 있는 음식점에서 접시닦이 아르바이트를 하려고 했던 것이다.

꼬깃꼬깃해진 약도를 정성껏 펴서 한적한 곳에 위치한 그 음식점을 찾아간 것이 오후 네시경. 나는 가게가 문을 닫는 밤 열시까지 장장 여섯 시간 동안, 정말 허리 한 번 펴지 못하고 끔찍하도록 쉴새없이 밀려드는 접시들을 닦았다. 혼자는 아니었다. 왜소한 인도인 소년과 함께였다. 그는 불법체류자였는데, 아주 서툴고 문법이 엉망인 독일어로, 독일 여자와 동거중이라는 사실을 사뭇 자랑스럽게 떠들어댔다. 그러나 그가 오늘 밤 집으로 돌아가는 도중 네오 나치스트에게 살해된다고 하더라도 그곳 사람들의 얼굴에 주름살 하나 잡히지 않을 것임을 나는 잘 알고 있었다.

말이 좋아 한국음식이지 바다를 건너와 중국음식과 제멋대로 섞여 변형된 메뉴들은 예외 없이 기름투성이였다. 마지막 한 떼의 접시들마저 건조기에서 빼내었을 때, 나는 머릿속에서 깡통 찌그러지는 소리가 날 정도로 기진맥진한 상태였고, 셔츠와 청바지는 여기저기서 튄 설거지물로 볼썽사납게 더럽혀져 있었다. 보통 사람이 평생 닦을 접시의 양을 그 여섯 시간 동안 모두 닦아낸 것만 같았다.

나는 "힘들었지?" 하며 쥐여주는 일당 60마르크를 호주머니에 구겨넣고는, 터벅터벅 성탄 분위기에 여념이 없는 밤거리로 흘러나왔다. 왠지 스스로가 참 처량하고 안됐다는 감상을 떨쳐 버릴 수가 없었다.

이 연말에, 나와 알고 지내던 사람들은 서울에서 대체 뭘 하고들 있을까? 그들과 포장마차에서 밤새도록 소주를 마시며 이야기하고 싶어 미칠 것 같았다. 무작정 길가에 놓여진 공중전화 부스로 들어가 평소 친하게 지내던 바리톤 형에게 전화를 걸어보았지만, 독일어로 녹음된 자동응답기 속의 목소리만 공허하게 주절거릴 뿐이었다. 알 수 없는 상실감에 빠진 나는 수화기를 든 채 뻐딱하게 서서, 공중전화 부스 유리창을 통해 희끄무레 다가오는 전방 건물의 불 켜진 창문들을 한참이나 뚫어지게 바라보았다. 그러다 어쩐지 아까부터 거리 전체가 낯설지 않다는 생각을 하게 됐고, 이어 수첩 사이에 끼인 교인명부를 뒤적여 그대의 이름 임서현, 세 글자를 찾아냈다. 그대는 내가 바라보고 있는 그 허름한 건물에 살고 있었던 것이다. 언젠가 다른 유학생들과 함께 그대의 방으로 가구를 날라주었다는 사실이 그제야 되살아난 거였다.

10여 분쯤이 지나서였을까. 나는 이악스런 겨울밤을 멈칫멈칫 뿌리치며 내게로 걸어오고 있는, 그대의 해바라기처럼 큰 키를 바라보고 있었다.

4

그대는 방금 감아 아직 물기가 완전히 마르지 않은 머릿결을 반짝이며 말했다.

"정말 여섯 시간 동안 한 번도 쉬지 않고 접시를 닦았단 말이에요?"

"그렇다니까요. 오늘 밤 몽땅 술 마셔버릴 겁니다. 뭐든 주문하세요. 다 사드릴 테니까."

"어렵게 번 돈을 왜 그렇게 낭비하려고 해요? 물론 얻어마시는 나야 좋지만. 그럼 프라하엔 무슨 돈으로 가요?"

"어차피 60마르크 있고 없고에 따라서 못 가는 것도 아니고, 그리고 지금은 만사가 귀찮아졌어요. 기차 타고 오래 앉아 있는 것도 이젠 진력이 났다구요."

"아무튼 괴짜야, 괴짜."

우리는 호기롭게 건배를 하였다. 그대는 예전엔 술을 무척 좋아했었다고 했다. 하지만 이곳에선 함께 대작할 만한 사람이 없어, 가끔 위스키를 사다가 방 안에서 홀짝홀짝 마시기도 한다고.

독일은 각 도시마다 전통 맥주가 따로 있고, 그에 따라 맥주잔의 모양도 각양각색이다. 옛날엔 맥주 때문에 전쟁도 일어났다고 한다. 그 도시의 맥주잔은 지름이 10센티미터 정도 되는 날씬한 원통형으로, 농도가 유난히 진한 맥주가 차오르면 그 금빛이 아름답기까지 하다. 그리고 술집 주인들은 돔이 그려진 술잔 받침대에 한 잔씩 추가될 때마다 굵은 데생용 연필로 표시를 한다. 나는 버번도 추가시켰다.

슐라거(Schlager)라고 칭하는 촌스러운 독일식 유행가가 흘러나오고 있었다. 이름은 잘 기억나지 않지만, 언젠가 TV에서 보았던 로커의 노래로, 파시즘에 대항하자는 내용의 가사였다.

"이 도시에서 자살 사건이 가장 많이 일어나는 달이 언제인지 알아요?"

술집 안에 반짝이는 크리스마스 트리를 응시하던 그대가 내게 물었다.

"글쎄요."

"12월이에요."

"바로 요즘이군요. 그럴 만도 하네요. 눈이 펑펑 내리는 것도 아니고, 날씨는 맨날 이렇게 어둑어둑한 게 점점 더 싸늘해지기만 하구요."

"성현씨는 여기서 겨울 나기가 처음이죠? 나는 두번째예요. 힘들지 않아요? ……첫 겨울엔 죽을 지경이었는데……"

그 죽을 지경이었는데, 라는 소리가 결코 농담이 아님을 이해하지 못하는 유학생은 아무도 없을 거였다. 왜 모르겠는가, 그대가 간밤에도 퉁퉁 붓도록 울다 잠들었다는 것을.

"글쎄요. 나야 뭐 특별히 공부랄 것도 없으니까."

"그런 거 아니더라도, 이곳에서 가족 없이 혼자 머문다는 사실 자체가 어떤 의미에서건 고문이에요. 충분히."

"왜 그렇게 늦게 유학 오셨습니까? 대학 졸업하고 바로 오시지 않고. 음대생들은 대부분 그러잖아요?"

"대학원까지 나왔잖아요, 나. 물론 여기 와서 그 과정을 인정받진 못했지만. 아참, 교포 아이들에게 크리스마스 연극 가르칠 거라면서요?"

"아, 예. 어쩌다 그렇게 됐어요. 지난번 목사님께서 심방 오셨다가 제가 한국에 있을 적에 연극을 좀 했었다는 얘길 들으시곤……"

"걔들 한국말 정말 못하는데."

"심각한 수준인가요? 언뜻 보기엔 그렇지만도 않은 것 같던데."

"난 주일학교 선생이라서 잘 알아요. 집 안에서도 부모들이 한국말을 안 가르치고, 그냥 애들 따라서 독일말로 하니까. 그래서 방학 때 가끔 한국으로 보내기도 하는가보던데, 그런 집이 얼마 없을뿐더러, 또 그런다고 근본적인 문제가 해결되겠어요? 그 아이들에겐 한국어가 외국어라니까요. 우리가 영어 외워서 억지로 말하듯 걔들도 그래요. 연극, 그거 참 힘들 텐데. 애들이 대사를 직접 외워서 할 거 아녜요? 글자도 잘 읽지 못하는 형편에 말이죠. 그리고 보면 여기 터키 사람들은 꼬질꼬질하고 가난하긴 해도 참 대단해요. 그 사람들, 독일에서 산 지가 엄청나게 오래됐는데도 멀쩡하게 자기들 언어를 지키잖아요?"

나는 잠시, 길가나 전철역에서 몰려다니는 불량스런 터키 소년들이, 나로선 전혀 알아들을 수 없는 그들만의 말로 크게 지껄이던 것을 상기하였다. 그러고 보니 정말 그랬다. 내가 보았던 터키인들은 어른이건 아이건 할 것 없이, 그들끼리 만난 경우엔 철저하게 터키어만으로 대화하고들 있었던 것이다.

"한국의 독일 이민사라는 게 20년이 채 안 돼요. 이곳 어른들의 거의 대부분이 맨 처음 건너왔던 간호사와 광부 커플이라고 생각하면 정확하죠."

"그럼, 교회 청년부에 한둘 있는 스무 살짜리들은 어떻게 된 겁니까?"

"아, 그 아이들은 한국에서 태어나 몇 년간 자라다 온 경우예요. 부모가 먼저 건너왔다가 몇 년 뒤에 자리잡고 이리로 데려온 거죠."

"하긴 터키 사람들, 예전엔 전 세계를 정복하려 들지 않았습니까. 우리가 모르는 대단한 민족적 뼈대가 있을 법도 해요. 그러고 보면, 반만 년 전통이다 뭐다 떠들어대지만 한국인들 참 문제야. 근데 그 사람들이 우리나라를 무척 좋아하는 거 알아요?"

"터키 사람들이요?"

"한국전쟁에 참전했다고 그런다나봐요. 외교상 문서로 친군가 형젠가 하는 말을 쓰는 나라가 우리나라랑 또 어디뿐이라고 그러던데…… 제 클래스에 있는 터키 친구가 알려줬어요. 다른 한 나라는, 그 나라 공주인가가 아주 오래 전 자신의 패물을 팔아

터키에 군자금을 대줬답니다. 그래서 그 나라랑, 전쟁을 함께 치른 우리나라를 피로 맺은 전우로 아직까지 기억하고 있는 거죠. 터키와 한국은 비슷한 점들이 많아요. 음식도 좀 그렇고, 그 사람들도 윗사람 앞에선 담배를 못 태워요."

"터키 사람들이 한국전쟁에 와서 악명을 떨쳤다는 이야기는 어디선가 들은 일이 있는 것 같아요. 그렇게 잘 싸웠다고…… 결국 북한 사람들 죽인 거겠지만."

이런저런 잡다한 말들로 밤이 깊어갔다. 어느새 잔 받침대 위의 여백은 우리가 비운 술잔의 개수로 검게 물들어 있었다.

그대는 한참을 아널드 쇤베르크에 대한 이야기로 일관했다. 그래서 나는, 그가 원래는 은행원이었으며, 음악교육이래봤자 우연히 만난 작곡가 겸 지휘자 폰 쳄린스키에게 불과 몇 달 동안 배운 대위법이 전부였다는 것, 당시 표현주의의 거장 칸딘스키와 절친한 사이였으며, 결국엔 그걸 표현하고자 무조음 음악에 발을 들여놓았다는 사실 등등을 처음으로 알게 되었다. 또한 그대는 그가 실제로 화가이기도 했다고 친절히 덧붙이기도 했으나, 애석하게도 내가 기억하고 있는 쇤베르크는 그저 정력 좋게 보이는 대머리일 뿐이었다.

나는 확연히 느낄 수 있었다. 나처럼 그대도, 너무 긴 시간 타인과의 소통에 굶주려왔음을.

"성현씨는 애인 없어요? 겉으로 봐선 연애 많이 했을 것 같은데."

"애인이 있을 만큼 차분한 사람이 아니었어요. 여기 와서 좀 풀이 죽긴 했지만. 그러는 거기는요?"

"애인이 있는 여자가 스물아홉 살에 여기 혼자 있겠어요? 물론 사귀었던 사람은 있었지만…… 언제 한국으로 돌아갈 거예요? 오래 있을 생각은 아니라면서."

"글쎄요. 기왕 어렵게 건너왔으니 한 1년쯤 더 있어볼까, 하기도 하고."

"누구한테 들은 얘긴데, 한국에 있을 때 글을 썼다면서요?"

"누가 그래요? 다 쓸데없는 소리예요. 그거 어디 아무나 하는 겁니까? 모르겠어요. 돌아간다면 정신 좀 차리고, 방송국이나 그런 쪽으로 시험 준비를 해볼까 생각해요."

"난 예전에 글 쓴 일 있는데."

"예? 정말입니까?"

"호호. 농담이에요. 대학원 다닐 때 그냥 심심풀이 삼아 동화를 한 편 써서 무슨 커피 회사에서 모집하는 글짓기 공모에 보내봤더랬어요. 근데, 세상에, 연락이 오더라구요. 예쁜 커피잔 세트랑 상금도 받았죠. 그뿐이에요. 그때 왜 그런 쓸데없는 짓을 했는지 몰라."

"대단한데요. 난 그런 거 한번 어디서 받아본 일이 없는데. 어떤 얘기였어요?"

"신통치 않아요. 들어볼래요?"

"듣고 싶습니다. 정말."

우리는 각자의 잔에 남은 술을 마저 해치우고 더 시켰다. 그러자 주인이 빈 잔에 맥주를 따라 가져오면서, 덩치도 작은 동양 사람들이 꽤 많이들 마신다며 웃었다. 우린 그 소리에 더 크게 웃으며 "카인 프로블렘!(문제 없어!)"이라고 했다. 그러나 그대와 내가 저 아득해지는 창 밖 어둠처럼, 어딘지 모르게 조용히 나사가 풀어지고 있는 것만은 사실이었다.

"오래 전에 말이에요, 헤, 동화란 늘 이런 식으로 시작되는 법이죠. 예전에, 으음, 나무 한 그루 없는 어느 황량한 별에, 서로를 너무너무 사랑하는 소년과 소녀가 살았더랬어요."

"역시 소년 소녀가 나오는군요."

"그래요. 동화니까. 하지만 마귀할멈과 계모는 나오지 않으니 걱정하지 말아요. 그럼, 계속. 그 별엔 오직 아이들만이 살고 있었답니다. 어른은 한 명도 없었죠."

"단 한 명도?"

"왜 그랬는지는 몰라요. 어쨌거나 그런 별이었어요."

"어른이 없다니 쾌적했겠네요. 천국이잖아, 그거."

"글쎄 천국인지 아닌지는 더 들어봐야겠죠? 다만 그 별의 남극과 북극엔 샘물이 각각 하나씩 있는데, 사내아이는 남극에서, 계집아이는 북극으로 가서 그 물을 떠 마셔야만 비로소 어른이 될 수가 있었던 겁니다. 그건 굉장히 위험천만하고 피곤한 여행이 될 수밖에 없는데, 그제껏 그 길을 떠난 아이들 중 다시 돌아온 경우는 없었어요. 죽었는지 살았는지는 잘 모르겠지만, 하여

간 불상사가 일어난 것만은 추측할 수 있지 않겠어요? 예컨대 홈으로 들어온 주자가 없다, 그러면, 점수는 언제나 0인 거죠. 간단해요. 근데 이 문제의 소년과 소녀는 정말 어른이 되고 싶었어요. 다른 아이들은 왜 그런 모험을 하느냐고, 그냥 여기서 이렇게 같이 살자고 만류했지만, 소년과 소녀의 사랑은 그렇게 단순한 게 아니었어요. 함께 모여 있는 아이들의 사랑은 진정한 의미의 사랑이 아니라고 생각했나봐요. 서로를 소유하고, 나만의 공간으로 격리시키는 아집스러움이 사랑의 실체란 걸, 너무나 사랑했기에 그들은 잘 알고 있었던 거예요. 그래서 소년과 소녀는 같은 날 같은 시각에 지평선의 한 지점에서 제각기 길을 떠나요. 소년은 남극으로, 소녀는 북극을 향해. 그 무모한 길을 떠났던 몇 안 되는 다른 아이들처럼, 어디선가 실종돼 영영 헤어질지도 모르는 이별을 했던 거죠. 그러나 그들은 분명히 믿고 소망했어요. 꼭 최초의 성숙한 남녀로 돌아와 사랑하리라고. 이게 내 이야기의 끝이에요."

"근데, 왜 하필 지평선인 겁니까?"

"지평선에서 헤어진다면, 그들이 멀어져가는 모습을 누군가 가장 오래 지켜볼 수 있지 않겠어요?

"……!"

"듣고 나니 황당하죠? 우습죠?"

"아름다운 얘기군요. 진짭니다."

"순 엉터리 말장난에 불과해요. 이렇게 힘들고 지저분한 어른이 되기 위해 순결한 사랑을 하고 있던 소년과 소녀가 헤어진다는 건 터무니없죠. 그러니까 기껏해야 동화겠지만, 호호."

나는 은근한 부끄러움으로 달아오른 그녀의 얼굴과 긴 목을 바라보며, 지평선에서 멀어져가고 있는 소년과 소녀의 사슴 같은 심장 두 개를 떠올리고 있었다.

사랑은 뭘까? 그래, 진정한 사랑이란 어른만이 누릴 수 있는 아주 짜증나는 환희일는지도 몰라, 하는 생각에 한껏 취해서.

우리 어렸을 적에 인생은 너무나도 단순했고, 비록 저마다의 처음과 끝은 다를지라도 방법만 올바르다면야, 빛나는 어떤 자리에서 다시 만나게 되리라 굳게 믿고 있었다. 왜냐고? 우리를 키우고 있던 어른들이 그렇게 가르쳤으니까. 그러나 한 살, 두 살, 나이 먹어가면서, 당신과 나는 이 우주가 그처럼 정의롭고 동기 중심적인 힘에 의해 운행되는 것이 아님을 깨달았다. ……때론 사랑하므로 어른이 되기도 하겠으나, 어쩌면 죄에 때묻은 어른이 아니고서는 사랑에 이를 수 없는 것일지도…… 그런 내 망상의 끝에서, 그대는 턱을 괸 채 나를 빤히 쳐다보고 있었다. 그대의 긴 다리는 탁자 밑으로 내 발 한켠에 닿아 있었다. 나는 지금 우리 서로가 취기 탓이건, 아니면 이 지긋지긋하게 외로운 도시에서의 삶 때문이건 간에, 뭔가 가슴 한켠으로부터 서서히 허물어져가고 있음을 감지하고 있었다.

그때, 그대가 고개를 숙이고, 마치 공소시효가 지난 범행을 고백하듯 말했다.

"사귀던 남자가 있었어요. 7년간이나. 근데 헤어졌죠. 그때 죽고 싶다는 마음을 삭이면서 썼던 거예요, 그 얘기."

"그런 것 같았어요."

"이 망할 놈의 동네엔 눈도 안 내려. 누군가 오늘 밤 또 목을 맬지 몰라. ……아마 그럴 거야. 씨팔."

"……"

우리는 자정이 되자 술집을 나왔다. 우리가 마신 술값은 모두 55마르크였다. 나는 남은 5마르크를 팁으로 주인에게 건네주었고, 그는 미소지으며 고마워했다. 나는 정말 60마르크 전부를 써버린 거였다. 그러나 그것은 그대가 내게 들려준 이야기에 비하면 헐값에 불과했다.

나와 그대는 아무 말 없이 그대의 집 쪽으로 걸어갔다. 도중에는 전철역이 있었다.

나는 멈칫, 깜짝 놀랐다. 그대가 내게 깊이 팔짱을 끼어왔던 것이다. 그대는 아까부터 계속 고개를 떨구고 있었기에, 그 늘어뜨려진 긴 머리칼이 가린 얼굴을 볼 수는 없었지만, 나는 아주 미세하게 흔들리는 느낌으로 그대가 울고 있다는 걸 알 수 있었다.

나는 전철역을 그냥 지나쳐버렸다. 그대의 방을 향해 함께 걸어가고 있는 것이다. 그러나 결국 나는 얼마치에서 우두커니 서버렸고, 그대는 그냥 앞을 향해 계속 느리게 걸어가고 있었다.

그대는 결코 뒤돌아보지 않았다. 단지 현관문을 열고 우두커니 서 있을 뿐이었다. 나는 알고 있었다. 지금 그대가 문을 열고 그 야윈 등으로 기다리고 있는 사람은 내가 아니라 내가 알 수 없는 누군가이며, 내가 지켜보고 있는 그대도 그대가 아니라 그대의 외로움이라는 사실을.

이윽고 문은 닫히고. 그대의 뒷모습은 어둠 속의 어둠처럼 자취를 감추었다.

나는 막차가 끊겼으므로, 멀리 보이는 대성당의 첨탑을 등대 삼아 집까지 걸어와야 했다. 제2차 세계대전중 이 도시의 상공에 떠 있던 연합군 전투기들처럼 말이다. 그러며 이런 생각을 하고 있었다. 어른이 되기 위해 헤어져야 한다는 슬픈 이야기 따위를 아이들에게 읽거나 들려줘선 안 될 일이라는.

5

여전히 주머니 속의 손가락도 얼어붙는 한 주가 흘러갔다. 이 도시에선 그간 또 몇명의 외로운 사람들이 제 목숨을 스스로 포기했을까? 호기심에 신문을 뒤적여보았지만, 다행히 그런 기사는 단 한 줄도 없었다.

나는 예정대로 매일 오후, 교포 아이들에게 연극을 가르치고 있었다. 그대의 예상은 적중했다. 아이들에게 한국어는, 저 중동 사막의 나라 회교도들이 쓰는 알 수 없는 글자와도 같았다. 예컨대, 예수 역을 맡은 주인공 아이는 장난꾸러기 사탄을 향해 심각한 표정을 지어 보이며 외쳤다.

"사탕아 물러가랏!"

게다가 우리들의 크리스마스 연극은, 엉뚱하게도 부활절에 관한 내용이었다. 그간 백방으로 찾아보았지만, 그것 외엔 마땅한 대본이 없었기 때문이었다.

"우리 교회는 역시 앞서가는 교회야. 내년 부활절 행사를 미리 성탄절에 치르고 말이지."

목사님은 그렇게 껄껄껄 웃으셨다.

바리톤 형의 집으로 찾아가 함께 저녁을 먹던 날, 나는 그에게서 이런 말을 들었다.

"임서현 좀 이상하더라?"

"뭐가? 언제 만난 일 있었어?"

"내 연주회 반주를 그 사람이 맡았잖아. 그래서 음대에서 만나 연습하는데, 상태가 좀 심각하더라. 굉장히 우울해 보이더라구. 연주도 엉터리라 얼마나 혼났다구. 거참, 뭐라 해줄 수도 없고 말이야. 그 여자 무슨 일 있었던 거 아냐?"

"그게 언젠데?"

"어, 지난주 월요일이었지 아마?……"

지난주 월요일, 지난주 월요일이라면, 나와 술을 마셨던 다음 날이었다. 아마도 그대는, 그대가 그대의 집 현관문을 열고 서 있었던 걸 후회하고 있는 듯했다.

방으로 돌아온 나는 푹신한 침대에 누워 천장을 바라보고 있었다. 내 지난 스무 살부터 스물세 살까지가, 벽지의 무늬 따라 허기진 들개처럼 서성이고 있었다. 나는 서너 시간가량이나 그러고 있은 후에야, 내가 무얼 그리워하고 있는가를 겨우 깨달았다. 그대가 보고 싶은 것이다. 끌어안고, 입맞추고 싶어 미칠 지경이었다.

나는 벌떡 일어나 그대에게 전화를 걸었다. 그러곤 지금 그리로 가겠노라고 했다.

그대는 허공 위에 선 곡예사처럼 아슬아슬한 어조로 물었다.

"왜죠?"

"가면 안 됩니까?"

"……"

"안 됩니까?"

찻잔 같은 침묵을 깨고, 그대가 내게 말했다.

"오세요."

전철에 앉아 덜컹거리는 진동을 온몸으로 느끼며, 나는 내가 제정신이 아니라고 생각했다.

그대의 집 현관문은 열려 있었다. 들어서며 나는 그대의 창을 올려다보았다. 이상하게도 불이 꺼져 있었다. 계단을 올라가, 이윽고 영문으로 적혀 있는 그대의 이름 앞에 섰다. 그러나, 문은 잠겨 있었다. 아무리 노크를 해도 인기척이라곤 들리지 않았다. 위층 어딘가로부터 흘러나오는 낯선 나라의 민속음악이 귓가를 어지럽히고 있을 따름이었다.

258

그렇게 한 시간 정도를 우물쭈물하던 나는, 끝내 제풀에 지쳐 그 건물을 빠져나왔다.

사차선 도로 중간에 덜렁 섬처럼 놓인 전철역에 도착했을 때, 나는 저 위 불 켜진 그대의 창가에 그림자 하나가 내 쪽을 바라보고 있다는 걸 알았다.

나는 다짐하고 있었다. 이제 이 무의미한 여행을 멈추고 돌아가리라고. 앞으론 절대로 이렇게 자신을 함부로 고독하게 만들진 않겠노라고.

캄캄한 하늘에선, 맨 처음 이 도시에 왔을 때처럼, 잘게 부서진 유리 조각 같은 진눈깨비들이 따갑게 내려오기 시작했다.

나는 비로소 '그레고르 잠자의 家族들이 埋葬을 끝내고 소풍 갈 준비를 하는 것'을 완전히 이해할 수 있었다.

6

크리스마스 연극은 우려대로 엉망으로 끝났다. 예수는 여전히 사탄을 사탕이라고 발음했고, 교인들은 그런 아이들의 실수를 더없이 즐거워했다. 그것만으로 본다면, 대성공이었다.

목사님은 나를 단상 앞으로 불러내 내일 떠나게 됐다며 광고를 하셨고, 교인들은 섭섭해했다. 그들 중 몇몇은 정말로 그런 표정이었다.

목사님의 어린 아들이, 연극을 공연했던 아이들 대표로 미리 준비한 카드를 내게 주고 갔다. 거기엔 또박또박, 새로 깎은 연필 자국으로 이렇게 씌어 있었다.

박성현 선생님께.
즐거운 성탄, 새해 복 많이 받으시고,
한국에 돌아가셔서는, 주의 뜻 따라 살게 되길 원합니다.

—사탄 본형

나는 웃었다. 그대의 모습은 찾아볼 수 없었다.

7

서울에 돌아온 나는 꼬박 이틀 동안을 잠만 잤다. 맥주와 돼지고기 요리를 사오던 길 건너 터키 음식점, 하숙집 외국인들, 대학교 구내식당에서 스파게티를 두 접시나 비우던 나, 교회로 가던 도중의 전철 창밖 풍경, 정다운 교인들과 주말 축구회 사람들의 이런저런 수다, 내가 연극을 가르쳤던 귀여운 아이들, 그리고 마지막으로 대성당이 내게로 무너지는 가위에 눌려 깨어나니, 환한 대낮이었다.

첫 외출을 하게 되었을 때, 어머니는 대문까지 따라나와 내

손에 만원짜리 한 장을 쥐여주며, 꼭 머릴 자르고 들어오라고
했다. 동네 사람들 보기에 창피하다는 거였다.

"니가 그러고 다니면, 거기서 뭐 하다 왔다고 생각들 하겠
니?"

하긴, 미장원 아주머니조차도 무슨 남자가 이렇게 머리를 길
렀느냐며 등을 탁, 때렸다. 꼭 1년 전 독일로 떠날 적에도 나는
그곳에서 머리를 잘랐더랬다. 그때 열려진 방문 안에서 쪼물쪼
물 기어다니던 아주머니의 딸아이는, 어느덧 예쁜 공주옷을 입
고 사탕을 빨면서, 제법 튼튼하고 곧은 다리로 미장원 안을 정
신없이 휘젓고 다녔다.

그 아주머니는 그간 내가 독일에서 무슨 대단한 공부나 하고
온 줄 알고는 야단을 떨면서 물었다.

"방학이라서 잠깐 들른 거죠? 언제 가요?"

나는 의자에서 일어나, 전혀 다른 사람처럼 되어버린 나를 거
울에 비춰보며 대답했다.

"안 가요. 다신."

나는 귀국한 지 한 달이 지나도록 아무에게도 연락을 취하지
않고 있었다. 뭔가 스스로를 정리할 만한 유예 기간이 필요하다
는 생각 때문이었다.

복학하는 3월까지는 아직 시간이 있었으므로, 영어학원 새벽반
을 하루도 빼놓지 않고 성실히 다녔다. 그리고 낮에는 오랜만에
맛보는 한국어의 맛에 흠뻑 취해 소설들을 닥치는 대로 읽었다.

그렇게 석 주쯤 지나서였을까. 전화벨 소리에 놀라 깨어보니, 새벽 네시경이었다. 나는 얼떨떨한 채로 침대 머리맡에 놓인 수화기를 들었다.

  "여, 여보세요?"

  "……"

  "여보세요?"

  "……"

  "여보세요!"

  그러고도 여보세요, 란 말을 서너 번은 더 했을 것이다. 그러다 문득, 뭐라 표현하기 힘든 전화의 감도 속에서, 또 거기서 되울려오는 내 음성으로, 이것이 그냥 보통의 전화가 아니라는 걸 감지했다.

  지금 그대는 지구의 반대편 저 외로운 나라, 그 각진 방에 홀로 앉아 독한 술을 털어넣고 있는 것인가? 소리없이 울고 있다. 누군가가 아니라, 다름아닌 그대가. 예전의 내 모습인 그대가. 그대의 북극에서.

  그런 생각에 이르자마자, 뚝, 하고 전화는 끊겼다.

  8

  나는 잠시 내가 지중해 위에 둥둥 떠 있는 게 아닌가, 하는 착각에 빠지기도 했다. 멀리서 한 떼의 양털구름들이 천천히 몰려가고 있는 가을 하늘은 그런 이국의 경치를 그려볼 만큼 눈부셨던 것이다.

등과 이마에선 식은땀이 배어나왔다. 어제의 감기가 도진 탓이었다. 꼭 이런 날이면 정선 두륜산, 혹은 강화 낙가산의 억새 군락으로 가 은빛 그 물결의 장관 속에 파묻혀 오래도록 누워 있고 싶었다. 거기서 그대로 황혼녘까지 앓다 밤이 오면 죽어도 좋으리라.

내가 도착했을 때 이미 결혼식은 끝난 뒤였고, 빨간 찐빵 모자를 쓴 사진사가 교회 본당 계단에서 신랑 신부와 일가친척, 친구들의 자리를 일일이 교정하며 사진을 찍느라 부지런을 떨고 있는 참이었다. 곳곳에선 유쾌한 웃음들이 드문드문 터져나왔고, 어쩐지 내겐 그것이 전혀 다른 세계의 하얀 백사장으로부터 밀려오는 파도 소리로 들렸다.

동그란 금테안경을 쓴 깔끔한 인상의 신랑은 신부의 볼에 입맞추었고, 그대가 던진 부케는 위태위태했으나, 내가 모르는 여인은 용케도 그걸 럭비선수처럼 달려가 가슴에 꼭 끌어안았다. 지상의 모든 사랑이란 다 그러하다는 듯이.

나는 화사한 신부화장의 그대를 선뜻 알아볼 수 없었다. 무엇인가가, 그대의 맨살에 머물던 그 시절의 외로움을 요령껏 아름답게 감추고 있기 때문이었겠지. 그러나 찬찬히 살펴본 그대는 결국 내가 기억하고 있는 그대이고, 그러하기에 영원히 내가 알지 못하는 그대였다.

　방금 찍힌 사진 속에는, 독일에서 친하게 지내던 사람들의 얼굴도 드문드문 눈에 띄었지만, 나는 다가가 그대를 포함한 당신들에게 인사할 수 없었다.

　홀로 언덕을 내려오며 나는 이렇게 다짐했다. 이제 훌륭하고 대단한 인간은 못 될지라도, 최소한 생각이 많은 추한 노인으로 늙어가지는 않겠노라고. 그리고 언젠가 그대가 들려줬던, 헤어지는 모습을 가장 오래 남기기 위하여 지평선에서 멀어지던 두 아이의 이야기를 떠올리고 있었다.

　집으로 가면 여러 날 앓아눕겠지. 하지만 그 며칠 후에 거뜬히 일어나 바라본 세상은 이전과는 꽤 다를 거였다.

내 여자친구의 장례식

그날 우리를 관통하던 모종의 슬픔과 우울은, 은희라는 특정인의 소멸이라기
보다는, 평소 교활하게 잊었거나 용케도 외면했던, 인간이라면 언젠가는 반드
시 죽는다는 엄연한 진리와 정통으로 마주친 충격이었다. 나는 앞으로의 생에
서 무엇을 얻든, 쉽사리 잃어버리게 될 것만 같아 두려웠다.

What a wonderful world!

"우와, 날씨 한번 징그럽게 좋네!"

산을 내려오던 우리들 가운데 누군가가 그렇게 중얼거리고 있었다. 지금 내 기억으로는, 목소리의 주인공이 남자였는지 여자였는지조차 확실치 않다. 다만 그(녀)는, 잠시 후 이렇게도 덧붙였다.

"묏자리 흙이 떡고물처럼 곱더라, 그치?"

사실이었다. 분명 하늘은 방금 결정(結晶)한 보석처럼 빛났으며, 포클레인이 파놓은 구덩이는 어둠의 입자만큼이나 보드라워 보였다. 게다가 그날 10월 8일은 한로(寒露)였다. 나뭇잎이 핏물 드는 밤이면 귀뚜라미의 노래에 담뿍 살이 오르고, 이슬이

차가운 공기를 만나 투명한 서리를 이루기 직전의 때. 중국 사람들은 이 시기의 보름간을 5일씩 3후(候)로 나누어, 기러기들이 귀한 손님으로 날아들고 국화꽃은 샛노랗게 얼굴을 연다고들 하였다. 그러나 정작 그 목소리는, 은희를 묻고 돌아서는 우리들의 발걸음에 대한 애처로운 자위쯤이었을 터이다.

장례버스는, 해 저물녘 우리를 서울역 광장에 떨어뜨려놓았다. 하지만 쭈뼛쭈뼛 저마다 눈치만 살필 뿐, 아무도 무리에서 선뜻 빠져나가지 못하고 있었다. 그냥 흩어져서는 안 될 만한 이유란 어디에도 없었다. 그런데도 조금 뒤 우리 모두는, 종로통으로 향하는 전철 안에 함께 있었다.

감히 눈물을 흘리지 못했다. 우리는 마치 오래 전 그 시절의 잔치로 모인 양, 술잔을 돌리며 온밤을 북적거렸다. 슬프지 않아서가 아니었다. 우리를 휩싸고 도는, 이전과는 전혀 다른 질감의 감정이 당혹스러워서라고 해야 옳았다.

물론 파리나 헝가리로 유학하거나, 알래스카로 이민한 녀석들이 없었던 것은 아니다. 그러나 은희처럼, 편지 한 통 주고받을 수 없는 먼 나라로 떠난 경우는 처음이었다. 약간 다르게 말하자면, 그날 우리를 관통하던 모종의 슬픔과 우울은, 은희라는 특정인의 소멸이라기보다는, 평소 교활하게 잊었거나 용케도 외면했던, 인간이라면 언젠가는 반드시 죽는다는 엄연한 진리와 정통으로 마주친 충격이었다.

그리고 그날 나는, 우리 중의 누구보다도 유독 고독하였다. 이제 이 세상에서, 은희와 나 사이의 일을 아는 사람이라곤 나밖에 없는 까닭이었다.

나는 앞으로의 생에서 무엇을 얻든, 쉽사리 잃어버리게 될 것만 같아 두려웠다.

마녀

둥글게 휘어진 복도를 감싼 플라스틱 창 너머로, 환경보호단체들 여럿이 모여 침묵시위를 벌이고 있는 게 눈에 들어왔다. 악덕 J그룹의 수질오염 행각을 비난하는 온갖 문구들에 보도는 울긋불긋한 파도를 이루고 있었다. 족히 사오백 명은 됨 직했다. 자동차 경적을 비롯한 거리의 모든 소음들이 그들의 결연한 함구 속으로 멍하니 빨려들고 있는 듯했다. 어딘지 모르게 몽환적인 느낌을 주는 광경이었다.

은희와 나는 각자 종이 커피잔을 하나씩 손에 쥔 채, 문제의 J그룹 본사 건물 사층 비상계단에 나란히 걸터앉아 있었다. 다름아닌 내가, 밤마다 독극성 폐수를 한강에 몰래 방류하다 들킨, 그 파렴치한 기업에 종살이를 하고 있기 때문이었다.

—요즘엔 향수도 뿌리고 다니나보지?

은희의 얼굴엔 여독(旅毒)의 얼룩이 여태 푸르게 남아 있었다. 그리고 뭐라 적당히 이름 붙이기 힘든 향내가 났다.

—귀국한 뒤로 줄곧 가평에 있는 오빠의 허브 농장에서 지냈어. 지금도 거기서 올라오는 길이야.

말인즉슨, 수십 가지의 천연 허브 향기가 제 몸에서 한꺼번에 우러나오고 있다는 거였다. 파슬리, 세이지, 로즈메리, 라벤더……

어느덧 은희는, 분홍빛 립스틱이 칠해진 얇은 입술을 부지런히 움직여가며, 나로선 요구하지도 않은 해명을 해대고 있었다. 그것은 대체로 혼란스럽고, 도무지 신뢰하기 어려운 자초지종이었다.

나는 저 거리의 어떤 사람들처럼 침묵으로 일관하였다. 새삼스레 추궁하거나 분개할 필요를 느끼지 못하였던 것이다. 나는 정말이지 그제껏 내 삶의 관행과는 달리, 한결 지혜롭게 행동하고 싶을 뿐이었다.

—뜻밖이야. 양복이 참 잘 어울려.

그런 내 태도가 무안했는지, 은희는 말의 방향을 엉뚱한 쪽으로 옮겼다.

—너 그 동안, 상당히 과묵해졌구나. 내 말 듣고 있는 거야?

—저 아래, 참 괴상한 작자들이야. 아무튼, 신기해. 환경에 대해 걱정하는 아줌마, 아저씨 들 머릿속엔 대체 뭐가 들었을까?

—호, 혀가 굳어버린 건 아니었나보네?

—위생 마스크로 주둥이를 틀어막은 사람들처럼 유별나진 않지만, 어쨌든 우리도 이젠 명백한 어른이야. 우리만이 아니지,

우리가 알고 지내는 사람들 거의 전부가 어른이 돼버렸어. 애들이라곤 눈을 씻고 찾아봐도, 기껏해야 조카들 정도밖에는 없다구. 알아듣겠어? 우리는, 어른이야. 함부로 살아서는, 안 돼.

—너무 예민하게 받아들이는 것 같아. 나는 그냥,

—더이상 내게 일탈을 요구하지 말라는 얘기야. 난 상식을 지키며 생활하고 있어.

—이성(李城)!

—넌 불행해질 거다. 미안하지만, 장담해.

—잔인무도하군.

—너는 그렇게 말할 자격 없어. 양심이라는 거, 없나?

—난 오늘 따지러 온 게 아니야. 지난 일을 사과하고, 화해하려는 거라구. 모르겠어?

—그만 들어가봐야 해. 그리구, 나 지금, 너랑 얘기한다는 것 자체가 무척 피곤하고 짜증나. 더군다나 이런 뚱딴지 같은 경우가 어딨어? 불쑥 찾아와서는, 한다는 소리가.

은희는 핸드백에서 수첩과 펜을 꺼내어, 뭔가를 다급히 적는다. 그러곤 그 부분을 손가락으로 오려내, 내게 건넨다.

—전화번호가 나왔어. 내일모레부터는 이 아파트에서 혼자 지내. 천천히 생각해. 그리고 도중에라도, 꼭 연락 줘.

—부질없어.

—그렇지 않아!

—엘리베이터는 저쪽이야. 어서 가.

은희는 푸후― 한숨을 길게 내쉬고는, 묵묵히 계단을 걸어 내려간다. 가라앉으며 사라지는 그 작은 등을 바라보는 내 마음이, 순식간에 서늘해진다.

타당한가? 나는 지금 제대로 하고 있는 것일까?

―야, 은희!

기어이 나는 스스로를 이겨내지 못하고, 차마 불러선 안 될 이름을 입에 담고 말았다.

어느새 되돌아와 나를 올려다보는 은희의 두 눈이, 대낮의 터널처럼 어둠에 움푹 패어 있다.

―나, 이젠, 구질구질한 것들이 지겨워. 질질 짜는 인생이라면 신물이 난다구. 근데, 그런데 말이다, 너와 함께 있다보면 난, 틀림없이, 또 엉망이 되고 말 거야.

―내가 죽었으면 좋겠어? 이 세상에서 아주 없어져버릴까? 응?

우는 아이를 독 묻은 사탕으로 달래는 악마의 얼굴. 은희는 끔찍하도록 다정히 미소지으며 그렇게 묻는다. 나는 그것이 의미하는 바를 충분히 읽어낼 수 있었다. 용하다 싶더니만, 겨우 여기서 무너지냐는 거다. 온몸에 우박 알갱이 같은 소름이 돋는다.

청년아, 무엇으로 네 행실을 깨끗이 하려느냐? 사악한 여인을 심중에 두었으매, 장차 닥칠 큰 낙심을 어이 할꼬?

나는 거리에서 침묵하는, 저 괴팍한 어른들이 부러웠다.

심병삼씨가 각색한 양치기 소년의 몰락

어느 나라인지는 몰라요. 그따윈 이제 와 아무래도 좋죠. 그저 옛날옛날 한 지나치게 경치 좋은 산언덕에, 양치기 소년이 홀로 살고 있었대요.

양치기 소년은, "늑대가 나타났다!"고 소리쳤죠. 오, 한데 이게 뜻밖으로 반응이 끝내줬던 겁니다. 마을의 거의 모든 사람들이 몽둥이를 들고 달려왔지 뭐예요. 하지만 결국 뻥인 거를 알고는 욕만 실컷 하면서들 돌아갔죠. 그 광경을 잠깐이라도 상상해보세요. 양치기 소년이 을마나 고소하고 신났겠어요! 좌우간 이후에도 몇 번을 더 그렇게 구라를 땡기는데, 오, 이번에는 증말로 늑대 근마가 나타난 겁니다! 식겁한 양치기 소년은, 당근 소릴 질렀죠. "늑대가 나타났어요! 진짜야! 아악, 늑대라니깐!" 그러나 마을 사람들은 "저 씨발놈이 또 장난질이네!" 하면서, 신경을 껐어요.

바로 그 시각, 양치기 소년은 늑대의 아가리 사이에서 갈기갈기 찢기는 참이었죠. 늑대는 우선적으로, 맛있는 부분들만을 골라서 파먹었어요. 오, 부드러운 사춘기의 볼과 가슴살, 그리고 따뜻한 호기심이 콸콸 흐르는 심장 같은 것들 말입니다. 이윽고 늑대는 아기 늑대들을 위해, 양치기 소년의 왼팔을 북어포처럼 뜯어가지고선 유유히 사라졌죠. 오오, 뼈다귀가 환하게 드러난 양치기 소년의 시체는 해 지는 산언덕에, 아까쯤에 말했던, 그

불필요하도록 아름다운 풍경이 완전히 정전될 때까지 누워 있었어요.

자, 이제, 별들, 무더기로 등장!

가장 크고 빛나는 별이, 양치기 소년의 주검을 향해 말했죠.

"너는 곧 교훈이 될 거야."

흩어진 고깃덩어리일 뿐인 양치기 소년,

"무슨 교훈?"

가장 크고 빛나는 별,

"거짓말에 재미를 붙이면, 기어코 혹독한 대가를 치르게 된다는 교훈. 세상 모든 아이들은 네 죽음을 겁내면서 정직의 중요성을 깨달을 테지. 그건 그렇고, 궁금한 게 하나 있어. 어째서 그런 짓을 한 거지? 대체 그 수많은 양치기 소년 가운데서, 왜 하필 네가, 흩어진 고깃덩어리일 뿐인 양치기 소년이 되고 만 거니?"

흩어진 고깃덩어리일 뿐인 양치기 소년,

"그냥, 심심해서. 너라면 안 그랬겠어? 허구한 날 보이는 거라곤 푸른 하늘과 역시 푸른 땅, 그리고 하얗거나 검은 구름과, 언제나 하얗게만 징징대는 양들뿐이었어. 외로워서. 아무도 날 찾아와주지 않아서. 근데 내 죽음의 교훈이 기껏, 거짓말을 일삼지 말라는 거라고? 수정해봄이 어떨까? 거짓말쟁이가 될 정도로 누군가를 고독하게 만들면, 이런 불행한 일이 생긴다는 걸로."

가장 크고 빛나는 별,

274

"글쎄다. 좌우간, 너 참 안됐다."

흩어진 고깃덩어리일 뿐인 양치기 소년,

"그래, 정말이야."

Ernest Hemingway(1899~1961)

심병삼씨는 주장한다. "오, 커피는 생선이오!"라고. 그건, 처음 그 말을 들었던 당시의 나로서는 도무지 납득하기 힘든 비유였다. "오, 코카콜라는 해물파전이오"만큼이나 어처구니가 없었던 것이다. 게다가 커피에 어울리지 않는 것은 생선만이 아니었다. 심병삼이라는 심상치 않은 이름도, 커피와 인연이 없어 보이긴 마찬가지였다.

그러나 근사한 커피를 마시기 위해 태어났다고 공공연히 자부하는 심병삼씨는, 최고의 커피 향을 맡을 수 있다면야 러시안룰렛이라도 기꺼이 감수할 위인이다. 실지로 심병삼씨는 명동에서 고급 커피전문점 '헤밍웨이'를 경영하고 있다. 커피전문점 사장이기 때문에 커피 마니아가 된 것이 아니라, 어디까지나 커피 마니아로서 커피전문점을 차렸다는 점도 항시 분명히 한다.

"시들시들 맛이 간 생선을 먹으면 탈이 나지요. 커피도 똑같아. 신선하고 뛰어난 커피를 정성껏 음미하면, 우리는 느낄 수 있는 거죠. 무엇을? 오, 자신도 모르는 사이에 천천히 고양하고 상승하는 몸을! 여러분, 커피는 악마의 열매요. 오오, 너무너무 아름다운 나머지, 그 아름다움을 질투한 신이 검게 칠해버린 천사의."

매주 목요일 저녁 여덟시, 심병삼씨는 어김없이 커피 감음회(鑑飮會)를 연다. 거기에 속하는 열 명—나까지 친다면—은 전부, 심병삼씨처럼, 혈관에 피 말고 커피가 흐르는 인간들이다. 국립대학교 서양미술사 교수로부터 오토바이 수리공, 사법고시생, 공인중개사, 사진작가, 피혁공장 사장, 동물병원 원장, 하다못해 무직인 자까지, 그 면모가 사뭇 다양하다. 커피가 아니었다면, 전쟁이 터져 어두컴컴한 방공호 밑바닥에서나 한데 모일 법한 멤버들인 것이다.

가게 안으로 막 들어설 적엔 희끄무레한 눈빛이던 그들이, 기껏 커피 한 잔을 마주했다 해서 요술공주 샐리마냥 초롱초롱 빛나는 꼴을 보고 있노라면, 나는 마치 아편을 돌려 피우는 무슨 사교집단 소굴에라도 휩쓸린 기분이 든다. 누구나 신을 믿지 않을 순 있다. 그러나 대신, 그에 합당하는 정열로 무엇이건 신앙하거나 사랑해야만 하는 것이다. 이를테면, 그 대상이 간장과 똑같은 색깔을 지닌 커피일지라도.

하여간 오늘 목요일 저녁 여덟시경에도, 신비로운 커피의 교주 심병삼씨는 스페인 풍의 다이얼 밀로 악마의 열매를 부지런히 갈다가, 불현듯 "커피는 생선이다!"라는 식의 성구(聖句)들이 떠오름에 차마 겨워 고개를 끄드닥끄드닥거리는 것이다.

276

여기서 내가 감히 심병삼씨와 그의 일당에 끼이기를 주저하는 데에는 그만한 연유가 있다. 나는 비록 이러저러한 경위로 그들과 친분은 맺었으되, 커피에 관해서는 도무지 과문할뿐더러, 그닥 순정한 취미도 없어서이다. 요컨대 정회원으로는 자격미달이라는 뜻이다. 그럼에도 불구하고 심병삼씨와 그의 친구들이 이렇듯 자연스레 나의 존재를 묵인해주는 건, 아마도 그들의 이야기를 절대적으로 경청하는 내 겸손함 내지는 어병한 태도 때문이 아닐까 한다.

사실 나라고 해서 떠벌릴 한 말씀쯤이 없는 것은 아니다. 커피가 생선이라면, 생선이 장미보다 아름다울 수도 있다!

그 무렵의 나는 은희만 원한다면야, 백악관 뒤뜰에 숨겨진 외계인 시체라도 훔칠 태세였다. 나는 어려서부터 주변의 우려를 살 만치 맹목적인 아이였고, 그건 조금 더 나이가 들었다고 해서 쉽게 바뀔 만한 천품이 아니었던 것이다. 한번 흘러가버리면 다시는 만회할 수 없는 흉터 같은 사랑, 나는 은희에게서 버림받기 전까지는, 기뻐하지 않으면 실망할 줄밖에 모르는 소년이었다.

나는 길 건너편에서 날아오는 어떤 섬광들이 눈에 걸려 조깅을 멈췄더랬다. 평소라면 절대 삼가던 무단횡단까지 불사하며 찾아간 거기에는 트럭 한 대가 서 있었는데, 그 짐칸에서 비스듬히 각을 세우고 일렬로 누운 섬광들의 정체는, 엉뚱하게도 싱싱한 갈치들을 가득 채운 얼음상자 수십 개였다!

아아, 방금 바다에서 잡혀온 순은(純銀)의 갈치들은, 분명 세상 어느 장미꽃보다도 아름답고 매혹스러웠다. 주책이라 놀려도 좋고, 환각이라고 진단해도 상관없다. 그 아침의 내겐 그것이 가장 또렷한 실재였으니까. 한 마음이 다른 이의 마음으로 망명하는 정황은 무릇 그렇다. 당신을 천 년 전부터 이 자리에서 줄곧 기다려왔노라고 유치하게 고백해도, 사랑의 마법이 기승을 부리는 시기 동안은 하등의 차질이 없는 것이다.

어쨌거나, 잠이 덜 깬 눈으로 아파트 문을 연 은희는, 은빛 갈치꽃 열 송이를 가슴에 받아들고는 배꼽이 떨어져라며 웃어댔더랬다. 망연히 들리는 그 깔깔거림에, 요즘도 나는 가끔씩 귀가 멀고 만다.

"선생님, 저거어, 진짠가요?"

대뜸 눅눅한 좌중의 침묵을 깨며, 젊은 사진작가 조만이 심병삼씨에게 묻는다. 벽난로 위에 걸린 엽총을 두고 하는 말이었다.

나는 익히 커피 감음회 사람들로부터, 조만이 근래 그 바닥에서는 가장 잘나가는 신예라 들은 터였다. 하지만 수동카메라만 잡으면 수전증이 도지는 내가, 이 세기말의 내 또래 현역 사진작가를 올바로 알아볼 리 만무했다. 부연하여, 내게 있어 사진이란 딱 두 가지 종류로만 존재한다. 자동카메라로 찍는 소풍 사진, 그리고 사진관에서 번쩍— 터지는 증명사진. 사람은 누구나 제 시선이 지니고 있는 깊이와 넓이만큼으로밖에는 타인을 검증

하지 못하는 법이다. 따라서 나는 조만이라는 특이한 이름 따로, 사진작가란 유별난 직함 따로 기억했다가는, 그를 대할 때마다 의무적으로 끼워맞추는 딱한 노릇을 반복하고 있었다.

어쩌면 내 생애의 모든 관계가 그러할는지도 몰랐다. 우선 커피 감음회 사람들만 하더라도, 나는 그중 누구에 대해서도 사진작가 조만의 경우 이상으로는 아는 바가 없었다. 국립대학교 서양미술사 교수라니까, 오토바이 수리공이라니까, 사법고시생이라니까, 공인중개사라니까, 피혁공장 사장이라니까, 동물병원 원장이라니까, 벌써 3년째 집에서 논다니까, 그냥 그렇다고 외워둘 뿐이었던 것이다.

"오, 물론이죠, 조만씨. 허가증도 있는 거랍니다."

조만은, 아니, 커피 감음회의 모두ㅡ나를 포함하여ㅡ는, 심병삼씨에게 선생님이라는 호칭을 쓴다. 그리고 그는 회원들에게ㅡ오십줄이 가까워 이미 머리가 희끗희끗한 국립대학교 서양미술사 교수나 피혁공장 사장에게조차도ㅡ무조건 아무개씨라고 부른다. 그럼에도 불구하고, 분위기는 기상천외하다 싶게 화기애애하다. 이런 불온한 의혹을 품고 있기에, 여태 내가 정회원이 아닌 거겠지만서도.

심병삼씨,

"헤밍웨이는 사냥을 즐겼죠."

조만,

"아, 그래요. 엽총!"

동물병원 원장,

"맞아, 엽총으로 자살했지."

사법고시생,

"헤, 스스로를 사냥한 셈이네."

무직,

"멋지다!"

이에 심병삼씨는 두툼한 시가의 허리를 코끝에 대며 덧붙인다.

"하지만 여러분, 헤밍웨이의 아버지도 자살했다는 사실은 알고들 있나요? 엽총이 아니라 권총이었지만요."

나는 심병삼씨의 구강 구조로부터 흘러나온 낱말들이, 이번엔 또 어떤 그럴싸한 방식으로 조합될지가 궁금하였다. 심병삼, 그의 곁에 있다 보면 세상만사가 순식간에 분자 배열을 달리한다. 모든 문제들을 제멋대로 재해석하기 때문이다. 언젠가 들려주었던 양치기 소년과 늑대의 이야기처럼.

동물병원 원장,

"총으로 자살하는 것도 유전인가보죠? 진보네. 권총이 엽총으로 길어졌으니. 그 반대인가?"

심병삼씨, 시가에 불을 붙이며,

"하나 헤밍웨이가 진짜로 자살했는가에 대해서는 아직도 의견이 분분해요. 총구를 청소하다가 실수로 격발이 됐다는 견해도 있어요."

"더이상 작품을 쓸 수 없어서 그랬겠죠."

조만은 같은 예술가로서, 헤밍웨이의 고뇌에 충분히 공감한다는 표정을 지었다.

심병삼, 시가의 노릿한 연기를 꿈벅거리며,

"말년의 헤밍웨이는 비참했어요. 그의 후기 작품들은, 작가로서 진이 다 빠져버린 자신에 관한 어설픈 풍자에 지나지 않았죠. 오,『노인과 바다』는 예외였지만서도. 자신이 누군가에게 늘 감시당하고 있다고 생각했어요. 친구들과 만나기만 하면 싸움을 벌였고, 지독한 우울증과 편집증에 시달렸죠."

국립대학교 서양미술사 교수,

"헤밍웨이가 자살한 건, 카스트로가 집권하는 바람에 쿠바의 아름다운 바닷가를 떠나게 된 탓이 커요. 그리고 나서부터는 전혀 마음의 안정을 찾지 못했대요."

조만,

"저는 늙으면 따뜻한 나라에 가서 레게 음악을 들으며 늙어가고 싶어요. 해변가에 술집을 차려도 좋겠죠."

"부자여야 되겠네."

왜 그랬을까? 내가 괜히, 무심코, 한마디 내뱉은 것이다. 그러자 커피 감음회 회원들 일동이 나를 묘한 분위기로 쳐다본다. 내가 이처럼 불쑥 대화에 끼어드는 일이란 지극히 희귀해서였을 것이다. 하지만 정작 내 발언에 가장 놀란 사람은, 다른 누구도 아닌 바로 나 자신이었다.

어째서인지, 조만은 기분이 상했다는 투로 내게 묻는다.

"이형, 전시회를 다니나요? 사진까진 바라지도 않고, 간혹 그림이라도."

"아뇨."

"그럼, 평소에 책이란 건 읽나요?"

"별로."

"그렇다면, 제발 그만 좀! 평소 문화를 소비하지도 않으면서 돈 얘기나 꺼내는 이성 형 같은 사람들 때문에, 예술가인 내가 이 땅에서 사라지고 싶은 거 아닙니까. 쓰—"

"어, 저어, 그게,"

나는 그래도 고전음악 감상에는 제법 조예가 깊다는 말을 하려다가, 관두었다. 나는 조만이 내게 열받아하는 이유를 도무지 모르겠어 기가 막혔던 것이다. 아무리 생각해도, 저런 소릴 들을 만큼 큰 잘못을 저질렀다고는 믿기지 않았다. 그리고 그보다 더 골때리는 것은, 이 어색한 상황을, 너무도 당연히, 조만의 입장에서 받아들이고 있는 듯한, 나를 향한 커피 감음회 사람들의 원망 어린 눈빛이었다.

이때 심병삼 선생께서 중재에 나선다.

"아, 아, 여러분, 새로운 세계를 믿나요? 그걸 애써 경험하려 하지 마세요. 오히려 우리들 스스로 뉴월드 그 자체가 됨으로써 극복, 그래요, 극복해야 하는 겁니다. 여러분, 우리에겐 확실한 게 하나 있소. 우리는 커피를 숭배해서 이렇게 모였습니다. 봐요, 대작가 헤밍웨이도 한낱 고독으로 인해 죽었잖아요? 우리는 일정한 삶의 균형도 있고, 무목적의 목적도 지니고 있습니다. 오, 에브리바디 니즈 어 프렌드! 그렇습니다. 누구에게든 친구가 필요한 거지요. 오오, 헤밍웨이에 비해 우리는 얼마나 행복합니까! 이렇게 좋은 친구들과 함께 있으니!"

오토바이 수리공과 무직, 그리고 공인중개사가 동시에,

"맞습니다."

심병삼,

"심리학에선 이렇게 말해요. 가령, 열 명이 모여 포커를 하고 있다고 칩시다. 아홉 명이 짜고, 뻔한 게임의 룰을 어떤 한 사람에게만 그릇되다고 우기면, 그는 종국엔 얼굴이 벌게져 굴복하죠. 제가 맞다고 생각하면서도, 자기를 제외한 다른 모든 사람들이 박박 우기니까, 급기야는 자신이 잘못됐다고 인정해버리고마는 겁니다. 그러나 만약 그중 한 사람이라도 그의 편을 들어주면, 그는 속아넘어가지 않고 계속 자신의 주장을 관철시킨다고 해요. 오, 그렇습니다. 오직 한 사람만 나를 믿어준다면, 우리는 소신을 굽히지 않을 수 있는 거죠. 우리는 서로에게 그런 신뢰를 주는 사람들이 됩시다. 아니죠, 어쩌면, 오, 벌써, 이미 그렇군요."

나를 뺀 나머지 모두,

"맞습니다."

이게 대체 뭣하는 사이코들인가 싶었다. 물론 한두 번 보아온 일은 아니지만, 곁에서 그냥 그러려니 하던 것과 내가 직접 관여된 상태의 풍경이란, 그 황당함의 파워가 달랐다. 나는, 아무도 나를 믿어주지 않는 애처로운 현실을 파악하고는 뒤늦게나마 이렇게 말했다.

"맞습니다."

피혁공장 사장,

"조만씨, 그거 알아요? 좀 어렵겠지만, 노르웨이로 가면 끝내줄 거요. 거기선 마누라가 애를 낳으면 남편에게도 휴가를 줘요. 온갖 혜택은 물론이고, 그 기간 동안 봉급의 80퍼센트가 지급된답디다."

조만, 희색이 만면하여,

"우와, 우째 그런 일이?"

피혁공장 사장,

"석유가 나오거든. 사람들이 몰라서 그렇지, 사우디에 이어서 2위야."

나를 제외한 모두,

"대애다안하군!"

심병삼씨,

"에에브리이바디 니이즈 어 프렌드, 누구에게나 친구가 필요한 거죠. 오, 이렇게 좋은 친구들!"

이번에도 한 템포를 놓쳐버린 내가,

"대단하군요."

기념 식수

그 연극의 마지막 날 마지막 회 공연을 마친 은희는, 출연자 대기실 앞에서 서성이며 기다리고 있던 내 손을 잡아끌고는 문예회관 대극장의 옥상으로 올라갔다.

옥상 문은 잠겨 있었다. 그러나 계단의 끝과 옥상으로 통하는 철문 사이는 이미 적당히(?) 어둡고 넓었다. 은희는 얼굴의 분장도 지우지 않은 상태였다.

— 여기서 해!

희번덕거리는 눈동자로 입술을 꽉 다문 은희는, 독하게도 신음 한 번 흘리지 않았다.

내 머릿속으로는 해초, 태풍, 종이비행기, 우체통, 젖소, 손수건, 백과사전, 전화기, 식칼, 전축 같은 것들이 두서없이 마구 지나가고 있었다. 이윽고 은희의 몸 안에 쏟아내면서 나는, 문득 엉뚱하게도, 내가 화분 속에 담겨진 역한 독초처럼 생각되었다. 아마도 그 무렵의 어느 자투리 시간이던가, 식물들의 의사소통과 계산 능력을 두고 열변을 토하던 은희 탓에 생긴 망상이었을 것이다.

파리지옥풀은 반드시 두 번 건드려야 닫히는데, 이는 수를 셀 수 있다는 걸 의미한다구. 식물들의 사생활을 장시간 촬영하여 빠르게 돌리면, 그들의 적극성에 혀를 내두르게 되지. 식물은 여행도 하고 적과도 투쟁해. 왕성한 풀씨 하나가 얼마 후에는 초원 전체를 차지한다니까.

웃옷의 단추도 채우지 않은 채로 담배를 피우며 은희는 묽게 웃었다. 은희는 자주 웃지는 않지만, 그렇다고 웃는 것 외에는 이렇다 할 표정이 없는 여자였다. 기쁨과 슬픔을 비롯한 모든 감정을 한 가지 방법으로 소화시키려는 은희의 웃음은, 대부분의 경우 정상적인 웃음의 테두리에서 훨씬 벗어나 있기 일쑤였다.

바지를 추켜올리며, 내가 멋쩍어 말했다.

—나 참. 왜 이러는데, 웃기게.

—기념 식수였어.

—뭐?

—기념 식수.

나는 기념 식수라는 소릴 이해할 수 없었다. 그리고 일주일 뒤에는 확실히 알게 되었고, 조금 있다가는 영원히 모르게 된다. 은희는 파혼이라는 통고만을 남겨둔 채 떠나버린 것이다.

내가 은희에게 무얼 심었나? 아니면 은희가 내 마음에 어떤 몹쓸 종자를 기념 식수하였던 것일까? 아마도 후자일 터이다. 그것이 하루하루 크게 자라며 억센 뿌리의 악력으로, 내 영혼의 별을 부숴버렸기 때문이다.

한밤의 FM 영화음악

사라질 때처럼 나타난 은희는, 내게 모든 게 말끔히 정리되었다고 했다. 그러나 나는 도대체 은희가 무얼 정리했다는 것인지, 제대로 파악하기 힘들었다. 만일 영화감독 남편이라든가, 하나 있다던 아이 — 아들인지 딸인지는 몰랐고, 그 이상 물어보고 싶지도 않았다 — 를 두고 말함이라면, 그냥 그러려니 무시할밖에.

은희는 어리석었다. 인간이 정리할 수 있는 것은, 단연코 아무것도 없다. 우리는 우리의 기억조차도 맘대로 지우거나 복원하지 못하는, 지겹도록 무력한 존재들이 아닌가.

이번에도 은희는 웃으면서 말했다. 지금 자기에게 필요한 것은 오직 나이며, 앞으로는 나와 함께 살아가기 위해서만 애쓰겠다고 했다.

나는 가르쳐주고 싶었다. 우리는 곳곳에 바람구멍이 숭숭 뚫린, 비루한 추억을 공유하고 있다. 분명 모두가 너의 탓이다. 그러나 오히려 그것이 내게는 가장 큰 고통이다. 나로선 너를 용서할 수도, 용서하지 않을 수도 없다, 라고.

3년 전 아주 추운 겨울날이었다. 물론 그것이 방금의 일이라 해도 내겐 전혀 상관없다. 나는 아팠고, 삶의 어떤 자상(刺傷)도 그 이상은 아플 수 없으리란 것만이 중요하다.

성남으로 가는 막차는 히터가 고장나 있었다. 잡음이 지지거리는 라디오에서 흘러나오는 심야 라디오 방송, 그리고 기차 굴러가는 소리. 아니었나? 그때 그 버스가 철길 근처를 지났던 게.

"오늘은 멀리 유학길에 오르시는 연극배우 장은희씨와 '내 인생의 영화 베스트 파이브'를 꾸며보았습니다. 〈파니 핑크〉〈길버트 그레이프〉〈제8요일〉〈네 번의 결혼식과 한 번의 장례식〉그리고 〈크라잉 게임〉. 비교적 최근 작품들이었구요, 아쉽게도 우리 영화는 한 편도 없었죠? 자, 그럼 장은희씨. 우리 〈한밤의 FM 영화음악〉청취자 여러분들께 작별인사 좀 부탁드릴게요."
"이 방송이 나가는 날에 전 벌써 한국에 없겠지만요,"

나는 은희의 목소리를 듣고 있었다. 은희가 뭐라고 떠들었는지는 아무런 기억도 없다. 다만 내 발가락은 완전히 얼어붙은 것 같았다.
그 깊디깊은 겨울밤의 버스 안은, 내 생애에서 가장 추운 공간이었다.

부조리극

나와 공인중개사, 그리고 무직 이렇게 셋은, 국립도서관 부근의 한 우동집에 앉아 있었다. 요행히도 조만, 그 존마니는 없었다.
적어도 서울 시내에서만큼은 제일 맛있는 우동이라며, 극구

사양하는 무직과 나를 등 떠밀 듯 그리로 안내한 건 공인중개사였다. 우동은 정말로 근사했다. 그러나 우리로 말하자면 방금, 저 살벌한 서초경찰서 강력계에서 나란히 걸어나온 터였다. 그저 참고인 자격일 뿐이었지만, 아무튼 경찰서 같은 데에 불려다닌다는 것은 곤욕임에 틀림없었다.

나는 조직폭력배라면 오히려 제격이었을 인상의 담당 형사에게, 나로선 심병삼씨의 사생활이라든가 원한관계에 대해 알 턱이 없으며, 다만 목요일 저녁마다 지켜본바, 그는 적어도 살해를 당하거나 할 위인으로는 여겨지진 않았노라고 진술했다. 그러자 형사는, 왜 그런 생각을 가지게 되었느냐며 말꼬리를 붙잡았다. 그 눈매가 얼마나 날카롭고 위압적이었는지, 나는 하마터면 스스로를 범인으로 착각할 뻔하였다.

그렇다고 내가 심병삼씨의 죽음을 자살로 믿고 있는 것도 아니었다. 하지만 무슨 재주로 설명할 수 있었을 것인가. 커피와 심병삼이란 이름 석 자가 그러했던 것처럼, 자살 역시 그에게는 어울리지 않는다는 식의, 아무런 논리와 근거도 없는 나만의 느낌을 말이다.

더군다나 내 심증대로라면 심병삼씨의 죽음은 타살도 자살도 아니라는 얘긴데, 나는 처음 만난 사람에게, 그것도 우락부락한 강력계 형사에게, 미친놈쯤으로 취급받긴 싫었다.

매맞은 아이처럼 시무룩해진 내가 불쌍해 보여서였을까. 형사는, 여러 정황상 이미 자살 사건으로 잠정적인 결론이 내려진 상태이며, 다만 한두 가지 미심쩍은 점들이 있어 협조를 구하는 것뿐이라고, 의외로 부드럽게 일러주었다.

"한 점의 의혹도 있어선 안 되는 거죠. 인간의 죽음이 가볍게 다루어질 사안은 아니잖아요?"

"아, 예, 그, 그건 그렇죠."

그는 외모와는 달리, 사뭇 철학적인 형사였던 것이다. 이어 형사는, 심병삼씨가 천애고아이며, 더구나 커피 감음회 사람들 말고는 이렇다 할 인간관계가 없었더라고 하였다. 나는 보통 놀란 게 아니었다. 나는 심병삼씨가, 훗날 국회의원 선거에 출마할지도 모른다고 생각했었던 것이다.

형사는 마지막으로, 커피 감음회라는 게 도대체 뭣하는 집단이냐고 물었다. 나는 말 그대로 커피를 감상하는 모임이라고 대답하였다.

"재밌군, 재밌어."

손가락 두 개만을 이용하여 노트북 컴퓨터 자판을 두들기는 형사의 입가는, 이내 생선 비늘 같은 비웃음으로 번들거렸다. 그러나 나는 어서 그곳을 빠져나가고픈 일념에, 도통 기분 나쁠 겨를이 없었다.

"유서 한 장만 써놨어도 이런 일이 없잖아."

공인중개사는 천박하게 투덜거렸다. 비단 우리만이 아니라 커피 감음회 사람들 전부가, 이미 어떤 식으로든 조사를 받은 모양이었다.

무직은 단무지를 더 시켰다. 나는 우동 가락을 툴툴 태연히 말아넣고 있는, 내 앞의 두 사내가 충격이었다. 그들은 분명, 심병삼씨의 죽음을, 보통의 귀찮은 일 이상으로는 여기고 있지 않았다.

공인중개사는 형사로부터, 심병삼씨가 파산 상태로 접어든 지 오래였다는 얘길 들었다고 했다.

"그 작자, 주식에다가, 말도 못 하는 경마장 환자였대."

단무지를 베어물던 무직이, 눈에 전등을 켜며 거든다.

"이건 알아요? 집을 수색했는데, 엄청난 숫자의 포르노테이프들이 나왔답디다. 그런 얘기도 들었죠?"

나는 벽면을 응시하며, 심병삼씨의 생전 모습을 기억해보려고 한참을 노력하였다. 그러나 이상한 일이었다. 그의 무덤덤한 이목구비, 은행나무처럼 굵고 느리던 동선의 어느 한 대목도 떠오르질 않는 거였다.

"그럼 앞으로 커피 감음회는 어떻게 되는 거죠?"

내 질문에, 우동 국물을 마저 비우려던 공인중개사와 무직은 거의 동시에 사레가 들렸다. 나는 심하게 캑캑거리는 무직에게 내 물잔을 건네었다.

냅킨으로 대충 입가를 수습한 공인중개사가, 굉장히 흥미롭다는 투로, 내게 말했다.

"이형, 지금 장난치는 겁니까?"

"예?"

"장난치는 거냐구요."

"그게 무슨,"

"왜 그래? 괜히 순진한 척하고, 민망하게시리."

"도대체 무슨 말씀을 하고 계신지,"

공인중개사의 요지는 이거였다. 커피 감음회 사람들은, 내가 상상하는 것만큼 커피에 맛이 간 사람들이 아니었다. 그들이 심병삼의 '헤밍웨이'에 목요일 저녁 여덟시마다 모여들었던 건, 뭐라 딱히 설명하긴 힘들겠지만, 그래도 애써 풀이하자면, 그저 부담 없이 농담이나 따먹으면서 논 것에 불과했다는 것이었다. 약간 고급스럽게 이야기해서, 모두의 암묵적인 동의 아래, 목요일 저녁 여덟시마다 일종의 연극판이 벌어진 셈이라는 거였다.

무직,

"연극이라기보담, 집단 만담(漫談)의 한바탕 신명나는 장(場)이 아니었을까요?"

공인중개사,

"개그지."

무직,

"중세 철학자들은, 바늘 끝에서 과연 몇명의 천사가 춤출 수 있는가를 토론하고 그랬대요."

공인중개사,

"아니, 그럼, 이형은 그게 아니었단 말이에요? 에이, 설마?"

"시, 심선생은 좋은 분 아니었나요?"

나는 뭔가 미끈하고 메스꺼운 것이 울컥 치밀어올라, 상황과는 전혀 관계가 없는 엉뚱한 소릴 하고 말았다.

"상태가 양호하지 못했지. 하긴 우리는 안 그런가, 뭐. 이형 이제 보니 연구 대상이네, 그런 따끈따끈한 말씀을 다 하시고 말이야. 아무렴, 사람이야 죄가 있겠나, 대부분 선량들 하지. 에이, 그려, 이형 말이 맞어. 세상이 더러워서 그래."

이대로 조금만 더 나아가면 돌이킬 수 없는 바보가 될 것만 같아, 나는 혀를 지그시 깨물었다.

공인중개사는, 내가 우동을 즐기지 않은 사실에 의아해하며 계산을 치렀다.

나는 우동집을 나오자마자 헛구역질을 해댔다. 그러나 목울대까지 감아드는, 저 미끈하고 더러운 무언가를 끝내 게워내지는 못했다. 속도 모르는 공인중개사와 무직은, 친절하게도 번갈아 내 등을 두드려주었다.

"그 기막힌 우동을 남기다니 그럴 리가 없는데, 어쩐지 이상하다 했어. 아무리 술이 좋아도 그렇지, 다음날까지 이러면 쓰겠어? 건강은 젊었을 때 지켜야지. 작작, 알아서 드시라구."

"이형, 이형, 괜찮아? 약 사다드릴까요?"

잠시 후 우리는 사거리에서, 서로간에 다시는 만나지 않을 사람들처럼—물론 그럴 테지만—냉정하게 헤어졌다.

몇 걸음 걸어가는데, 등뒤에서 공인중개사의 이런 뇌까림이 들려왔다.

"아무튼, 심병삼, 멋진 친구야. 오, 헤밍웨이를 흉내내다니! 아으—"

Pablo Casals(1876~1973)

지하철이 잠실역에 정차하자 많은 사람들이 내리고, 곧 그보다 더 많은 사람들이 올라탔다. 왼편에 앉아 있던 아가씨가 노인에게 자리를 양보하며 아담한 키로 내 앞에 선다. 그제야 나는, 아까부터 그녀가 골똘히 들여다보고 있는 것이 바흐의 〈무반주 첼로 조곡〉 악보책임을 안다.

잡지나 소설이 아닌 악보책이라니, 홀연 색다른 기분이 들었다. 왜 그렇지 않았겠는가. 나에겐 황량한 콩나물 대가리로 메워진 오선지일 뿐이지만, 지금 저 아가씨의 머릿속엔 차분하고 고결한 첼로의 잠언시가 흐르고 있을 것인데.

1889년의 어느 날 바르셀로나의 한 악기점 으슥한 구석에서 〈무반주 첼로 조곡〉 전 6곡의 악보를 발견한 사람은, 공교롭게도 당시 13세 소년이던 파블로 카살스였다.

신은 아무에게나 함부로 세상의 아름다움을 맡기지 않는 법이다. 〈무반주 첼로 조곡〉은 흡혈귀의 관처럼 먼지를 흠뻑 뒤집어 쓴 채, 200년이라는 긴 시간 동안 거기서 오직 소년 카살스만을 기다려왔던 것이다. 신탁(神託)이 아닐 수 없었다.

그날로부터 카살스는 96세로 죽는 그날까지 매일 〈무반주 첼로 조곡〉을 연습하였고, 40여 년간 연주 불가능한 부분들에 대한 연구를 거친 뒤에야 비로소, 3, 4년에 걸쳐 이루어질 레코드 녹음을 시작하였다.

그토록 예술정신이 투철했던 파블로 카살스도, 어려서는 학비를 벌기 위해 카지노에서 활을 잡아야만 했다. 그러나 그 무렵 소년 카살스의 연주를 들었던 어느 단골 손님은, "그는 카지노를 콘서트 홀로 뒤바꿔놓았고, 다시금 그 콘서트 홀을 사원(寺院)으로 만들어놓았다"며 겁먹은 얼굴로 회상하였다.

카살스는 음악적으로만 위대했던 게 아니었다. 80세의 노구를 이끌고 스무 살의 제자와 결혼했던 것이다. "신랑이 장인보다 서른 살이나 위인 경우는 흔치 않지." 그는 덤으로 이런 우스갯소리까지 남겼다.

젊은 아내를 맞이하여 100세까지는 문제없다던 카살스는, 그러나 그것을 조금 못 채운 96세에 세상을 떴다. 임종의 자리에서 카살스가 마지막으로 들은 음악은 역시 바흐였다. 평소 그가 아들로 여기던 피아니스트 유진 이스토민이, 부인 몬테스의 요청으로 연주했다고 한다. 그리고 카살스가 죽은 2년 뒤에 이 마흔두 살의 노총각과 서른여덟의 미망인은 결혼한다.

그러고 보니, 내게도 들린다. 어느새 나는 여기 여러 사람들 가운데서, 내 앞에 무릎을 댄 저 묘령의 귀여운 아가씨와 단둘이, 카살스가 연주하는 바흐의 〈무반주 첼로 조곡〉 전 6곡을 듣고 있는 것이다. 이 직사각형의 지하철 내부 가득 자우룩이 차오르는, 흔들리며 물들어가는 첼로의 심원한 슬픔을 말이다.

어느 운좋은 사나이는 마에스트로의 길을 가다가, 가장 사랑하는 여인의 품 안에서, 평생토록 추구해 마지않던 음악을 수제자의 손길로 들으며 숨을 거두었다.

나는 이 순간 그를 향한 질투에 내 배를 가르고 싶다. 도저한 삶의 진실이란 진정, 어둠과 빛의 끝을 경험했기에 전설이 되는 그들만의 전유물일까?

그렇담 대체 순결함이란 무엇인가? 속되고 평범한 우리는 스스로의 꿈과 생사가 걸린 약속마저 대수롭지 않게 여기며 인생을 낭비한다. 나중엔 주거나 받았던 상처의 이름마저 맘대로 바꿔가면서, 그래도 나는 그간 이만큼이나 냉정해졌다며 유치한 자랑을 늘어놓는 것이다.

나는 시청역에서 하차한다. 갑갑한 지하도를 꺾어돌아 지상으로 통하는 환한 계단을 밟으며, 커피의 교주를 자처하던 심병삼 씨가 기껏해야 헤밍웨이 따위를 흉내내진 않았을 거라고 생각하는 것이다.

세계는 허위와 착종으로 바래져버렸다. 아마도 그는 그런 것들에 의해 자연사했을 터이다. 나는 그렇게 믿기로 한다. 또한 어젯밤 내가 은희를 죽인 일도, 그러한 맥락에서 납득되어야 할 것이다.

城, 무너지는

이제 와 기적 따윈 바라지 않기로 한다. 모든 종류의 은총이란, 생에 훨씬 더 모를 일 하나가 보태어진 것에 불과하기 때문이다.

"저 포도는 너무너무 시어서 못 먹을 거야."

나는 차라리, 높은 가지 위에 매달린 탐스러운 포도 송이를 두고 이런 식으로 합리화시키는, 처량하되 한편으론 영리하기 그지없는 우화 속의 여우이련다. 나는 세상을 향해 아무런 질문도 던지지 않는 대신, 어떠한 답변의 의무도 거부하며 살아갈 작정인 것이다.

그저 속이 쓰리고, 머리가 지끈거리며, 자꾸 목이 마를 뿐이다. 오직 그것만이 이 밤의 명백한 진실이며, 어디에도 삶의 건너편을 염두에 둔 예배는 존재하지 않는다.

나는 흐리멍텅한 눈길로 좌중을 휘둘러본다. 우리는 이미 여러 차례 자리를 옮겼고, 결국 청진동 해장국집에는 겨우 서넛만이 남았다. 아직도 부족해 뭔가를 지껄이고 있는 초췌한 몰골들이 신기하다. 각자의 일상으로 돌아가 한잠씩 늘어지게 뻗고 일어나면, 은희의 장례식 덕에 모처럼의 동창회가 마련되었더라는 사실 외에는 무엇이 남을 것인가.

나는 화장실에 가는 척하며 슬며시 밖으로 나선다. 뜸한 인적 사이로 부는 바람이 솔솔하다.

가장 가까운 건물 화단 턱에 걸터앉아 휴대폰을 꺼낸다. 신호가 간다.

—은희입니다. 어쩌죠? 지금 집에 없거든요. 삐— 소리가 난 후에 메모를 남겨주시면, 돌아오는 대로 연락드리겠습니다. 그럼, 그때까지 행복히세요.

—삐이—익.

"나다. 성이. 니 장례식에 다녀오는 길이야. 벌써 어제 일이 되어버렸네. ……무덤덤한 장례식이었어. 특별히 슬프거나 지루하지 않은. ……모르겠어, 도무지. 뭐냐면, 우음, 니가 불쑥 다시 찾아와 했던 말, 내게 청혼했던 거, 사실인가 해서. ……역시 거짓말이었는지, 아니면 진심이었는지, 아, 미치겠어. 은희야, 앞으로 나는 어느 쪽을 믿고, 우기고 살아가는 게 좋을까? 이번에도 날 가지고 놀았던 거라고 욕을 할까, 아니면, 아니야, 은희는 정말로 나랑 같이 살려고 그랬던 거야, 그러면서, 그렇지만, 어차피 너와 나는 행복하지 못했을 거라고, 그러니 차라리 잘된 일이라며, 체념하는 게 나을까. ……궁금해."

평정을 되찾기 위해 심호흡을 크게 해본다. 그러고는, 아까부터 도로변에서 손님을 기다리고 있는 택시에 올라탄다. 욱신거리며 졸음이 몰려들지만, 취기가 메스껍고 어지러워 도저히 눈을 감을 수 없다.

어느새 속도계의 바늘은 시속 90킬로미터를 조금 벗어나 있다. 나는, 나를 태운 이 딱딱하고 차가운 물체가, 저 어둠의 전방에 놓인 허공과 허공의 틈을 비집고 들어가 불타버렸으면 좋겠다는 생각을 한다.

백미러에 비친 내가, 물끄러미 나를 들여다본다. 그 고통으로 일그러진 표정이 너무도 끔찍하고 낯설어, 나는 손바닥으로 얼굴을 가리고 만다.

감히 꿈에도 원하지 않았다. 누구처럼 감당할 수 없는 계시를 받은 적 없고, 상한 마음을 치유하는 능력을 달라고 간절히 기도 올리지도 않았다. 나는 그저 평범한 사내로, 대충 나와 엇비슷한 과거를 가진 여인의 곁에서, 아름답고 슬픈 햇살과 두렵고 힘찬 우레 아래 묻히길 원했다. 전쟁과 비참을 바라지도 않았지만, 나를 둘러싼 모든 것들이 평화로울 수 없으리라는 것 또한 물론 잘 알고 있었다. 그런데도, 이런 어처구니없는 일을 당하였다. 한 여자로부터 두 명의 약혼녀를 잃은 것이다. 파리지옥풀이 정확히 두 번을 세고 나서야 주둥이를 닫아버린다던 은희의 말은 옳았다. 내 사랑은 두번째의 두드림 만에 비로소 지옥에 갇힌 것이다.

이제 나는 괴변의 추억을 곱씹으며, 매일 밤 악몽보다 어두운 잠자리에 들 것이다. 잊고 싶지만, 아직 그럴 수 없어 괴롭고, 그럴 수 있을 때까지는 얼마나 오래도록 늙어가야 하는가를, 너 아니면 사랑한 자가 없었기에 아무에게도 추궁 못 하겠지.

나는 내가 버티고 선 시간을 알고 싶지 않다.

은희는 쓸쓸한 양치기 소년이고,

나는 아랫마을의 무심한 한 사람이었는지도 모른다.

참으로 기이한 생이었다.

순결한 낭만주의의 비의(秘意) 혹은 슬픈 시선

강상희(문학평론가)

체계 속에서 자신의 자리를 확보하지 않는 이응준 소설의 인물들은 외롭고, 타인의 죽음(미래 없음 혹은 초월)에 의해서야 비로소 자기 삶의 희미한 윤곽이 구성되는 존재들이다. 인물들의 그러한 존재 방식은 이 작가의 언어와 많이 닮아 있다. 스토리가 끝나고, 플롯이 결말에 이르면 휘발되어버리고 마는 소설 체계 내의 소모적 언어(환유의 언어)가 아니라 하나하나의 언어가, 홀로 서서, 자신의 절대적인 존재성을 주장하는 그런 은유의 언어를 닮아 있다.

1

    소설 양식(樣式)의 특징을 설명하는 말들 중에서 '반쪽 예술(Halbkunst)'이라는 말보다 더 그럴듯하게 이 양식이 지닌 미천함과 자유로움을 표현한 경우는 없는 것 같다. 소설은 다른 학문적 담론으로는 설명할 수 없는 어떤 절대적인 감성과 미의 세계를 고집한다. 그런가 하면 어떤 소설은 종종 예술의 자리를 박차고 철학의 세계인 사상과 인식의 자리를 넘본다. 예술이면서 동시에 예술이 아닌 것, 소설 양식이 지닌 이러한 존재의 이중성은 소설의 쓰임새에 관한 여러 갈래의 생각을 낳아왔다. 우리는 근대소설이 다른 방식의 담론들을 물리치고 대표적인 계몽의 양식이 된 사실과, 소설 특유의 감성과 미의 성채(城砦)를 쌓아왔다는 반대 사실을 동시에 기억하고 있다.

그렇다면 존재의 이중성을 숙명으로 부여받은 소설이 '반쪽 예술'의 자리로부터 온전한 예술의 자리로 월경(越境)하는 방법은 없는 것일까? 회화의 예술성이 색과 형태의 (기호의미가 아니라) 기호표현 그 자체에서 유래하듯이 언어의 기호표현적 측면이 극대화될 경우 소설은 예술로 될 수 있을까? 기호표현 곧 기표가 기호의미 곧 기의보다 우위에 놓일 때 소설은 시처럼 예술로 될 수 있을까? 우리는 이러한 물음에 대한 응답을 이응준의 소설로부터 들을 수 있을지 모른다.

이응준의 소설을 말할 때 사람들은 어김없이 그의 문체를 지목하곤 한다. 다른 작가와 구별되는 작가 이응준의 존재 코드는 문체라는 것이다. 하지만 이응준의 문체가 작가적 개성의 징표라는 한정적 의미만을 갖는다면, 혹은 의미를 실어나르는 모양 좋은 언어 그릇을 칭찬하는 수사였다면 우리는 이응준 소설의 문체에 대해 다시 한번 생각을 모아볼 필요가 있다. 왜냐하면 이응준의 문체는 단순히 개성의 표현이나 소설의 의장에 머물지 않고, 이 작가가 탐색하고자 하는 세계의 어두운 무늬와 그 세계에 흩뿌려져 있는 고독한 자아, 그리고 그 자아의 내면에 웅크리고 있는 쓸쓸한 '추억'들과 이미 한몸이 되어 있기 때문이다. 조금 과장한다면 이응준의 소설에서 찾아지는 의미 요소들은 문체라는 표현 요소의 이차적 산물이라고 말할 수 있을 것이다.

이응준 소설의 문체는 매우 서정적이다. 물론 문체의 서정성을 말하는 일은 단지 서정성의 한 요소인 서경적인 묘사력을 지적하는 일이 아니라, 작가가 세계를 대하는 '태도'에 관해 말하는 일이 되어야 할 것이다. 작가는 저잣거리의 이야기꾼처럼 재미있는 '이야기의 실타래'를 풀어놓을 수도 있고, 줄곧 머뭇거리면서, 자신의 내면에서 출렁거리는 '언어의 실타래'를 응시할 수도 있다. 이응준은 분명히 후자의 경우에 속한다. 그는 출렁거리는 언어의 실타래를 응시하면서 하나하나의 소설 언어를 신중하게 선택한다. 그러나 이 신중한 선택 행위는 플로베르 류의 일물일어설(一物一語說) 따위를 실천하는 일과는 다르다. 이응준은 신중한 언어 선택을 통해 실체를 재현하려 하지 않고 오히려 새로운 실체를 창조하려 한다.

밤하늘을 두고 어둡다고만 생각하는 자들은 어리석어. 단지 우리들에겐 없는 빛나는 눈동자를 지니고 있다는 이유만으로 그 존재의 전체를 무작정 까맣게 칠해버린다면, 때로 그러하기에 더욱 화사하고 영롱한 자태를 품은 아픔이라든가 추억이니 하는 것들을 돌아볼 여유란 도무지 없을 것 아니겠어? 그것만큼 애처롭고 불행한 시선이 어디 있을까.

또한 밤하늘에게 그저 아름답다고만 말하는 자들 역시 어리석지. 그토록 서로 멀리 떨어져 바라보아야만 하는 광년의 그리움, 저 이루어질 수 없는 사랑과 만남, 수면제와도 같이 몽롱한 칠흑

속에서 홀로 깨어 있는 피곤, 그 모든 별들의 등불 켠 동공들이 헛된 숙취의 충혈이 아니라 앙상한 인간의 고독을 상징하기에 그러해. 흔들리고 불완전한 모습으로 세상의 배경을 뒤덮는 그림자들, 오랜 시간의 지문에 훤하게 닳고 나서야 참으로 보람 있었노라 회상할 법한 작은 생에 대해 이제는 말해야 하는 까닭이지.(「내 가슴으로 혜성이 날아들던 날 밤의 이야기」)

　단지 밤하늘은 어둡지만도 않고 아름답지만도 않다는 전언을 위한 것이라면 이처럼 치렁치렁한 묘사와 서술은 필요치 않았을 것이다. '이야기하는' 작가들의 경제학에서 본다면 이 문장들은 낭비일 수도 있는 것이다. 하지만 선택된 언어들이 조응하면서 만들어낸, 아름다움과 슬픔이 공존하는 별의 이미지를 만끽하지 못한다면 "그것만큼 애처롭고 불행한 시선이 어디 있을까".
　이응준의 소설에 편재하는 이러한 묘사와 서술 방식의 핵심을 '은유의 수사학'이라 부를 수는 없을까. 은유의 수사학을 시의 전유물로 생각한다면 그것은 잘못된 생각이다. 소설이 취하는 은유의 수사학은 그 켤레 수사학인 '환유의 수사학'(저잣거리의 '이야기'로 표상되는)과 충돌하면서 근대소설의 한 축을 형성해왔기 때문이다. 환유에 근간을 두고 있는 서사(narrative)가 근대국가의 형성과 동궤에 놓여 있음은 잘 알려진 사실이거니와, 근대국가가 만들어낸 규율과 코드를 저버리는 자의 수사학은 은유로 될 수밖에 없다. 그렇다면 은유의 수사학은 근대국가로 표상

306

되는 체계(system), 질서, 실정성, 진보, 초월 불가능성에 대한 수사학적 레지스탕스라고 할 수 있을 것이다. 은유는 미래로 뻗어나가는 시간의 흐름을 가로막거나 적어도 그러한 시간에 휩쓸리지 않으려는 존재, 체계와 질서의 바깥으로 뛰쳐나가고, 현실을 초월하려 하는 존재가 취하는 수사학적 전략인 동시에 삶의 방식인 것이다. 그러한 존재는 고독할 수밖에 없고, 미래가 아닌 과거에서 삶의 출구를 찾을 수밖에 없으며, 죽음으로써 체계를 초월할 수밖에 없다.

2

은유의 수사학은 이응준의 소설에서 다른 구성 요소들에로 자기의 수사학적 빛을 투사한다. 서정적 문체란 이 경우처럼 은유가 소설 전체의 구조화 원리가 되어버린 언어적 상황을 일컫는 말일 수도 있다. 소설가로 되기 전에 이미 시인이었듯이, 이응준은 마치 시를 쓰듯이 소설을 쓴다. 그의 소설 거의 전편에서 만날 수 있는, 쓸쓸함과 외로움의 정조에 휩싸여 있는 인물들과 그들의 언저리를 맴도는 "어둠의 계보" 곧 죽음의 모티프는 은유의 수사학적 산물이라고 할 수 있다.

이응준의 소설에서 가장 많이 발견할 수 있는 정황은 아마도 쓸쓸함과 외로움, 그리고 죽음일 것이다. 만남과 헤어짐을 반복하면서도 타자에게로 가는 길을 발견하지 못한 채 "아직도 어둠에 갇혀 있"는 최면시술사의 이야기인 「Lemon Tree」로부터, 자아 내부의 타자성(혹은 진정한 자아) 때문에 괴로워하다가 결국 죽음을 택한 구문모의 행적을 뒤쫓는 「이교도의 풍경」, 귀화식물이라는 이미지로써 존재의 외로움을 구상화한 「내 가슴으로 혜성이 날아들던 날 밤의 이야기」, "생이 어쩐지 노숙처럼만 여겨지는" 스물아홉의 남자가 느끼는 삶의 아이러니를 보여주는 「그녀에게 경배하시오」, 죽음과 그로 인한 부재가 소설의 동기이자 주제가 되고 있는 「이미 어둠의 계보를 알고 있었다」와 「내 여자친구의 장례식」, 존재의 외로움을 다룬 우리 소설들 중에서 가자(佳作)으로 꼽힐 만한 「지평선에서 헤어지다」에 이르기까지 쓸쓸함과 외로움, 그리고 죽음이라는 소설의 정황은 조금씩의 낙차를 보이면서 거듭 변주되고 있다.

　이렇듯 유사한 주제를 변주하면서 작가는 우리의 눈앞에 외로움에 관한 선명한 이미지들을 던져주고 있다. "끝없는 절벽 위에서 나비의 누에고치처럼 몸을 대롱대롱 매단 채 하늘의 별들을 바라보며 잠드는 산사나이"(「내 가슴으로 혜성이 날아들던 날 밤의 이야기」)나 "숨을 헐떡이며 육지로 올라오려는 애처로운 표정의, 낙타가 그리워 사막을 가는 무모한 고래"(「이교도의 풍경」) 등의 표현에서처럼 작가는 거듭하여 외로움을 소설의 영상으로 인화한다. 그런데 이 외로움이 한갓 특별한 이유 때문에 찾아드는 심리 상태가 아니라 인간과 세계의 밑그림에 해당한다고 주장된다면 보다 의미심장한 것이 되지 않을 수 없다.

엉뚱한 애긴지 모르겠지만, 기실 우리네 삶은 수채화가 아닌 유화가 아닐까. 성숙한 인간이라면 우선 세상의 바탕을 마땅히 고통스럽고, 슬프고, 쓸쓸하고, 외로운, 곧 어둠의 색으로 인정해야만 한다는 것이다.(「내 가슴으로 혜성이 날아들던 날 밤의 이야기」)

이러한 생각은 낯설지 않으면서도 낯설다. 이것은 얼마 전까지 사람들의 마음을 설레게 했던, 저 헤겔을 시원으로 하여 마르크스로 이어지는 유적 인간의 계보에서, 벗어나 있다. 그 대신 키에르케고르부터 니체에 이르는 실존적 인간의 계보를 잇는다. 실존적 인간의 계보란 유적 인간 계보의 원근법을 전도시킨 것으로서, 유적 인간의 원근법에서 본다면 실존적 인간론은 사회, 역사에로의 지양을 회피하는 것으로 보일 것이다. 하지만 실존적 인간의 원근법에서는 그 존재 상태란 사회, 역사에로 환원될 수 없는 원자적 단위 곧 "어둠의 색"이 된다. 이 "어둠의 색"이란 기실 이상(李箱)으로부터 장용학과 손창섭 그리고 김승옥으로 계승되어온 우리 소설의 한 가지 인간학에 다름아니다. 그렇다면 이응준 소설의 인간학은 그 계승자이자, 저 80년대가 부정하였고 90년대가 보증하고 있는 우리 시대의 존재론이라고 할 수 있을 것이다.

이러한 존재론은 정당한가? 서로 말하고 들을 수 있는 공통의 코드가 결여되어 있는, 유적 인간과 실존적 인간의 상이한 계보를 두고 정당성 운운하는 일은 독백에 그치기 십상일지 모른다. 그 허망한 일을 미뤄두고 이 작가가 들려주는 이야기에 다시 귀를 기울여보자. 그는 위의 소설 말미에서 이렇게 서술하고 있다.

인생이 비의(秘意)로 가득 찬 오지(奧地)라면, 그래서 우리 모두가 탐험가라면, 이제 나는 천공에 달려 비바크를 하는 사람으로 뭔가에 들떠 잠 못 들 준비가 되어 있다.
나는 사막에서 길을 잃은 쌍봉낙타처럼, 오늘도 도시의 허연 밤을 허귀적허귀적 앓아 걸어간다.

"천공에 달려 비바크를 하는 사람"이나 제 고향인 사막에서 길을 잃는 낙타의 이미지 ― 첫 소설집에서도 비중 있게 사용되었던 ― 는 이응준 소설의 존립 근거이자 출구 없는 지향에 해당한다. 그는 「지평선에서 헤어지다」에서도 이 근거와 지향에 관한 또하나의 선명한 이미지를 남겨놓은 바 있다. "육중한 미닫이창"에 "나보다 먼저 거쳐갔을 누군가가 날카로운 송곳 같은 것으로" 새겨놓은 "부질없는 삼각형". 이 "부질없는 삼각형"의 이미지에는 마치 우리가 깊은 산중의 돌틈에서 발견하곤 하는 타버린 종이처럼 외로움의 묵중한 무게가 실려 있다. "어딘가에 소속되고자 하는 맹목에서 기인한 애처로운 병리(病理)"

310

(「Lemon Tree」)라는 표현 역시 그 외로움의 무게를 견디는 자만이 얻을 수 있는 일상 전도(顚倒)의 병리학일 것이다.

체계 속에서 자신의 자리를 확보하지 않는 이응준 소설의 인물들은 외롭고, 타인의 죽음(미래 없음 혹은 초월)에 의해서야 비로소 자기 삶의 희미한 윤곽이 구성되는 존재들이다. 인물들의 그러한 존재 방식은 이 작가의 언어와 많이 닮아 있다. 스토리가 끝나고, 플롯이 결말에 이르면 휘발되어버리고 마는 소설체계 내의 소모적 언어(환유의 언어)가 아니라 하나하나의 언어가, 홀로 서서, 자신의 절대적인 존재성을 주장하는 그런 은유의 언어를 닮아 있다. 이응준의 소설을 읽으면서 우리는 은유의 수사학이란 외로움과 죽음과 초월의 수사학이라는 사실을 알게 된다. 그렇다면, 은유의 대가였던 이상(李箱)을 죽인 것은 폐결핵이 아니라 은유의 수사학이었을 것이다.

3

이응준의 대부분의 소설에는 별빛이 비추이고 있다. 빛은 태양으로부터 오고, 별로부터 오고, 미래로부터 온다. 태양의 빛은 존재의 한계를 넘어서려는 자아의 쟁투의 은유가 되고, 별빛은 자아와 세계의 연속 혹은 단절을 가름하는 은유가 되고, 미래는 빛의 은유로 구상화되기 마련이다. 이응준의 소설에서 구상화되는 빛이 별빛이라는 점은 무엇보다도 그의 소설적 상상력이 낭만주의에 가까운 것임을 증명해준다. 그는 "다만 멀리 존재함으로 환상처럼 여겨지는 것들이 있다. 별들의 세계가 그러하다"(「Lemon Tree」)고 말한다. 또 별은 아픔과 추억을 지니고 있는 앙상한 인간의 고독을 상징한다(「내 가슴으로 혜성이 날아들던 날 밤의 이야기」)고 말한다.

별이 환상이자 고독의 은유가 될 수 있음을 우리는 루카치의 『소설의 이론』 첫 대목을 이렇게 부정문으로 읽으면서 확인해볼 수 있지 않을까. '별이 빛나는 창공을 보고, 갈 수가 있고 또 가야만 하는 길의 지도를 읽을 수 없는 시대는 얼마나 불행한가? 그리고 별빛이 그 길을 훤히 밝혀주지 못하는 시대는 얼마나 불행한가?' 이응준의 소설에서처럼, 자아와 세계가 분열되어 별이 한갓 환상일 따름이고, 인간 고독의 투영물로 여겨지는 시대는 얼마나 불행한가. 이응준의 소설에 비추이는 별빛은, 삶의 바탕인 "어둠의 색"을 끝내 벗겨내지 못한다. 그것은 어둠 저 높이 동경(憧憬)의 자리에 놓여 있어, 끝없는 절벽 위에 매달려봐도, 그저 바라볼 수 있을 뿐이다(「내 가슴으로 혜성이 날아들던 날 밤의 이야기」). 그러나 혹은 그리하여 그 별빛은 여전히 이응준 소설의 인물들이 도달하고자 하는 어떤 지점 혹은 상태의 은유, 이를테면 "낭만적인 나침반"(「이교도의 풍경」)이 된다.

낭만주의의 속성으로는 여러 가지를 꼽을 수 있겠지만 그 첫 자리에는 아마도 '동경(憧憬)'이 놓여야 할 것이다. 이 한자어를 뜯어 읽어보면 그것이 '마음속에 어떤 마을이 서 있고 빛이 비추이는 심리 상태'를 뜻함을 알 수 있다. 그것을 일러 우리는 '그리움'이라고 불러왔다. 동경이란 마음속의 마을을 향한, 마음에 비추이는 빛의 시원을 향한 그리움인 것이다. 현존하지 않는 곳, 여기에는 없는 시원을 향한 마음의 움직임은 '떠남'이다. 소설을 길 떠나기의 비유로 설명했던 헤겔주의자들은 낭만주의에서 근대적 예술의 출발점을 보았던 헤겔을 정확하게 이해한 것이었다. 잘 알려져 있듯이 근대소설의 한 뿌리는 낭만주의, 다른 한 뿌리는 자연주의이거니와, 이응준의 소설은 전자를 뿌리로 삼아 개화한 경우에 속한다.

　어쨌거나 나는 바다로부터 다시 돌아왔다. 순결한 소금 한 줌과 파도의 끝없는 노래를 기억한다. 그리고 여기는 해묵은 관 속처럼, 영혼이라곤 한 톨도 존재하지 않는 도시일 뿐이다.(「Lemon Tree」)

「Lemon Tree」는 "순결한 소금 한 줌과 파도의 끝없는 노래"를 만지고 들을 수 있는 세계와 "영혼이라곤 한 톨도 존재하지 않는 도시"라는 분명한 이분법을 바탕으로 하고 있다. 후자의 세계에서 나와 너 사이에는 "필름이 들어 있지 않은, 그래서 어떤 풍경도 담거나 인화할 수 없는 작은 어둠"이 머물고 있을 뿐이다. 이러한 정황을 부정하고 "그래, 아무것도 아닐 순 없다"고 다짐해봐도 그 어둠이 스러지지는 않는다. 도시의 시간으로부터 벗어나 "순결한 소금 한 줌과 파도의 끝없는 노래"의 세계에 가 닿을 때 비로소 그 어둠은 소멸될 것이다. 그러나 떠나지 못한 다. 이 어둠의 세계가 아무리 카오스이고 무의미로만 충전된 세 계일지라도 이응준 소설의 인물은 떠남의 자세만을 보여줄 수 있을 뿐이다. 그리하여 "생이 어쩐지 노숙처럼만 여겨지는" 스 물아홉에 "바다에는 밤나무가 없겠지. 그래, 밤꽃잎들이 더이상 은 시큼하게 흩날리지 않으리라" 생각하면서 전력을 다해 뛰는 나와, "진짜 자유"의 나라로 가고 싶다지만 떠나지 못하는 S가 그리는 세계는 '환멸의 낭만주의'에 가까워진다(「그녀에게 경배 하시오」).

이응준 소설의 인물들은 이처럼 생이 다른 곳에 있어 그곳을 동경하지만 결코 거기에 다다르지 못한다. 그 대신 그들은 "남 들 눈엔 그게 허송세월"인, '눈에 보이지 않는 것들에 죽어라고 매달려서' 살아간다(「이미 어둠의 계보를 알고 있었다」). 그 "눈 에 보이지 않는 것들"이란 별빛이고, 바다이며, "진짜 자유"의 나라이고, 「지평선에서 헤어지다」에서처럼 "흔적과 얼룩만이라 도 무늬되어 사무치는 생"이며, 무엇보다도 '추억'이다. 전혜린 의 문학으로 표상되었던 이 "눈에 보이지 않는 것들"에 대한 동 경은 한때 시대정신의 이름으로 퇴출당했던 소설의 한 자리이 다. 그 복고적인 자리에 이응준의 소설이 놓여 있거니와, "눈에 보이지 않는 것들"이란, 은유의 수사학이 찾아 헤매는 어떤 지경을 가리키는 것이기도 하다. 은유의 수사학이 그것의 그것됨을 드러낼 수 있는 방도란 그것과 유사한 것들을 찾아 눈에 보이게 하는 그러나 끝내 눈에 보이지 않게 되는 무한 순환의 과정이기 때문이다. 이 무한 순환의 여로를 헤맨다는 점에서 이응준의 소설은 동경하는 척, 헤매는 척, 사무치는 척하는 요즘의 키치류 소설과는 그 궤를 달리하는 것으로 생각된다. 적어도 그의 소설에는, 자아의 내면과 언어의 내포를 확장하고 확장하다 보면 세계와 별과 바다와 "진짜 자유"와 "눈에 보이지 않는 것들"과 맞닿을지도 모른다는 그리고 맞닿아야 한다는 생각이 살아 있기 때문이다. 이응준의 소설 미학을 '순결한 낭만주의'라 부르자고 제안하는 것은 이 때문이다.

4

이응준의 첫 소설집 『달의 뒤편으로 가는 자전거 여행』(1996)에는 「그는 추억의 속도로 걸어갔다」라는 표제를 가진 단편이 실려 있다. 거기에는 이런 구절이 나온다.

추억에도 속도라는 것이 있다. 나는 아주 드물게 그 속도를 감지하곤 한다. 나는 내 그림 속의 인물과 사물 들이 그 추억의 속도로 움직이길 원했고, 그 그림들에서 지나간 내 모습들을 반추

할 수 있기를 추구했다.

　이응준이 소설을 쓰는 일은 이 '추억의 속도'에 "가슴 아픈 형상"을 입히는 일이다. 그의 말에 따르면 추억이란 한낱 과거라는 박물관에 소장되어 있는 유품이 아니라, 어떤 속도와 존재감을 가진, 운동하는 그 무엇이다. 이응준의 소설은 바로 이 추억의 형상화에 생애를 바치기로 마음먹은 장인(匠人)의 산물들이다. 추억이란 죽어버린 시간의 상태가 아니라 질감과 양감을 동시에 지니고 있는 움직이는 물질적 실체라는 것, 이응준 소설의 한 가지 비의(秘意)는 여기에 있지 않을까.

　이 작가의 소설을 읽다보면 어느 정도 전형적이랄 수 있는 구성 방식이 눈에 들어오곤 한다. 그의 대부분의 소설은, 이별이나 죽음으로 인한 그리운 사람의 부재로부터 시작하여, 연이어 찾아오는 상상적 혹은 실제적인 재회, 그로 인해 출렁거리는 주인공의 생, 그러나 이 생의 출렁임조차 진정한 만남을 기약하지는 않는다는, 곧 미래로 나 있는 출구를 제시해주지는 못한다고 하는 마무리에 이르는 구성 경로를 밟고 있다. 반복되는 이러한 구성 방식은 이 작가가 환유(이야기 만들기)를 그다지 중시하지 않는다는, 바꾸어 말해 그가 줄곧 은유를 매만지는 데 전력을 기울이고 있다는 우리의 추정을 정당화시켜준다. 이응준 소설에서 이야기는 은유 곧 그의 문체를 억누르거나 압도하지 못한다. 오직 은유가 이응준 소설의 전형적인 정황 가운데 하나인 '추억'에 어떤 속도를 부여한다.

　현재 또는 그 이후의 시간이 무의미하다고 느껴질 때 추억은 소설의 중심부로 육박해들어온다. 그러할 때 의미와 가치가 소재하고 있는 유일한 곳은 추억이다. 추억만이 어떤 속도로 걸어오면서 끊임없이 존재를 휘감을 수 있다. 우리는 이를 일컬어 소설의 원형인 '회상의 형식'이라 불러왔고, 이응준의 소설에서 이 형식이 꽤 밀도 있게 사용되고 있음을 본다. 이 밀도를 예증하는 사례로 그의 소설 문장 곳곳에 수다하게 출현하는 '~더랬다'라는 표현을 검토해볼 수 있을 것이다. '~더랬다'는 회상시 제선어말어미 '더'를 포함함으로써, '~었/았다'보다 더 강하게 과거의 과거됨을 보증하고, 과거의 시간에 충만한 실체성을 부여할 뿐만 아니라, 그 추억이 전언(傳言)의 방식으로 전달되는 정황임을 드러내준다. 그리하여 추억에 간직되어 있는 의미·가치와, 무의미한 현재적 시간 간의 낙차는 더욱 큰 것으로 체감된다. 그렇다면 작가 이응준의 개인방언이랄 수 있는 '~더랬다'라는 어미구조체는 독특한 언어 습관이라는 한정된 의미에 그치지 않고 그의 소설의 중심부에 놓여 있는 '추억'의 절대성을 증명하는 언어 자질이 된다고 말할 수 있을 것이다.

　추억의 절대적인 실체됨은 "생미나리 씹는 향기와 질감의 추억"(「지평선에서 헤어지다」)이라는 표현에 압축되어 있는 것으로 보인다. 그 향기와 질감을 조형하는 주된 방식이 은유와 그에 힘입은 생생한 이미지로 되지 않을 도리가 있을까. 추억이 술회

되고 조형되는 대목들에서 그의 문장들이 더욱 역동적으로 되는 것은 당연한 귀결일지도 모를 일이다. 이상(李箱)이 단지 몇 개의 이미지들을 얻기 위해 은유의 칼을 휘둘러 소설을 썼다거나, 김승옥의 소설 「무진기행」이 그 빛나는 이미지들 때문에도 두고두고 읽힌다는 사실을 상기해보면 우리는 이응준이 조형하고 있는 "생미나리 씹는 향기와 질감의 추억"이 놓이게 될 소설사적 맥락을 아울러 예감할 수 있을지 모른다.

그가 조형하고 있는 추억의 시간 속에는 「이교도의 풍경」 정도 말고는 거의 예외 없이 한 여자가 서성거리고 있다. 이응준의 소설쓰기는, 사랑의 대상이거나 주인공 '나'가 느끼는 절대적인 외로움의 수신자였던 그 여자와 나 사이에 촘촘하게 직조되어 있던 전형적인 추억의 무늬, 그 씨줄과 날줄을 헤아려보려는 노고에 다름아니다. 그렇다면 추억 속을 서성거리는 그 여자는 일종의 환유적인 장치라고 할 수 있을 것이다. 그것은, 죽음이라는 또하나의 정황이 없는 것은 아니지만, 그의 소설에 이야기성을 부여하는 거의 유일한 장치에 해당한다. 그러나 이 이야기성은 앞서 말한 대로 작가의 언어의 실타래에 걸려들면서 결말과 끝을 향해 빠르게 달려가지 못한다. 촘촘하게 직조되어 있는 "추억의 속도"로, 은유의 속도로 나아갈 수 있을 뿐이다. 이러한 속도감을 함께하면서 이응준의 소설을 읽는 일은 단편소설 읽기에서 맛볼 수 있는 양질의 매혹을 경험케 해준다.

이응준의 소설에 이야기성을 풍부하게 해보는 것이 어떻겠느냐는 권고가 이따금 덧붙는 경우가 있다. 아마도 소설의 신경(神經)에만 관심을 두지 말고 그 육체를 풍만하게 가져보라는 말일 것이다. 그러나 이 권고는, 궁극적으로 시의 상태를 지향하게 마련인 단편소설에는 어울리지 않을뿐더러, 이 작가가 기질적으로 은유의 수사학을 가지고 있는 터이라 무망한 바람이 되기 십상일 듯싶다. 오히려 소설로써 시를 지향하련다는 생각을 끝까지 밀고 나가면 어떨까 권고하고 싶은 게 솔직한 심정이다. 그러나 작가란 무릇 타인의 충고에 관한 한은 귀머거리인 터이라, 우리는 그 귀먹음을 존중하지 않을 수 없다. 그렇게 귀먹은 존재로서의 작가로, 마치 그의 소설 언어들처럼, 홀로, 외롭게 서 있는 모습으로 남는다면 우리는 충분히 그에게 경의를 표하게 될 것이다. 그러할 때 우리 소설사 역시 또 한 사람의 은유의 장인(匠人) 이응준을 위해 중요한 자리를 마련해둘 것이다.

그간 나는 너무 긴 시간을 길에서 떠돌았다. 실지로 이 책의 절반은 술집과 찻집 모퉁이에서 씌어졌다.

어울리지 않는 자리를 명백히 기웃거렸고, 반드시 정면으로 시비 걸어야 했던 상황들로부터 곧잘 도망쳤음을 고백한다. 물론 누구라도 마찬가지였을 거라며 간혹 투덜거려보지만, 그건 어디까지나 말 그대로의 유치한 변명일 뿐이고 자기 연민일 터이다.

아주 멋진 음악을 들었을 때 잠시 온갖 아픔을 잊듯, 나는 흘러간 나를 용서하고 더불어 한바탕 웃어주기로 한다. 너무 오래 실망하거나 자주 그리워하는 것도 죄악인 까닭이다.

어른들이 부끄럽다는 막연한 생각에 난생처음 시를 썼던, 그 광휘로 가득 찬 순간의 어린 나를 기억한다. 그때는 서른이라는 나이가 인생에 있는 줄도 몰랐다.

어느덧 지금의 나는 묻는다. 내가 두려워하던 울긋불긋한 얼굴들이 대체 무엇이었는지를. 누가 내게 사랑하거나 혐오하는 법을 가르쳤고, 왜 내가 자진하여 거기에 몸을 낭비했으며, 내 마음에 물든 내 모습이 끌려온 그다지 밝지 않은 여기는 과연 어디인가를.

아마도 나는 스스로를 의심하였기에 작가가 되었을 것이다.

그러나 조금 무리가 따를지언정, 이제는 내가 나를 믿어주어야 할 시기란 사실을 깨닫는다. 사람이 태어난 것은 사람을 이해하기 위함이라는 진리를, 또한 아무리 묘하고 기발한 이야기를 수억 편 찍어낸다 하더라도 결국엔 그 모두가 우리들의 평범한 하루하루라는 것까지도.

나는 다시금 출발선에 선다. 미래에 대한 불안으로 두근거리는 이 가슴이, 참 마음에 든다.

무엇이 기다리고 있건 간에, 내가 가려는 그곳에서 끝을 볼 것이다.

새천년을 앞둔 봄에,
이응준

숲

숲에서 소년은 바다를 바라봤다.

소년은 숲이 괴로웠다.

숲이 있었고 소년이 있었고 시간이 있었다.

소년이었던 그가 숲을 베어 배를 만들었다.

숲은 사라졌다.

이제 가자.

2009년 가을

이응준

문학동네 소설집
내 여자친구의 장례식
ⓒ 이응준 1999

1판 1쇄 │ 1999년 6월 4일
2판 1쇄 │ 2003년 7월 29일
3판 1쇄 │ 2009년 10월 20일

지은이 이응준
펴낸이 강병선
책임편집 조연주 최유미
마케팅 장으뜸 정민호 한민아 정소영 정윤희
제작 안정숙 서동관 김애진

펴낸곳 (주)문학동네
출판등록 1993년 10월 22일 제406-2003-000045호
주소 413-756 경기도 파주시 교하읍 문발리 파주출판도시 513-8
전자우편 editor@munhak.com │ 전화번호 031)955-8888 │ 팩스 031)955-8855

ISBN 978-89-546-0881-7 03810

www.munhak.com